中国宗教文学史

吴光正 主编

第二卷 上册

魏晋南北朝道教文学史

赵益 著

北方文艺出版社
哈尔滨

国家出版基金项目
NATIONAL PUBLICATION FOUNDATION

图书在版编目（CIP）数据

魏晋南北朝道教文学史 / 赵益著. -- 哈尔滨: 北方文艺出版社，2019.9（2024.2 重印）
（中国宗教文学史 / 吴光正主编）
ISBN 978-7-5317-4473-3

Ⅰ.①魏… Ⅱ.①赵… Ⅲ.①道教－宗教文学－文学史－中国－魏晋南北朝时代 Ⅳ.①I207.99

中国版本图书馆 CIP 数据核字(2019)第 025138 号

魏晋南北朝道教文学史

WEI－JIN－NANBEICHAO DAOJIAO WENXUE SHI

作　　者 / 赵　益
责任编辑 / 宋玉成　张贺然
主　　编 / 吴光正
封面设计 / 琥珀视觉

出版发行 / 北方文艺出版社
发行电话 /（0451）86825533
地　　址 / 哈尔滨市南岗区宣庆小区 1 号楼
邮　　编 / 150080
经　　销 / 新华书店
网　　址 / www.bfwy.com

印　　刷 / 哈尔滨久利印刷有限公司
字　　数 / 266 千
版　　次 / 2019 年 9 月第 1 版
开　　本 / 787mm×1092mm　1/16
印　　张 / 20.5
印　　次 / 2024 年 2 月第 2 次印刷

书　　号 / ISBN 978-7-5317-4473-3
定　　价 / 68.00 元

项目来源：国家社科基金重大项目《中国宗教文学史》（15ZDB069）

学术顾问：宇文所安　孙昌武　李丰楙
陈允吉　郑阿财　项　楚
高田时雄

丛书主编：吴光正

本册作者：赵　益

《中国宗教文学史》导论

吴光正

《中国宗教文学史》包括中国道教文学史、中国佛教文学史、中国基督教文学史、中国伊斯兰教文学史四大板块，是一部涵盖汉语、藏语、蒙古语等语种的大中华宗教文学史。经过多次会议①，无数次探讨②，我们以为，编撰这样一部大中华宗教文学史，编撰者需要探索如下理论问题。

---

① 《中国宗教文学史》编撰学术研讨会（2012 年 8 月 28—30 日，黄梅）、宗教实践与文学创作暨《中国宗教文学史》编撰国际学术研讨会（2014 年 1 月 10—14 日，高雄）、宗教实践与星云法师文学创作学术研讨会（2014 年 9 月 12—16 日，宜兴）、第三届佛教文献与佛教文学国际学术研讨会（2014 年 10 月 17—21 日，武汉、黄梅）、宗教生命关怀国际学术研讨会（2015 年 12 月 18—19 日，高雄）、第三届宗教实践与文学创作暨《中国宗教文学史》编撰国际学术研讨会（2016 年 12 月 16—18 日，武汉）、从文学到理论——星云法师文学创作学术研讨会（2017 年 11 月 18—19 日，武汉）、《中国宗教文学史》审稿会（2018 年 1 月 10—11 日，武汉）、“古代中国的族群、文化、文学与图像国际学术研讨会”（2019 年 6 月 22—23 日，武汉）、中国文学史编撰研讨暨国家社会科学基金重大项目“中国宗教文学史”结项鉴定会（2021 年 12 月 4 日，武汉）。参见李松《〈中国宗教文学史〉编撰研讨会召开》，《长江学术》2013 年第 2 期；张海翔《宗教和文学联袂携手，弘法与创作结伴同行——宗教实践与文学创作暨〈中国宗教文学史〉编撰国际学术研讨会综述》，《哈尔滨工业大学学报》2014 年第 3 期；《第三届宗教实践与文学创作暨〈中国宗教文学史〉编撰国际学术研讨会成功举办》，《长江学术》2017 年第 2 期；《〈中国宗教文学史〉审稿会成功举行》，《长江学术》2018 年第 2 期；孙文歌《“古代中国的族群、文化、文学与图像国际学术研讨会”召开》，《文学遗产》2019 年第 5 期；《中国文学史编撰研讨会在武汉大学召开，“中国宗教文学史”结项鉴定会同期举办》，《长江学术》2022 年第 2 期。

② 吴光正、何坤翁：《坚守民族本位 走向宗教诗学》，《武汉大学学报》2009 年

一、宗教文学的定义

宗教文学即宗教实践（修持、弘传、济世）中产生的文学。它包含三个层面的内涵。

第3期；吴光正：《“宗教文学与宗教文献”开栏辞》，《江西师范大学学报》2010年2期；吴光正：《中国宗教文学史研究（专题讨论）》，《哈尔滨工业大学》2012年第3期；吴光正：《宗教文学史：宗教徒创作的文学的历史》，《武汉大学学报》2012年第2期；吴光正：《扩大中国文学地图，建构中国佛教诗学——〈中国佛教文学史〉刍议》，《哈尔滨工业大学学报》2012年第3期；吴光正：《“宗教实践与文学创作”开栏弁言》，《贵州社会科学》2013年第6期；吴光正：《佛教实践、佛教语言与佛教文学创作》，《学术交流》2013年第2期；吴光正：《宗教文学研究主持人语》，《学术交流》2014年第8期；吴光正：《民族本位、宗教本位、文体本位与历史本位——〈中国道教文学史〉导论》，《贵州社会科学》2014年第5期；吴光正：《宗教实践与近现代中国宗教文学研究（笔谈）》，《哈尔滨工业大学学报》2015年第5期；吴光正：《〈中国宗教文学史〉导论》，《学术交流》2015年第9期；刘湘兰：《先秦两汉宗教文学论略》，《哈尔滨工业大学学报》2012年第3期；李小荣：《论中国佛教文学史编撰的原则》，《学术交流》2014年第8期；李小荣：《汉译佛典文学研究的回顾与展望》，《武汉大学学报》2012年第2期；李小荣：《疑伪经与中国古代文学关系之检讨》，《哈尔滨工业大学学报》2012年第6期；赵益：《宗教文学·中国宗教文学史·魏晋南北朝道教文学史》，《哈尔滨工业大学学报》2012年第3期；高文强：《魏晋南北朝佛教文学之差异性》，《武汉大学学报》2012年第2期；王一帆：《21世纪中国宗教文学研究动向之一——新世纪中国宗教文学史研究综述》，《文艺评论》2015年第10期；罗争鸣：《宋代道教文学概况及若干思考》，《哈尔滨工业大学学报》2012年第3期；张培锋：《宋代佛教文学的基本情况和若干思考》，《武汉大学学报》2012年第2期；张培锋：《论宋代文艺思想与佛教》，《哈尔滨工业大学学报》2014年第3期；李舜臣：《中国佛教文学：研究对象·内在理路·评价标准》，《学术交流》2014年第8期；李舜臣：《〈明代佛教文学史〉编撰刍议》，《学术交流》2012年第5期；李舜臣：《〈辽金元佛教文学史〉研究刍论》，《武汉大学学报》2012年第2期；余来明：《明代道教文学研究的几个问题》，《云南大学学报》2013年第4期；鲁小俊：《清代佛教文学的文献情况与文学史编写的体例问题——〈清代佛教文学史〉编撰笔谈》，《哈尔滨工业大学学报》2015年第5期；贾国宝：《中国现代佛教文学研究的回顾与展望》，《贵州社会科学》2016年第8期；索南才让、张安礼：《藏传佛教文学论略》，《江西师范大学学报》2013年第5期；树林：《蒙古族佛教文学研究回顾与前瞻》，《蒙古学研究年鉴（2017年卷）》，2019年5月；宋莉华：《基督教汉文文学的发展轨迹》，《武汉大学学报》2012年第2期；荣光启：《现当代汉语基督教文学史漫谈》，《武汉大学学报》2012年第2期；马梅萍：《中国汉语伊斯兰教文学史的时空脉络与精神流变》，《武汉大学学报》2013年6期；马梅萍：《中国汉语伊斯兰教文学述略》，《中国宗教文学史编撰研讨会论文集》，哈尔滨：北方文艺出版社，2015年。我们的讨论也获得了学术界的支持和呼应：张子开、李慧：《隋唐五代佛教文学研究之回顾与思考》，《哈尔滨工业大学学报》2012年第3期；吴真：《唐代道教文学史刍议》，《哈尔滨工业大学学报》2012年第3期；李松：《中国现当代道教文学史研究的回顾与省思》，《学术交流》2013年第2期；郑阿财：《论敦煌文献对中国佛教文学研究的拓展与面向》，《长江学术》2014年第4期。

一是宗教徒创作的文学。宗教徒身份的确定，应依据春秋名从主人之义（自我认定）、时间之长短等原则来处理。据此，还俗的贾岛、临死前出家的刘勰、遁迹禅林却批判佛教之遗民屈大均等不得列为宗教作家；政权鼎革之际投身方外者，其与世俗之关系，当以宗教身份来要求，不当以政治身份来要求；早期宗教史上的一些作家可以适当放宽界线。

宗教徒文学具有神圣品格与世俗品格。前者关注的是人与神、此岸与彼岸的超越关系，彰显的是宗教家的神秘体验和内在超越；后者关注的是宗教家与民众及现实的内在关联，无论其内容如何世俗乃至绮语连篇，当从宗教作家的宗教身份意识来加以考察，无常观想也罢，在欲行禅也罢，弘法济世也罢，要做出符合宗教维度的界说。那些违背宗教精神的作品，不列入《中国宗教文学史》的研究范围。

二是虽非宗教徒创作，但出于宗教目的、用于宗教场合的文学。这类作品包括如下两个层面：

宗教神话、宗教圣传、宗教灵验记等神圣叙事类作品。其著作权性质可以分为编辑、记录、整理和创作。编辑、记录、整理的作品，其特征是口头叙事、神圣叙事的案头化；创作的作品，则融进了创作者个人的宗教理念和信仰诉求。

用于仪式场合，展示人神互动、表达宗教信仰、激发宗教情感的仪式性作品。这类作品有不少是文人创作的，具有演艺性、程式性、音乐性等特征。许多作品在宗教实践中传承演变，至今依然是宗教仪式中的经典，有的作品甚至保留了几百年、上千年前的原貌，称得上是名符其实的活化石。

三是文人参与宗教实践、因有所感触而创作的表达宗教信仰、宗教体验的作品。在这个层面上，“宗教实践”可作为弹性概念，“宗教信仰”和“宗教体验”应该作为刚性概念。文人创作与宗教有关的作品，有的当作一种信仰，有的当作一种生活方式，有的当作一种文化资源，有的当作一种文化批判，其宗教性差异非常大，要做仔细辨别。只有与宗教信仰和宗教体验有关的作品才可以纳入宗教文学的范畴。因此，充斥于历代文学总集、选集、别集中的，与宗教信仰和宗教体验关系不大的唱和诗、游寺诗这类作品不纳入宗教文学的范畴。

本部分仅仅包括文人创作的“文”类作品，不包括文人创作的碑记、序跋等“笔”类作品。文人创作的“笔”类作品可以作为宗教徒创作的背景材料和阐述材料。

尽管教内的认可度宽延尺度不一，文人创作的宗教性仍要参考教内的认可度。有的文人被纳入宗教派别的法嗣，有的文人被写入教内创作的宗教传记如《居士传》等。这是很好的参考标准。

梳理这部分作品时，应从现象入手，将有关文人的作品纳入相关章节，并进行理论概括。理由如下：几乎所有古代文人都会写有关宗教的作品，其宗教性程度不等，甚至有大量反宗教的作品，所以需要从上述层面进行严格限定；几乎所有古代文人所写的与宗教相关的作品都只是其创作中的一个小景观，《中国宗教文学史》不宜设过多章节来介绍某一世俗作家及其作品，否则，中国宗教文学史就成了一般文学史。

这三部分之间的关系，应该遵循如下原则：宗教徒创作的文学是中国宗教文学史的“主体”，用于宗教场合的非宗教徒创作的作品是中国宗教文学史的“补充”，文人参与宗教实践而创作的表达宗教信仰、宗教体验的作品是中国宗教文学史的“延伸”。编撰

《中国宗教文学史》时，要用清理“主体”和“补充”部分所确立起来的理论视野对“延伸”部分进行界定和阐释，“延伸”部分所占比例要比其他部分小。这样，就可避免宗教文学内涵与外延的无限扩大。

我们对宗教文学的界说，是在总结百年中国宗教文学研究、中国宗教研究经验和教训的基础上展开的。

百年中国宗教文学研究关注的主要是“宗教与文学”这个领域，[①] 事实层面、文献层面的清理成就斐然，但阐释层面存在不少隔靴搔痒的现象，其关键在于对宗教实践和宗教徒文学的研究相对匮乏。我们甚至可以认为，不了解宗教实践与宗教徒的文学创作，我们就无法对“宗教与文学”做出比较到位的阐释。纵观百年中国宗教文学研究史，在“宗教与文学”层面做出卓越贡献的学者对宗教实践、宗教思维的体会往往很深刻，因此对宗教文学文献的释读也很到位。从宗教徒的角度来说，宗教实践是触发其文学创作的唯一途径。宗教徒创作的文学作品，有的是出于宣教的功利目的，有的是出于感悟与体验的审美目的，有的是出于个人的宗教情怀，有的是出于教派的宗教使命，但无一不与其宗教实践的方式和特性密切相关，无一不与其所属宗教或教派的宗教理念和思维方式密切相关。从“宗教实践”的角度来界说宗教文学，目的在于切除关系论、影响论下的文学作品，纯化论述对象，

---

① 参见吴光正：《二十世纪大陆地区“道教与古代文学”研究述评》，台湾《文与哲》第 9 期，2006 年；吴光正：《二十世纪“道教与文学”研究的历史进程》，《文学评论丛刊》第 9 卷第 2 辑，2007 年；何坤翁、吴光正：《二十世纪“佛教与古代文学”研究述评》，《世界宗教研究》2013 年第 3 期；吴光正：《域外中国道教文学研究述评》，《中国文哲研究通讯》（台湾）第 31 卷第 2 期，2021 年。

把握宗教文学的本质。任何界说，作为一种设定，都具有其合理性和局限性。本设定作为《中国宗教文学史》论述对象的理论界定，需要贯彻到具体的章节设计之中。

百年中国宗教研究，从业人员以哲学界人士占主导地位，哲学模式的宗教研究成果无比丰硕，从业人员不多的史学界在这个领域也留下了经典论著。国内近几十年的宗教研究一直是哲学模式一统天下，有力地推进了中国宗教研究的历史进程。但是，宗教是一个复杂的精神现象和社会现象，需要多维度、多学科加以观照。在目前的研究态势下，更需要强化史学、社会学、政治学、民族学、人类学、文学、心理学等学科的观照，辨析复杂、多元的宗教史实，还原宗教实践场景。有学者指出，目前出版的所有《中国道教史》居然没有一本介绍过道教实践中最为关键的一环——受箓，因此，倡导多元的研究维度还是必要的。在阅读中国宗教研究著作时，学者们常常会反思：唐代以后，大规模的宗教经典创作和翻译工作已经结束，不再产生新宗教教派或新宗教教派不以理论建构见长，哲学模式主导的宗教研究遂视唐以后的宗教彻底走向衰败，结果导致宋元明清宗教史一直被学术界忽视，连基本事实的清理都未能完成，宗教实践的具体情形更是无从谈起。近些年来，宗教学界已经注意到这个问题，并陆续出版了不少精彩的论著。笔者在这里想强调的是，如果能从宗教实践的立场来研究这段历史，结论一定会很精彩。近一百年来，中国宗教史研究所使用的材料主要是经典、经论、史籍和碑刻，对反映宗教实践的宗教徒文学创作关注不够，导致许多研究无法深入。比如，王重阳用两年六个月的时间在山东半岛收了七大弟子后即羽化，他创建的全真教因何能够发展壮大，最后占了道教的半壁江山？史籍和碑刻资料很难回答这个问题，王重阳和全真七子的文学创作却能够回答这个问题。[①] 明末清初的佛教其实非常繁荣，但是通过史籍和经论很难说清楚，不过，中国台湾学者廖肇亨的研究却很好地解决了这个问题，[②] 原因就在于他能够读僧诗、解僧诗。从宗教实践的角度来看，就是被哲学模式研究得非常深入的唐宋禅学，也有重新审视的必要。哲学擅长的是思辨，强调概念和推理，而禅学偏偏否定概念和推理，甚至否定经典和文字，讲究的是“悟”，参禅、教禅强调的是不立文字、不离文字，即绕路说禅，具有很强的诗学意味。因此，从宗教实践的角度来看，唐宋禅学研究应该是语言学界和文学研究界擅长的领域。[③]

可见，无论是从宗教史还是从文学史的立场，宗教实践都是一个最为关键的切入点。

二、宗教文学经典与宗教文学文献

从宗教实践的角度将宗教徒的文学创作确立为宗教文学的主体，需要解决的问题是如何认定宗教文学经典、如何收集宗教文学文献。在课题组组织的会议上，我们都面临着这样的问题：宗教徒的文学创作有经典吗？对此，我们的回答是：宗教文学从来不缺经典，缺的是经典的发现和经典的阐释。

关于宗教文学经典的认定，我们觉得应该从如下层面加以展

---

① 吴光正：《金代全真教掌教马丹阳的诗词创作及其文学史意义》，《世界宗教研究》2019 年第 1 期；吴光正：《试论马丹阳的诗词创作及其宗教史意义》，《宗教学研究》2021 年第 1 期。

② 廖肇亨：《中边·诗禅·梦戏：明末清初佛教文化论述的呈现与开展》，台北：允晨文化实业股份有限公司，2008 年版。

③ 周裕锴：《禅宗语言》，复旦大学出版社，2017 年版；周裕锴：《法眼与诗心：宋代佛禅语境下的诗学话语建构》，中国社会科学出版社，2014 年版。

开。一是要从宗教实践的立场审视宗教文学作品的功能，对宗教文学的“文”类、“笔”类作品之优劣加以评估，确立其经典性。二是要强调宗教性和审美性的统一。具备召唤能力和点化能力的作品才是好作品，能激发宗教情感的作品才是好作品，美感和了悟兼具的作品才是好作品。三是要凸显杰出宗教徒在文学创作中的核心地位。俗话说：“诗僧未必皆高，凡高僧必有诗。”“诗僧”产出区域与“高僧”产出区域往往并不重叠。因此，各宗教创始人、各教派创始人、各教派发展史上的杰出人物的创作比一般的宗教徒创作更具经典性。因此，《真诰》《祖堂集》中的诗歌比一般的宗教徒如齐己的别集更具有经典性。四是要从宗教传播中确立经典。很多作品在教内广泛流传，甚至被奉为学习、参悟之典范，甚至被固定到相关的仪式中而千年流转。流行丛林之《牧牛图颂》《拨棹歌》《十二时歌》《渔父词》一类作品应该作为丛林之经典；在宗教仪式中永恒之赞美诗、仙歌道曲应该是教内之经典；被丛林奉为典范之《寒山诗》《石门文字禅》应该是教内之经典。最后需要指出的是，在终极关怀和生命意识的呈现上，一个优秀的宗教作家完全等同于具有诗人情怀的世俗作家。高僧与诗人，高道与诗人，曹雪芹和空空道人，贾宝玉和文妙真人，本质上是同一的，具备这种同一性的作家和作品，可谓达到了宗教文学的极致！总之，宗教文学经典的确立应从教内出发而不应从世俗出发，而最为经典的宗教文学作品和最为经典的世俗文学作品，其精神世界是相通的。

有了这样的认识，我们才能从浩瀚无边的文献中清理宗教文学作品并筛选宗教文学经典。清理宗教文学文献时，我们拟采取如下步骤和措施。

各大宗教内部编撰的大型经书和丛书应该是《中国宗教文学史》首先关注的文献。《道藏》、《藏外道书》、《道藏辑要》、《大藏经》（包括藏文、蒙古文大藏经《甘珠尔》《丹珠尔》)、汉译《圣经》、汉译《古兰经》中的文献，需要全面排查。经典应该首先从这些文献中确立。《大藏经》中的佛经文学以及《圣经》《古兰经》的历次汉译本要视为各大宗教文学的首要经典和翻译文学的典范加以论述，《道藏》中的道经文学要奉为道教文学的首要经典加以阐释。《道藏》文献很杂，一些不符合宗教文学定义的文献需要剔除，一些文学作品夹杂在有关集子中，需要析出。《大藏经》不收外学著作，其内学著作尤其是本土著述，有的全本是宗教文学著作，有的只有一部分，有的只存在于具体篇章中，需要通读全书加以清理。

各大宗教家文学别集的编撰、著录、存佚、典藏情况需要进行全面清理，要在目录学著作、志书、丛书、传记、序跋、碑刻和评论文章中进行爬梳。

宗教文学选集与总集的编著、著录、传播、典藏情况要从文献学和选本学的角度加以清理，归入相关选本、总集出现的时代。因此，元明清各段的文学史要设置相关的章节。这是从宗教实践、宗教传播视野确立经典的一个维度。

《中国佛寺志丛刊》《中国道观志丛刊》和地方志等文献中存在大量著述信息，需要加以考量。

方内文人编撰的断代、通代选集和总集中的“方外”部分也需要从选本学、文献学的立场进行清理，归入相关选本、总集出现的时代。这类文献提供了方外创作的面貌，保留了大量文献，但其选择依据是方内的，和方外选本有差距。这类选集和总集数量非常庞大，如果不能穷尽，则需要选择典范选本加以介绍。需要特别指出的是，近百年来编撰的各类文学总集往往以“全集”命名，但由于文学观念和资料的限制，“全集”并不全。比如，《全元诗》秉持纯文学观念，对大量宗教说理诗视而不见，甚至整本诗集如《西斋净土诗》也完全弃之不顾。在佛教界内部，《西斋净土诗》被奉为净土文学的典范。中国台湾的星云法师是当代非常擅长文学弘法的高僧，他在宜兰念佛会上举办各种活动时就不断从《西斋净土诗》中抽取相关诗句来吸引信徒。因此，收集宗教文学文献时，我们一定要秉持宗教文学观，不要轻易相信世俗总集之“全”，而要上穷碧落下黄泉式地搜寻资料。

藏族佛教文学、蒙古族佛教文学、南传佛教文学、中国基督教文学和中国伊斯兰教文学的基本文献均未得到有效整理，基本上尘封于全国乃至全世界的图书馆、宗教场所中，尘封于报刊中，需要研究者花时间和精力去探寻。近些年来，一些大型史料性丛书得以出版。如钟鸣旦、杜鼎克、黄一农、祝平一主编《徐家汇藏书楼明清天主教文献》，钟鸣旦等主编《耶稣会罗马档案馆明清天主教文献》，王秀美、任延黎主编《东传福音》，曾庆豹主编《汉语基督教经典文库集成》，周振鹤主编《明清之际西方传教士汉籍丛刊》《徐家汇藏书楼明清天主教文献续编》，张美兰所著《美国哈佛大学哈佛燕京图书馆藏晚清民国间新教传教士中文译著目录提要》，周燮藩主编《清真大典》，王建平主编《中国伊斯兰教典籍选》，吴海鹰主编《回族典藏全书》等。从这些文献中爬梳宗教文学作品，也是一份艰辛的工作。

总之，《中国宗教文学史》各段要设专章对本段宗教文学文献进行全面清理，为后来的研究提供文献指南。不少专著和专文已经做了初步的研究，可以全面参考。这是最见功力、最耗时间的一章，也是最好写的一章，更是造福士林、造福教界的一章。

三、宗教文学文体与宗教诗学

近百年来，西方的纯文学观念彰显的是符合西方观念的作品，一定程度上遮蔽了中国自身的文学传统，并且制造了不少伪命题。作为一种学术反思，学术界的本土化理论建构已经在探究“传统文学”的“民族传统”。在这种学术潮流中，诸多学者的研究已经产生重大反响，比如，罗宗强的文学思想研究，刘敬圻的还原批评，张锦池的文献文本文化研究，陈洪、蒋述卓、孙逊、尚永亮的文学与文化研究，吴承学倡导的文体研究，陈文新秉持的辨体研究，等等，均深获学界赞许。这一研究路径应该引起宗教文学研究者的重视，《中国宗教文学史》应该继承和发扬这一研究范式，因为，宗教文学是最具民族特色的文学，而文体作为一种把握世界的方式，是最具民族特性的。

对中国宗教文学展开辨体研究，就意味着要抛弃西方纯文学观念，不再纠缠“文学”之纯与杂，而是从宗教实践的立场对历史上的各大“文”类、“笔”类作品进行清理，对其经典作品进行理论阐述。因此，我们特别注重如下三个方面的论述：第一，我们强调，研究最具民族性的传统文学——宗教文学时，要奉行宗教本位、民族本位、历史本位、文体本位，清理各个时期宗教实践中产生的各类文体，对文体进行界说，对文体的功能、题材、程式、风格、使用场合进行辨析，也即对各大文体、文类下定义，简洁、明晰、到位之定义，足以垂范后学之定义。如，魏晋南北朝时期的经表之文、仙真之传、神仙之说、仙灵之诗，其文体在道教文学史上具有典范意义，我们在撰述过程中应该对其文体进行准确界说。第二，我们强调，各文体中出现的各大类别也要进行界说，并揭示其宗教本质和文学特质。如佛教山居诗，要对山居诗下定义，并揭示山居诗的关注中心并非山水，而是山水中的僧人——俯视众生、超越世俗、自由自在、法喜无边的僧人。第三，我们强调，宗教文学文体是应宗教实践而产生的，有教内自身的特定文体，也有借自世俗之文体，其使用频率彰显了宗教实践的特色和宗教发展之轨迹。

在分析各体文学的具体作品时，我们不仅要尊重“文各有体，得体为佳”的创作规律，而且要建立起一套阐释宗教文学的话语体系和诗学理论。

用抒情言志这类传统的文人诗学话语和西方纯文学的诗学话语解读中国宗教文学作品时，往往无法准确揭示中国宗教文学的本质，甚至过分否定其价值。比如，关于僧诗，唐代还能以“清丽”加以正面评价，从宋人开始就完全以“蔬笋气”、“酸馅味”加以一概否定了。中国古代宗教文学作品，无论是道教文学还是佛教文学，能得到肯定的只是那部分“情景交融”的作品，这类作品在研究者眼里已经“文人化”，因而备受关注和肯定。这是一种完全不考虑宗教实践的外在切入视野。如学术界一直否定王重阳和丘处机的实用主义文学创作，却认定丘处机的山居诗情景交融，是“文人化”的体现，是难得一见的好作品。殊不知，丘处机的山居诗是其苦修——斗闲思维的产物。为了斗闲，丘处机在磻溪和龙门山居十三年，长期的苦修导致他一生文学创作的焦点均是山居风物，呈现的是一种放旷、悠闲、自由的境界。西方纯文学观念引进中国后，宗教徒文学在相当长的一段时间内基本上淡出学者的学术视野，在百年中国文学史书写中销声匿迹。大陆晚近三十来年的宗教文学研究主要在文献和事实清理层面上成绩突出，理论层面虽有所建树，但需要探索、解决的问题依然很多。因此，需要从宗教实践的立场探索一套解读、阐释宗教文学的话语系统和诗学理论。

因此，我们强调，宗教观念决定了宗教的传播方式和语言观，也就决定了宗教文学的创作特性。不同的宗教有不同的传播策略、不同的语言观，从而影响了佛教、道教、基督教和伊斯兰教的经典撰述和翻译，也影响了宗教家对待文学创作的态度，更影响了宗教家的作品风貌。佛典汉译遵循了通俗易懂原则、随机应变原则，这是受佛经语言观影响形成的翻译原则，导致汉译经典介于文白和雅俗之间，对佛教文学创作产生了重要影响。[①] 葛兆光甚至认为，佛教“不立文字”和道教“神授天书”的语言观和传播方式决定了佛教文学和道教文学的风格特征。[②] 基督教和伊斯兰教的语言观和传播方式不仅决定了经典的翻译特色，而且决定了基督教文学和伊斯兰教文学的创作风貌。伊斯兰教强调《古兰经》是圣典，不可翻译，因此，中国伊斯兰教徒一直用波斯语和阿拉伯语诵读《古兰经》，大量伊斯兰教徒的汉语文学创作难觅伊斯兰教踪影，直到明王朝强迫伊斯兰教徒汉化才形成回族，才有汉语教育，才有《古兰经》的汉语译本，才有伊斯兰教汉语文学。巴别塔神话实际上就是基督教的语言观和传播方式的一个象征，这一象征决定了中国基督教文学的特色。为了宣传教义，传教士翻译了大量西方世俗文学作品和基督教文学作品，李奭学的《译述：

---

① 李小荣：《汉译佛典文学研究的回顾与展望》，《武汉大学学报》2012 年第 2 期。

② 葛兆光：《“神授天书”与“不立文字”——佛教与道教语言传统及其对中国古典诗歌的影响》，《文学遗产》1998 年第 1 期。

明末耶稣会翻译文学论》《中国晚明与欧洲文学——明末耶稣会古典型证道故事》[①] 已经成功地论证了晚明传教士在这方面的努力。与此同时，传教士不仅不断翻译、改写《圣经》来传播福音，而且利用方言和白话创作了大量文学作品，并借助现代传媒——报纸、杂志、电台进行传播，其目的就是为了适应中国国情而进行宗教宣传，其通俗化、艺文化和现代化策略极为高超，客观上对中国现代文学产生了重要影响。

因此，我们强调，中国宗教文学自身具有一些和传统士大夫文学、传统民间文学截然不同的表达传统。中国史传文学发达，神话和史诗不发达，这是一般文学史的看法。如果考察宗教文学就会发现，这样的表述是不准确的。民族史诗、佛教和道教的神话、传记在这方面有很显著的表现，形成了一种独特的叙事诗学，并对中国小说、戏剧产生了重要的影响。[②] 中国抒情诗发达，叙事诗和说理诗不发达，这是一般文学史的定论。但是，宗教文学的目的在于劝信说理，宗教文学最为注重的就是说理和叙事，并追求说理、叙事、抒情兼善的表达风格，其叙事目的在于说理劝信，其抒情除了在人与人、人与自然之间展开外，更多在人与神、宗师与信众之间展开。这是一种迥异于世俗文学的表达传统，传统诗学和西方诗学或视而不见，或做出不公的评价，因此，需要确立新的阐释话语。

《中国宗教文学史》的目的在于通过宗教文学史史实、宗教文

---

① 李奭学：《译述：明末耶稣会翻译文学论》，香港：香港中文大学出版社，2012 年版；李奭学：《中国晚明与欧洲文学——明末耶稣会古典型证道故事》，台北："中央研究院"及联经出版公司联合出版，2005 年版。

② 参见吴光正：《神道设教——明清章回小说叙事的民族传统》，武汉：武汉大学出版社，2012 年版。

学经典、宗教文学批评史实的清理，建构中国宗教诗学。本领域需要发凡起例，垂范后学。即使论述暂时无法深入，但一定要说到，写到，要周全，要周延。这是一种挑战，更是一种诱惑。编撰者学术个性应该在这个层面凸显。宗教诗学的建构任重而道远，虽不能一蹴而就，而心向往焉。

四、中国宗教文学史与民族认同、文化认同

《中国宗教文学史》将拓展中国文学史的疆域和诗学范畴，一个长期被忽视的疆域，一个崇尚说理、叙事的疆域，一个面对神灵抒情的疆域，一个迥异文人创作、民间创作的表达传统和美学风貌。《中国宗教文学史》魅力无限，宗教徒文学魅力无限，只有在宗教徒文学的历史进程、表达方式、内在思想、生命意识得到清理之后，我们才能更好地把握纯文学视野无法放下的苏轼和白居易们。

《中国宗教文学史》需要跨学科的视野，其影响力不仅仅在文学领域，更可能在宗教和文化领域，也即《中国宗教文学史》不仅仅是文学史，而且还应该是宗教史和文化史。

宗教文学史是宗教实践演变史的一个层面，教派的创建与分合、教派经典的创立与诵读、教派信仰体系和关怀体系的差异、教派修持方式和宗教仪式上的特点、教派神灵谱系和教徒师承风貌、宗教之间的冲突与融汇均对宗教文学创作产生了重要的影响，有时甚至就是这些特性的文学呈现。在这个层面上，我们特别强调教派史和文学史的内在关联。并不是所有的作品均呈现出教派归宿，不少宗教徒作家出入各大教派之间，有的甚至教派不明，但教派史乃至宗门史视野一定能够发现太多的宗教文学现象，并加深研究者对作品的阅读和阐释，深化研究者对宗教史的认识。

《中国宗教文学史》的编撰一定能催生一种新的宗教史研究模式，并对学术史上的一些观点进行补说。宗教信仰是一种神圣性、神秘性、体验性、个人性的心灵活动，其宗教实践和概念、体系关系不大。可是，以往的中国宗教史研究对这一点重视不够。宋前的概念史是否真的就反映了历史的真实？宋后没有新教派、新体系、新概念就真的衰弱了吗？《中国宗教文学史》需要反思这一研究模式，对宗教文学史、宗教史做出新的描述和阐释。宗教文学最能反映宗教信仰的神圣性、神秘性、体验性、个人性，清理这些特性一定能别开生面。《中国宗教文学史》的断代和分期应该与宗教发展史相关，和朝代更替关系不大，和世俗文学史的分期更不相关。目前采取朝代分期，是权宜之计。如何分期，需要各段完成写作之后才能知道。因为，目前的研究还不足以展开分期讨论。我们坚信，对中国宗教文学史的深入研究足以引发学界对宗教发展史分期和特点的探讨。其实，先秦宗教重在实践，理论表述不多；汉唐宗教实践也没有西方、日本式的发展形态和理论形态；道教符箓派本质上是一个实践性的宗教，理论表述并不是其关注焦点；中国宗教在唐代以后高度社会化，其宗教实践渗透到民众生活的各个层面。目前关于明末清初佛教文学的研究已经表明，明清佛教并不像学术界所说的那样“彻底衰败”。通过对清代三百余种僧人别集的解读，我们相信，这种“彻底衰败说”需要修正。我们梳理清代道教文学创作后发现，清代道教徒的文化素养、艺文素养其实并不低，清代道教其实在向社会化和现代化转变。

宗教实践的演变和一定时代的文化氛围密切相关，冲突也罢，借鉴也罢，融合也罢，总会呈现出各个时代的风貌。玄佛合流、三教争衡、三教合一、以儒释耶、以儒释经（伊斯兰教经典）、政教互动、圣俗互动、族群互动、对外文化交流、宗教本土化等文化现象，僧官制度、道官制度、系账制度、试经制度、度牒制度、道举制度等文化制度均对宗教文学的创作产生了重要影响。例如，金元道教出现了迥异于以往的发展面貌，从而形成了一些颇具特色的文学创作现象：苦行、试炼与全真教的文学创作；弘法、济世与玄教领袖的文学创作；远游、代祀与道教文学家的创作视野；遗民情怀与江南道教文学创作；雅集、宴游、艺术品鉴与江南道教文学创作；宗教认同与金元道教传记创作；道人居室题咏；文人游仙诗创作；道教实践、道教风物之同题集咏；道士游方与送序、行卷；北方全真教的“头陀”印记与南方符箓派的“玄儒”“儒仙”印记，国家祭祀与族群文化认同。这些文学现象，是金元道教发展史上的独特现象，也是金元王朝二元政治环境下的产物，更是元王朝辽阔疆域在道教文学中的折射。这些文学现象，不仅是文学史、宗教史上的经典个案，更是文化史上的经典个案，值得我们深入探究。

文学史和宗教史向文化史靠拢，就意味着文化交流，就意味着族群互动与文化认同。中国历史上的两次南北朝时期，就是通过文化认同和民族认同熔铸了中华民族的精神谱系。其中，道教，尤其是佛教所起的作用颇为重要，可惜这一贡献在百年来的文化建设和学术研究中得不到足够的重视。其实，只要我们认真清理这两个时期留下的宗教文学作品，我们就能体会到宗教认同与文化认同、民族认同之间的密切联系。近现代以来，西方文明在列强的枪炮声中席卷全中国，包括宗教在内的传统文化被强烈批判乃至抛弃，给今天的文化建设带来了巨大的困扰。但太虚法师倡导的人间佛教在台湾取得丰硕成果，不仅成为台湾精神生活的奇迹，而且以中华文明的形式在全球开花结果。以佛光山、法鼓山、中台禅寺、慈济功德会为代表的台湾人间佛教，如今借助慈善、禅修、文化、教育和文学，不仅在中国台湾，而且在全球弘扬中国传统文化，提升中国文化软实力。星云法师、圣严法师的文学创作，不仅建构了自身的人间佛教理念，而且强化了自身的教派认同，不仅在台湾岛内培育了强大的僧团和信众组织，而且在全球吸纳徒众和信众，其文学创作所取得的宗教认同、文化认同和民族认同，非同凡响，值得我们深思。这也提醒我们，编撰《中国宗教文学史》不仅是在编撰文学史、宗教史、文化史，而且是在进行一种国家文化战略的思考。

目　录

第一章 绪 论

魏晋南北朝既是一个内外纷扰、战争频仍、社会变革动荡的时代，也是先秦“轴心突破”以后的士人阶层群体自觉的时代。[①]前者导致的社会、经济的变化催化了大规模的宗教创生和普化（包括外来宗教的传入和普及），后者形成的思想基础促进了知识、哲学和文学的飞跃发展。

从文化创造的意义上说，魏晋南北朝可以说既是哲学的时代，又是宗教和文学的时代，作为精神核心代表的这三个方面在这一时期都臻至高境。但是，哲学在魏晋玄学以后开始转向，由形而上的探讨变为对道德心性的追索，中国历史上真正意义上的哲学在魏晋时期达到一个高峰后却急速坠落。而魏晋南北朝时期蓬勃兴盛的宗教和文学则迥然不同，中国不仅从这一时期开始有了宗教创生和文学自觉，而且由此展开了独特的发展历程，不断达到一个又一个新的境界。因此从某种意义上说，魏晋南北朝的宗教和文学在中国文化发展史上尤为重要。

魏晋南北朝时期的宗教包括两大主要内容：佛教的东传接受与道教的整合形成。宗教文学的内涵相应地也就包括佛教文学和道教文学。特定时代的宗教文学总是此一时代宗教和文学的共同

---

① 余英时：《汉晋之际士之新自觉与新思潮》，载余英时：《余英时文集》第四卷《中国知识人之史的考察》，广西师范大学出版社，2004年，第212—319页。

产物，魏晋南北朝的道教文学也不例外。探讨这一时期的道教文学，首先要从认识同一时期的道教和文学以及其时代特征开始。

第一节　魏晋南北朝道教的多元创生与整合形成

尽管从渊源上可以将道教的“成立”推至两汉时期的“老子神格化”或《太平经》，但真正意义上道教由“整合”到“形成”的过程，仍然是汉末以降至隋这一历史时期，恰好与政治意义上的分裂之世“魏晋南北朝”相始终。魏晋南北朝作为道教整合与形成的阶段，在整个道教史上占有极其重要的地位。

所有新兴的创生宗教都是在原生宗教以及由原生宗教发展而来的民间信仰的基础上生发的，而道教从一开始就是新兴创生宗教和民间信仰的整合体，因此，追溯其渊源就不仅需要关注它的直接来源，而且需要考察它的原始资源。只有这样，才能更好地了解它的整合与形成。

一、道教的原始资源与多元创生

总体而论，道教的原始资源主要就是原始“巫术宗教”及其在社会中不断发展变化的活态存在，也包括长期层积的朴素知识以及春秋战国“轴心突破”以来的精英思想元素。具体分析，大约有以下几端：

第一是“长生不死”信仰。中国古代“长生不死”信仰不是仅仅追求灵魂出窍，而是相信灵肉俱可不死①，因此从性质上看更

① 参阅闻一多：《神仙考》，载闻一多：《神话与诗》，上海人民出版社，2006年，第128—147页。窪德忠：《道教史》，萧坤华译，上海译文出版社，1987年，第55—56页。

偏重于“泛生论”观念[1]，即认为和自然界存在超然力量相同，人类中也存在着“神人”“仙人”，可以和宇宙化合为一而得到永生，后来的先秦道家哲学即发挥了这一思想。在另外一个方面，一种基于朴素的医疗和养生经验知识而发展起来的巫术思维则相信可以通过技术的方法求取长生。这种技术方法主要有两类：一类是修炼；一类是服食。修炼包括各种锻炼身心的方式，而服食则是食用各种人为药物和自然物。这一观念是战国至秦汉期间兴盛的“方仙道”的理论基础，在魏晋南北朝期间臻至高峰并持续发展，成为后来义理化道教的主流思想之一。

第二是泛神崇拜及祭祀祈禳。所谓泛神，就是泛灵、泛生观念发展以后，人们视天、地、山、川、云、雨、雷、电、树、木、石、草以及祖灵、人鬼、器物均具神力而予以祭祀。虽然我国古代自商人开始就从中孕育出以“天”或“天帝”为代表的至上神观念，但总体上仍然保持丛散无主的状态，并没有形成人格化的神灵。

第三是萨满教（Shamanism）。当代研究者普遍认为，“萨满教”是中国上古时期原始“巫术宗教”的主要形态，《说文解字》所释之“巫”，“祝也。女能事无形，以舞降神者也”，以及《尚书·伊训》“敢有恒舞于宫，酣歌于室，时谓巫风”，《山海经·海内西经》“开明东有巫彭、巫抵、巫阳、巫履、巫凡、巫相，夹窫窳之尸，皆操不死之药以距之”等记载之“巫”，实即“萨满”，

---

① 罗伯特·拉努夫（Robert Ranulph，1866—1943）于1909年发表《宗教的起源》（*The Threshold of Religion*），提出了“泛生论”（Animatism）。他认为原始观念中有一种相信自然界存在着一种非人格化的超自然力量的信仰，这种超自然力量的典型代表就是美拉尼西亚人和波利尼西亚人普遍相信的Mana，它是非人格化的，是看不见的，但又被认为是确实存在的灵力。参阅李亦园撰：《泛灵信仰与泛生信仰》，载王云五：《云五社会科学大辞典》第十册《人类学》，台湾商务印书馆，1971年。

其主要特色是由“巫”充当人与神的媒介而进行驱邪、治病、造雨、占卜和预言等原始宗教活动。随着西周以降人文的勃兴，萨满巫道在中原主流文化中有所消歇，但在南方等边缘地区仍然非常活跃。“荆人畏鬼，而越人信禨”（《吕氏春秋·异宝》）[①]、“昔楚南郢之邑，沅、湘之间，其俗信鬼而好祀，其祀必使巫觋作乐，歌舞以娱神。蛮荆陋俗，词既鄙俚，而其阴阳人鬼之间，又或不能无亵慢淫荒之杂”（《楚辞集注》卷二）[②]，所道均此。

第四是朴素医疗养生之术。医疗是最先发展出来的经验知识之一，中国古代医家在此基础上又发展出各种养生之术，如“吹呴呼吸，吐故纳新，熊经鸟申”，即呼吸和躯体运动相结合的“导引”，“不食五谷，吸风饮露”的“辟谷”，以及乐而有节、还精补脑的房中之术等。

第五是先秦道家及秦汉黄老之学。先秦老、庄的思想十分复杂，本质上都是一种哲学观念而非宗教信仰。但是，因为其涉及一些本体论的认识，特别是老子崇尚并探求宇宙本体之“道”，庄子强调摆脱物累而追求逍遥之境，遂不免具有浓厚的“宇宙启示”色彩和神秘主义（mysticism，或译“密契观念”）体验。其本质是认识到宇宙本体的超越性、绝对性，从而努力使自身融合到万物的一体性，亦即宇宙之中，接受它的启示，消除任何的主客体隔阂，达到一种宁静的愉悦。因此，道家思想极易导致“宇宙论”式的宗教信仰，而道教的义理化提升始终予以攀附并加以融合就成为一种必然。

---

① 许维遹：《吕氏春秋集释》，梁运华整理，中华书局，2016年，第198页。

② 朱熹：《楚辞集注》，蒋立甫校点，上海古籍出版社、安徽教育出版社，2001年，第21页。

秦汉盛行的黄老之学在本质上是一种发挥先秦道家“清净无为”思想的政治、学术观念，但正因为政治因素的加入，促成了道家向神学的转化[1]，进而形成黄老崇拜，与传统的自然神、祖灵崇拜共同成为国家祭祀的组成部分。

以上五个方面只是就荦荦大端而言，并不能涵盖道教原始资源的全部。同时，它们也多有交叉重叠和相互融混之处，都不是完全孤立的现象。总体来看，道教的原始资源的内容决定了道教的核心基础是本土信仰，而且与中国“轴心时代”即春秋战国时代及两汉大一统时期的政治、哲学和知识都有密切的关系。其复杂性则反映出道教来源的多元，以及融汇糅合的动态性特点。

道教的直接来源是汉末动乱时代风起云涌的创生宗教救世运动。首先是西汉成帝时，齐人甘忠可作《天官历包元太平经》，言“汉家逢天地之大终，当更受命于天，天帝使真人赤精子下，教我此道”（《汉书·李寻传》）[2]，已包含初步的“末世论”“转世说”，成为“太平”救世运动兴起之初征。此后出现《太平清领书》，即今残存之《太平经》。《后汉书·襄楷传》载：顺帝时，琅琊人宫崇诣阙上其师干吉于曲阳泉水上所得神书一百七十卷，未被采用。后襄楷复上，桓帝亦不为所动。尽管经历了一些沉浮，但《太平经》还是逐渐为世人所知。《太平经》思想混杂[3]，当出于文士敷衍，但其中之“太平理想”元素已十分明显，是乱世之际创生宗

① 任继愈：《中国道教史》，上海人民出版社，1990 年，第 14 页。

② 班固撰：《汉书》，颜师古注，中华书局标点本，第 3192 页。

③ 卿希泰《中国道教史》总结曰：“《太平经》一书，内容庞杂，主要是承继老子之道和传统的天神信仰，吸收阴阳五行说和仙家方术，运用神道设教的方式，宣扬天人合一及善恶报应思想，宣扬帝王统治艺术和封建道德观念，以实现封建的太平世道为理想目标……在一定程度上反映了贫苦农民的愿望。”（四川人民出版社，1988 年，第 93—94 页）

教出现的标志。

“太平理想”即是一种期望太平，迫切希望解除痛苦、逃脱苦难，乃至于解决终极问题的思想观念。它是“救世主义”的一种转型，是中国式的“千年王国理想”[①]（Millennialism，或译“千禧年主义”），是文明以后创生宗教的思想基础——末世论的表现。后汉之末，天灾频仍，政治黑暗。“太平理想”应乎庶民需要，成为宗教之思想，遂起宗教之革命。“安、顺以后，风威稍薄，寇攘寖横，缘隙而生，剽人盗邑者不阕时月，假署皇王者盖以十数。或托验神道，或矫妄冕服”（《后汉书》卷三十八传论）[②]。其特点是以“天师”降世为号召，组织民众发动起义以实现太平之世。

规模最大的是张角“太平道”起事。据《后汉书·皇甫嵩传》和《三国志·张鲁传》裴注引《典略》记载，张角为河北人，自称“大贤良师”，奉事黄老道，畜养弟子，自己则持九节杖为符祝，教人叩头思过，并以符水饮之。因为病者颇愈，百姓归者甚众。张角又遣弟子八人使于四方以传教，十余年间，青、徐、幽、冀、荆、扬、兖、豫等八州徒众竟至数十万。遂置三十六方，大方万余人，小方六七千人，各立首领。张角应受到《太平经》的影响，同时也像很多救世运动一样，预先散布“苍天已死，黄天当立，岁在甲子，天下大吉”（《后汉书·皇甫嵩传》）[③] 的谶言，以为起事之兆。张角谶言中的“苍天”是指汉朝统治，而“黄天”则为“中黄太一”所主宰的新的太平时代。甲子年的中平元年

① 参阅三石善吉：《中国的千年王国》，李遇玫译，上海三联书店，1997年；秦宝琦、王大为、白素珊：《“千年王国”与“白阳世界”：中外“末世论”载体的演化历程》，福建人民出版社，2003年。

② 范晔：《后汉书》，李贤等注，中华书局标点本，第1288页。

③ 范晔：《后汉书》，第2299页。

（184）二月，张角果断发动暴动，三十六方数十万人同时起事。张角自称“天公将军”，弟张宝称“地公将军”，张梁称“人公将军”，全军皆头裹黄巾，时称“黄巾军”。旬日之间，四地响应，天下震动。“黄巾起事”虽不久即被镇压，但其余众仍在各地坚持抗争数年之久，并不断引发新的小规模起义。此一暴动从根本上动摇了东汉王朝的统治，直接导致了“三国”割据的开始。

在继起的宗教运动中，对当时及后世影响最为深远的则是“五斗米道”。“五斗米道”的创始者，道教内史皆称其为张陵（后尊称为张道陵），正统史籍又有张陵传子张衡，张衡传子张鲁所谓“三张”之说（《三国志·张鲁传》）[①]，但各种记载异常混乱。就实而论，最初的“五斗米道”可能来自蜀地，但爆发无疑是在汉中地区，“（张）鲁遂据汉中，以鬼道教民，自号‘师君’”（《三国志·张鲁传》）[②]。其创始者擅咒术，并为人治病，因此多有人投奔成为信徒，“季世不祥，米巫凶虐，续蠢青羌，奸狡并起，陷附者众”[③]（《樊敏碑》，载《金石录》）。进而教主将信徒组织成集团，每个信徒必须忏悔首过，并交纳五斗米及其他什物。“五斗米道”很早就开始了一定程度的义理化提升，如造作“道书”，使习“老子五千文”等。同时，其教团组织也已经相当严密，特点是设置“静室”以忏悔首过，建立“义舍”以招徕教民[④]，并将这种“静室”“义舍”转化为教团单位“治”。在张鲁之前，“治”就有

---

① 陈寿：《三国志》，（南朝宋）裴松之注，中华书局标点本，第263页。

② 陈寿：《三国志》，第263页。

③ 《樊敏碑》释文录自高文、高成刚：《四川历代碑刻》，（四川大学出版社，1990年）。

④ 参阅唐长孺：《太平道与天师道——札记十一则》，载《中华文史论丛》第八十三辑，上海古籍出版社，2006年。

二十四个之多，只是分布尚不广泛。[①]

道教内史“三张”之说中只有张鲁的事迹较为清楚，除《三国志》有传外，《华阳国志》及《后汉书》中也都有记载。综合来看，张鲁是五斗米道的关键人物，既攘夺了原可能由张修创始的教团为己所用，又不断予以增加强化，同时建构了由其祖到其父再到自己的正统宗系，从而壮大了力量，形成一个政教合一的割据势力，一跃而为汉末群雄之一。张鲁政权维持了三十年左右，建安二十年（215）被曹操击败。张鲁本人投降曹操，被任命为“镇南将军”后颇受优待，其徒众也被允许保留组织，但被强制迁至三辅（包括长安）、洛阳、邺城三个地区。《正一法文天师教戒科经》曰“道以汉安元年五月一日，于蜀郡临邛县渠停赤石城造出正一盟威之道，与天地券要，立二十四治，分布玄元始气治民”[②]，又曰“道使末嗣分气，治民汉中四十余年”[③]，均是后来追述。实际上直到西晋，五斗米道的余绪在上述地区和太平道的余绪有所交会发展后，才形成标榜“三张”为先后教主，以“三天正一盟威之道”为标志的宗教组织[④]，成为后来北魏寇谦之“清整道教”的基础。

在太平道、五斗米道的同时，还有依托“天师降世”“老君转世”的其他救世运动。其中以托称老君转世的“李弘”或与之有

---

① 参阅牟钟鉴：《太平道、五斗米道和早期天师道》，载牟钟鉴、胡孚琛、王葆玹：《道教通论——兼论道家学说》，齐鲁书社，1991 年；赵益：《三张“二十四治”与东晋南方道教“静室”之关系》，载《东南文化》2001 年第 11 期。

② 《道藏》（正统修、万历续修），文物出版社、上海书店、天津古籍出版社，1988 年，第 18 册，第 236 页。后引是书，均出此本，不复注之。

③ 《道藏》第 18 册，第 236 页。

④ 参阅刘屹：《敬天与崇道——中古经教道教形成的思想史背景》第五章“中古道教三张传统的确立”，中华书局，2005 年。

关的民间救世革命为多，“老君当治，李弘应出，天下纵横，返逆者众，称名李弘，岁岁有之”（《老君音诵诫经》）[①]。从东晋末开始，道经系统中多有“金阙帝后圣李（帝）君”降临救世的谶言，一直到唐宋时期仍有称述。[②] 梁刘勰《灭惑论》曰“张角、李弘，毒流汉季；卢悚、孙恩，乱盈晋末”，又曰“张陵米贼”（《弘明集》卷八）[③]，可证从张角到孙恩均是救世运动性质的宗教起事。这些原起于社会中下层农民之手的反叛运动，而后再转化为创生宗教式的秘密教团组织，都是道教形成的直接来源。

除此之外，各地“鬼道”亦即由民间原始宗教遗存而发展起来的民间信仰，也是道教直接来源的重要组成部分。比较重要的有四个地区：

一是巴蜀地区。巴蜀地区的地域文化特色显著，西南氐人及羌人、叟人、賨人的原始宗教信仰氛围更是极为浓盛。东汉以来东西羌及蜀郡诸夷民众反叛不绝如缕，自称“天师”而兴“鬼道”者亦时有发生，如《华阳国志·大同志》记载益州民陈瑞“以鬼道惑民，其道始用酒一斗、鱼一头，不奉他神，贵鲜洁。其死丧产乳者不百日不得至道治。其为师者曰‘祭酒’。父母妻子之丧不得抚殡入吊及问乳病者。〔后〕转奢靡，作朱衣、素带、朱帻、进贤冠。瑞自称‘天师’，徒众以千百数”[④]，即为其中典型。五斗米

① 《道藏》第18册，第211页。王明：《农民起义所称的李弘和弥勒》，载王明：《道家和道教思想研究》，中国社会科学出版社，1984年。

② 参阅李丰楙：《六朝隋唐仙道类小说研究》第六章“唐人小说与道教图谶传说”，台湾学生书局，1986年。

③ 僧祐：《弘明集校笺》，李小荣校笺，上海古籍出版社，2013年，第428—430页。

④ 常璩：《华阳国志校注》，刘琳校注，巴蜀书社，1984年，第609页。

道与巴蜀地区原始“鬼道”亦存在很密切的关系。[1]

二是东方滨海一线。东方滨海地区自古方仙道盛行，又是太平道黄巾起义的主战场之一，其地从庶民到世家大族都颇有鬼神信仰，西晋时赵王伦作乱，拜道士为“太平将军”“作厌胜之文，使巫祝选择战日。又令近亲于嵩山着羽衣，诈称仙人王乔，作神仙书，述伦祚长久以惑众”（《晋书·赵王伦传》）[2]，虽是政治意义上的假借神道，但也反映了此地区的鬼道特色。

三是北方中原地区。北方中原地区的民间信仰有自己的特色，主要是在自然神崇拜、鬼神祭祀以及原始巫术宗教基础上发展起来的各种祈禳咒禁之术较为盛行。兴起于中原地区的太平道即以饮符水疗疾为号召（《后汉书·皇甫嵩传》）[3]，五斗米道余绪及后来的正一系也有相当的继承。

四是南方吴楚地区。南方地区“信巫鬼，重淫祀”，本就保留了很多的原始巫术与原始宗教的遗存。降至两汉时期，江南及西南一带仍持续此一独特传统。民间萨满巫道，尤为盛行，种种“师巫”极为活跃，如“上虞龙稚、钱塘斯神，并为巫觋”（《三洞珠囊》引《道学传》“杜炅”条）[4] 等，即为此属。同时，宗教教团也有出现。三国吴时期琅琊人于（干）吉的道团就曾在江东活动，南北朝时期的《洞仙传》称之为“于君道”。此“于吉”是否即为汉顺帝时宫崇之师，不得而知，但很可能与太平道有关。吴以后又有“李家道”“帛家道”及“葛氏道”等在江东活动。

---

① 关于巴蜀地区道教来源因素，参阅向达：《南诏史略论》，载向达：《唐代长安与西域文明》，中华书局，1957 年；王家祐：《张陵五斗米道与西南民族》，载王家祐：《道教论稿》，巴蜀书社，1987 年，第 151—166 页。

② 房玄龄等：《晋书》，中华书局标点本，第 1601—1603 页。

③ 范晔：《后汉书》，第 2299 页。

④ 《道藏》第 25 册，第 301 页。

“李家道”是传言来自蜀中的李阿（又称李八百）在吴地兴起的教团，因其“能祝水治病颇愈”，于是远近翕然，避疫之吏民投奔为弟子者近千人，弟子又转相教授，“布满江表，动有千计”（《抱朴子内篇·道意》）[①]。“帛家道”传言出于帛和，字仲理，师从董先生行炁断谷术，又诣西城山师王君传授《太清中经》《神丹方》及《三皇文》《五岳图》等南方神仙道的重要符图。当时有很多人假托其名，因此真正的“帛和”甚为不明，但“帛家道”是东晋南方神仙道的一个流派并无疑问，而且可能还是上清系的主要来源之一。“葛氏道”是今人提出的概念，指自葛玄到葛洪再到从孙葛巢甫的家传道法。据《抱朴子内篇》葛洪自述，葛氏道的始祖是避地江东的左慈，葛洪叔祖葛玄拜左慈为师，传授《太清丹经》《九鼎丹经》等经法。葛玄传郑隐，郑隐又成为葛洪之师。葛洪还曾受教于其岳父南海太守鲍靓，鲍靓据说受著名的仙人阴长生指点，有尸解成仙之法。葛氏一系的特色是强调神仙可学，并特别崇尚金丹之法，和南方民间旧有宗教渊源密切，同时也与东晋新生宗教中的上清、灵宝两系存在互动关系。[②]

二、道教的整合与“形成”

尽管拥有丰富的原始资源和直接来源，道教的整合也并不是一件自然而然的事情。富有传统渊源但却纷繁复杂的众多原生信仰和新兴创生宗教，最后能归于“道教”的旗帜之下，还有赖于三大外部因素的促成。对道教的“形成”而言，外部作用可能和

---

① 王明：《抱朴子内篇校释》（增订本），中华书局，1985 年，第 173—174 页。

② 关于葛氏道法，参阅小林正美：《中国的道教》，王皓月译，齐鲁书社，2010 年，第 34—40 页。

内在渊源一样重要。

三大外部因素的第一点是汉末以来持续不断的社会动乱，特别是西晋末年异族入侵以及晋室南渡。汉末动乱后，群雄割据，三国纷争，社会受到极大破坏，“百姓死亡，暴骨如莽”。幸余之民则奔走四方，青州、关陇、京洛、荆州、冀州及苏北、皖北之民流徙于外者，百余万口。[①] 曹魏之短暂统一北方，并未带来彻底的安定。司马氏虽克服蜀、吴统一中国，但西晋政治不清明，贵族统治者奢侈贪暴，社会矛盾依然突出。公元 291 年至公元 306 年间又发生统治阶级内部的大混战——“八王之乱”，加之灾荒频仍、疾疫流行，遂致生灵涂炭，天下骚然，各地流民起义层出不穷。在此天灾人祸愈演愈烈之际，游牧族群的内迁又带来了新的问题，阶级矛盾和民族矛盾两相叠加，最终导致所谓“五胡乱华”“永嘉之乱”，西晋王朝覆灭，晋室南渡建立东晋。匈奴诸族则统治了中国北方大部分地区，先后出现了大大小小十几个割据政权。自东汉末年以来近一个半世纪的悲惨时世和痛苦生活，是宗教勃兴的最好温床。

第二点是西来佛教的刺激和启发。除本土创生宗教的救世运动外，佛教的传入、流行和成功扎根是道教“形成”的另一个显著的催化剂。佛教自汉末就已经渐渐传入，到西晋时期开始繁荣，重要经典得到较大规模的翻译，《般若经》产生了重要影响。西晋覆灭后，动荡不已的北方地区更造就了佛教的进一步传化，翻译、义解、求经、传教方面均出现了很多大师，寺院兴隆，信徒众多，教团组织、制度也进一步规范。晋室南迁，佛教又向南方地区展开，贵族士人普遍尊崇佛教，东晋中期以襄阳为活动中心的道安

① 王仲荦：《魏晋南北朝史》，上海人民出版社，1984 年，第 21 页。

教团和东晋后期以庐山为活动中心的慧远教团，在义理建设上做出了杰出的贡献，使大乘佛教开始真正结合中国思想并最终扎下根来。佛教对道教的刺激表现在两个方面：一是道教建设者们特别是参与义理化提升的知识分子，努力模仿佛教而构建道教自身的义理、经典以及仪式、组织系统。在义理方面比较典型的例证是早期灵宝经对佛教劫运思想的吸收，以及约成于东晋至萧齐间的《太上洞渊神咒经》对佛教般若本无论思想、约成于晋宋之间的《度人经》对佛教三界及随劫轮回思想的选择与融会。① 经典方面则在刘宋以前就出现了模仿佛教经藏“三乘”的“三洞”观念，从而最终形成自身的经藏系统。② 仪式和组织制度方面，早期灵宝斋仪借鉴采纳了佛教斋仪③，早期上清科范也已经充分吸收了佛教戒律的内容，而自刘宋时开始形成的道馆及道团制度也明显取法于佛教。二是道教出于生存和发展的需要，欲图超越佛教而获得更多资源。本受佛教影响的早期《灵宝经》中就已经出现了取代佛教的尝试④，东晋晚期开始的对《老子化胡经》的宣扬，以及宋齐之际顾欢《夷夏论》的撰写是最显著的表现。⑤ 两方面的刺激既催生了道教的整合与“形成”，也最终导致了精英阶层的思想论争。这一论争到南北朝时期臻至高潮，并在一定程度上波及政治。

---

① 王明：《道教基本理论的几个来源》，载王明：《道家与传统文化研究》，中国社会科学出版社，1995 年，第 210 页。

② Ninji Ōfuchi（大渊忍尔），The Formation of the Taoist Canon，in H. Welch and A. Seidel ed.，*Facets of Taoism*，Yale University Press，1979.

③ 吕鹏志：《唐前道教仪式史纲》，中华书局，2008 年，第 130 页。

④ 柏夷（Stephen R. Bokenkamp）：《蚕与菩提树：灵宝派取代佛教的尝试以及我们定位灵宝道教的尝试》，载柏夷：《道教研究论集》，孙齐等译，秦国帅等校，中西书局，2015 年。

⑤ 参阅刘屹：《经典与历史——敦煌道经研究论集》，人民出版社，2011 年，第 15—16 页。

第三点是魏晋以来思想多元、玄学勃兴所导致的精神创造。魏晋时期，汉代以来儒学一尊的局面被打破，形成思想多元的态势，因而在各个方面都有所创造。其中，当时流行的玄学对道家哲学又有新的发展，何晏、王弼充分发挥《老子》思想，以“无”为万有之本体，推崇“无名”，主张“道合自然”；又以“自然”为本、“名教”为末，力主“崇本息末”。向秀、郭象则对《庄子》“各足其性”“任其自得”加以申发，提出“玄同彼我，泯然与天下为一”的终极追求。而嵇康以“天地合德，万物贵生，寒暑代往，五行以成”的自然观进一步丰富了养生理论，佐证了“与羡门比寿、王乔争年”的神仙可能性。同时，魏晋士人普遍尊崇任性自然，力求摆脱世俗拘缚，饮酒服药，不拘细行，对逍遥游放、脱离生死的神仙表现出强烈的尊奉和向往，发展出一种前所未有的自由精神。凡此种种，均成为此后新的神仙道教的理论基础，也一直是中古以后道教进一步义理化的重要资源。

真正意义上的道教整合开始于东晋，因为这一时期社会状况及创生宗教本身都出现了前所未有的新局面。西晋灭亡，南北分裂。乱世之际，本是宗教勃兴之时，佛教既已加速传化，诸多本土创生宗教也开始出现融合、改革与新创。新局面下的种种新元素，相对于旧有直接来源，都是某种意义上的“新生宗教”，也可以说是区别于此前各种道教元素的“新道教”。

在北方，西晋时期五斗米道余众散布中原各地，依托三张“天师”，尊奉“正一盟威之道”，同时结合固有的民间信仰，又有新的发展。西晋灭亡，鲜卑拓跋族建立北魏，诸多原本分散的创生宗教教团开始出现重新聚合、复兴的趋势，宗教改革应运而生，一位新的教主寇谦之出现在历史舞台上。寇谦之（365—448），字辅真，祖籍上谷昌平（今属北京），后迁居冯翊万年（今陕西临潼北），自称是东汉功臣寇恂的十三世孙。寇谦之因为早年修习过张鲁道术，并在嵩山倾心修炼数载，声名渐著，具备了成为新教主的条件。神瑞二年（415）十月，寇谦之宣称太上老君乘云驾龙，“导从百灵，仙人玉女，左右侍卫，集止山顶”，亲授其“天师之位”，赐《云中音诵新科之戒》二十卷，令他“清整道教，除去三张伪法，租米钱税，及男女合气之术”，并要求“专以礼度为首，而加之以服食闭练”，使十二仙人授以“服气导引口诀之法”（《魏书·释老志》）。八年以后，寇谦之又宣称太上老君玄孙降临嵩山，亲授《录图真经》六十余卷，又赐以劾召鬼神及其他秘法，并嘱其辅佐北方“泰平真君”（《魏书·释老志》）[①]。此“泰平真君”，即暗指北魏太武帝拓跋焘。经过一系列的准备，始光年间（424－428）寇谦之亲赴北魏都城献道书于太武帝，同时得到北魏重臣崔浩的帮助，在平城东南建立新道场，“重坛五层，遵其新经之制”。太延末年（440），北魏太武帝听从寇谦之的进言，改年号为“太平真君”，并亲至道坛受箓，封寇谦之为国师。寇谦之托于老君降世而自命教主，有意识地摒弃了救世运动的暴力色彩和“三张”五斗米道的巫鬼因素，创撰新经典，取法佛教而强调“礼度”的宗教义理和“服食闭练”的实践方法，建立规范化的礼仪规诫，接受政治的管理，努力和世俗伦理相结合，可以说达成了对创生宗教的改革和义理化提升。改革后的北方新道教在北朝时期影响开始扩大，同时也与南方新道教存在着某种程度上的互动。

在南方，本土信仰原以各种萨满巫道为特色，鬼神祭祀亦极盛行，同时也颇多民间普遍流行的以崇尚符箓为标志的禁咒厌胜禳祓之术，“灵宝”“三皇”的最原始形态即此之属。南方的神仙

① 魏收：《魏书》，中华书局标点本，第3051页。

信仰也一直颇为发达，服食、炼气、解化之术都渊源深厚。晋室南渡，“洛京倾覆，中州士女避乱江左者十六七”（《晋书·王导传》）①，包括佛教、北方道教、玄学及传统儒学等传播到南方，并与南方的固有因素发生交会，汉末以来的各地创生宗教特别是如“五斗米道”等影响较大的救世运动余绪也随着大批流民而被带入，加之佛教在南方的普遍流行，南方的种种宗教元素遂出现新的动向：在士人的参与下，从东晋建立到南北朝，一大批新道教系别相继出现，并促使道教发生了普遍性的整合。

南方新道教系别中最显著的是“灵宝”和“上清”两系。这里称之为“系”而不是“派”，是因为它们的自性特点主要是以不同经典的撰作、汇编、传授，而不是以严密的教团组织制度呈现出来的。虽然在义旨上确有差异，但更多的还是相互吸收和机械包容。

“灵宝”一系的原始资源是在南方流行的古老的“泛生论”（Animatism）信仰，其核心是相信天地间存在某种非人格化的、具有超自然神力的宝符，可以却灾除殃、拯救危亡。两晋之际，一批南方士人在继承这一民间信仰的基础上，吸收佛教的劫运、拯救观念，并大量借用了大乘佛教的名词概念和叙述风格，围绕着灵宝秘符而创撰了一系列神谕式的经文，从而发展出灵宝系新道教，“期运既至，大法方隆”（陆修静《灵宝经目序》，《云笈七签》卷四引）②。灵宝一系的特色是构造了新的主神“元始天尊”，具有较为强烈的救世思想而与独自成仙的个人拯救有所区别，可以说是一种极具大众性的创生宗教。灵宝的这一特色使它的发展趋势和最后结果无疑更具有流行性，因此尊奉灵宝经的信众发展

---

① 房玄龄等：《晋书》，第1746页。

② 张君房：《云笈七签》，李永晟点校，中华书局，2003年，第52页。

出相对来说更制度化、系统化的教团组织和仪式制度。

“上清”一系则更多地体现出士人的“独创”。晋室南渡，一位丈夫不幸去世的中下贵族夫人魏华存携子及其领导的女性秘密隐修团体也随之来到了建业附近的茅山地区。此地本具有较为浓厚的方仙道氛围，飞升上仙的“三茅”兄弟信仰十分流行，一大批自东汉末年就移居南方的中下士人家族如许氏、华氏、郗氏、陶氏等亦世代信奉当地巫道，具有强烈的修道入仙观念。魏华存的隐修团体发展了一位具有“通灵”能力的年轻人杨羲，利用他作为“灵媒”，以萨满教式神灵附体、冥想受启等方法，成功地吸收了许氏家族（以许谧、许翙父子为中心）入道，共同创造出上清系新神仙道教。

上清系是南方新道教的典型代表，也是最具六朝时期南方地域文化特性及南方神仙道教特质的道教历史形态。首先，上清系道教本身也是融汇与整合的产物，它吸收了早期神仙道教的众多元素，并与灵宝系相互融通。其次，上清系作为士人参与整合而产生的新道教形式，在精英思想与民俗传统两方面都有相当程度的反映，并直接影响了后期道教思想义理与方法实践。在义理方面，上清系以绝对高尚的仙真境界和终极真理为追求目标，以对仙真“口喽”的接受与理解作为入道之门与进阶之证，并重新构造了一个新型的人神关系，既保持了一些“歌舞降神”之类的原始“巫术—宗教”仪式化因素，又更多地展现了士人的精神追求。“人神交接”已不再是控制事物的巫术手段，而演化成一种救赎与解脱的理想表现。在实践方面，上清系以存思与冥想为主，服食、修炼等不过为辅助之术。所谓“存思”，是一种灵动的精神观照，是以心灵为主体涵化内外的，生动、鲜活和永不停息的，迷幻而又不失真实的想象。存思的意义不仅仅是后世内丹思想的源泉，更重要的是它使得道教意趣进入士人的精神生活成为完全的可能。[1] 最后，上清系在继承的基础上发展出了一个义理化程度甚高的经典系统，其特色是崇尚真理的垂象而强调契悟，带有浓厚的宗教“启示录”属性。其中，以陶弘景整理的《真诰》最为代表。

晋宋之际，南方新神仙道教的兴盛，以及和其他道教元素的进一步融合，开始产生整理自身的需要。从宋到梁，以陆修静、陶弘景为代表的入道者和向道者对南方新神仙道教进行了整理、改革和义理化提升。

陆修静（406— 477），字元德，吴兴（今浙江吴兴）人，出身于南方贵族，是三国时东吴丞相陆凯后裔。父陆琳，九征不起，谥高道处士（《三洞珠囊》卷八引《道学传》）。自少修习儒学，成年后则喜好清静养生之术，“虽外混世务，内守贞朴。少已，习断谷，别床独处”（《三洞珠囊》卷三引《道学传》）[2]，“尝谓同僚曰：时难再得。乃遗弃妻子，脱落营务，专精教法，不舍寤寐”（《三洞群仙录》卷二引《道学传》）[3]。先是赴云梦山隐居修道，后来云游名山，访求仙踪，广搜道书。元嘉三十年（453），宋文帝命左仆射徐湛之请他入宫讲道。后避太初之难，陆修静离京南游，于大明五年（461）在庐山东南建立道馆，隐居修道（《上清道类事相》卷一引《道学传》）。宋明帝泰始三年（467），应诏再赴建康，居于明帝专为其构筑的崇虚馆（《三洞珠囊》卷二及《上清道类事相》卷一引《道学传》）。[4]

---

① 参阅赵益：《六朝南方神仙道教与文学》，上海古籍出版社，2006 年，第 168—169 页。

② 《道藏》第 25 册，第 308 页。

③ 《道藏》第 32 册，第 248 页。

④ 以上据陈国符：《道藏源流考》，中华书局，1963 年，第 38—42 页。

陆修静“在宋齐两代，祖述三张，弘衍二葛”（道宣《叙齐高祖废道法事》，《广弘明集》卷四）[①]，对当时南方新神仙道教的成果做了关键性的整合工作：一是他经过长期收集已获得了包括经、戒、符、图在内的共一千一百余卷经文，遂予校勘整理，并在前有的基础上正式确立“三洞”（洞真、洞玄、洞神）的三分体系，于泰始七年（471）编定《三洞经书目录》；二是陆修静主张修道应重斋戒，认为只有以洗心洁行为基础，方能行善止恶、修成至道，由此开始构建斋戒的义理内核，同时更加注重具体的仪轨建设，编著斋戒仪范百余卷，使道教最重要的神圣仪礼——斋戒的仪式程序、仪式规范得到了初步统一和完备。由于陆修静“大敞法门，深弘典奥，朝野注意，道俗归心”，遂使“道教之兴，于斯为盛”（《三洞珠囊》卷二引《道学传》）。[②]

陶弘景（456—536），字通明，谥贞白先生，丹阳秣陵（今江苏南京）人。出身于南方士族，其七世祖陶浚为吴镇南将军、封句容侯。弘景于二十五六岁时，齐高帝萧道成作相，引为诸王侍读，除奉朝请。永明二年（484）三十六岁时上表辞禄隐居茅山，梁武帝即位后多次礼请，朝廷每有大事亦往咨询，陶弘景虽坚不出山，但常以书信应答，被当时人称为“山中宰相”。陶弘景独禀异操，具有多方面的才能，善琴棋，工书法，尚奇异，通博物，勤于读书，明晓天文历法、阴阳五行、风角星算、山川地理、方图产物、医术本草，是一位百科全书式的全才。陶弘景秉承家传信仰，自幼即好神仙养生，隐于茅山后自号“华阳隐居”，从东阳孙游岳受符图经法，遍历名山寻访仙药、搜寻道经，擅长辟谷导引，

① 僧祐、道宣：《弘明集 广弘明集》，上海古籍出版社，1991 年，第 116 页。

② 《道藏》第 25 册，第 306 页。

并能亲炼丹药。但陶弘景同时亦倾心佛教，“恒读佛经”。因梦见佛授其菩提，记名为“胜力菩萨”，于是亲赴鄮县阿育王塔自誓，受五大戒。由于这个缘故，陶弘景主张道、儒、释合流，并在理论上进行糅合。

陶弘景对南方新神仙道教特别是上清系的整理、传扬居功甚伟，主要体现在三个方面：

一是收集、整理上清系创教时期的真人“口哽”并予以发扬。由于上清系教法在陆修静之后的一段时间里颇有沉沦，再加上天启文字往往秘不外显的原因，魏华存修道集团、杨羲、许氏父子的启示性手书，经过许氏后人及众多向道者之手后，大有散佚。陶弘景于宋永明三年（485）游茅山，始获杨、许手书，此后就进行搜访，并同时开始整理、校订、注释，于齐永元元年（499）编成《真诰》，并通过对《真诰》的注释，交代了上清系创教渊源、神灵谱系，构建了天堂与地狱结构，同时结合对有关经典的介绍与阐释，完善了上清道教的形式框架与义理内涵。

二是整理、统合神祇体系。南方新神仙道教开始就是一个包容体，所以对神灵谱系进行义理化的整理是十分迫切的任务。史载陶弘景按照“阶业不同，高卑有制”的原则编纂了《真灵位业图》[①]，大致按天神、地仙、鬼官分为从上到下七个等级，每个等级有“中位”主神和“左位”“右位”辅神。《真灵位业图》虽然

---

① 《真灵位业图》的真正编纂者尚不能完全确定。今本《真灵位业图》或许经过唐末间丘方远的整理，但主体部分在唐前编成，内容时代为东晋至南朝，应无疑义。《真灵位业图》或来自对更早的《真灵位业经》的提炼，或与《真灵位业经》即为一书而来自对前有材料的编辑。参阅王家葵《真灵位业图蠡测》（载《真灵位业图校理》，中华书局，2013 年）及 Kristofer Schipper and Francisus Verellen edited, *The Taoist Canon: A Historical Companion to the Daozang*, Chicago: The University of Chicago Press, 2004, pp. 109 – 111.

主要以南方新神仙道教上清系为主体，但大量汇合了东汉以来新生宗教和当时南北方新道教灵宝系、正一系的神祇，以及传统的圣贤崇拜和民间祠祀，乃至当时已经身死入于酆都的“鬼官”等，从而形成了拥有六百多个名位的庞大“万神殿”，典型地表现出当时道教神祇的多元性特点。

三是在神仙道教的方法实践上颇有创辟，特别是在养生、修炼领域创获甚多。尽管陶弘景的宗教思想远较葛洪浓厚，但注重通过“技术”道路实现灵肉不死的思想原则与葛洪并无二致。在他的著述中，有很多是关于医药、养生及服气导引、辟谷、炼化、金丹、剑解等修炼之术的专书[①]，都是迄于当时为止的道教实践方法的集大成之作。陶弘景的相关著作虽然大多亡佚，只有《养性延命录》《登真隐诀》残存至今，但可以肯定的是，相关内容都应该被唐宋的道教修炼消化、吸收。

新道教兴起以后，在整理的同时，道教精英分子的思想也相应出现了新的动向，其中最重要的是一种以“三天正道”取代“六天故气”的宗教变革主张，南朝宋时的《三天内解经》集中反映出这一观念。在此一新观念中，复兴的和光辉的时代“三天”必然要取代过去的和堕落的时代“六天”，“正道”必定战胜“故气”，从而使“无为大道”“清约大道”“佛道”三道皆“大归于真道”。尽管“无为大道”“清约大道”的具体所指并不明确，同时也极有可能是《三天内解经》作者个人的某种虚拟性概念，但“三天正道”取代“六天故气”明显是新道教兴起和义理化提升的思想反映，仍无疑义。

---

① 详见王家葵：《陶弘景丛考》第二章“陶弘景著作丛考”，齐鲁书社，2003 年。

道教在南北朝末期进一步整合的表征之一是经藏的形成。与新道教兴起同步出现的是一场规模浩大、发生普遍的“造经运动”。上述南方新神仙道教的种种创获，在很大程度上是通过编制大量的经文体现出来的。新道教的造经大约在晋室南渡之后即已开始，由于南北创生教派彼此融合，加之佛教的刺激，各个派别遂结合旧有资源开始了经文创制。首先是分别创撰了一些核心经典，然后随着义理化的推进，又在不同的核心经典的基础上生发出不同的“经群”；东晋末期以降，“经群”又开始孳乳、扩大、衍生，从而形成不同的“经系”，最后经过选择、淘汰，诸多“经系”经过系统的整合，在南北朝末期形成“三洞四辅”经藏体系。

道教在南北朝末期进一步整合的表征之二是教团活动的组织化和制度化。早期创生宗教如太平道、五斗米道等都实行政教合一的组织以便发动救世起义，但这显然不被世俗政治所容许。其他民间宗教往往是聚众乡社，不免流于松散。而以士人为主的上清新教，则采取秘密结社的隐修形式，也不敷流布壮大的需要。于是，新道教在整合中吸收了“三张”五斗米道的“治”“静室”，将其改换成栖道接神、传法度人的场所，以从事忏悔请罪、炼度清修或治病疗人、庇护无助等宗教活动。① 同时模仿了佛教寺庙制度，构建出自身的教团形式——道馆，并从陆修静开始逐渐建立出家入馆修道的独立教团制度。北方则称为“观”，与“馆”取义不同，但性质大抵相似。唐代以后，则统称道教修行之所为“观”，大者则称为“宫”。②

道教在南北朝末期进一步整合的表征之三是仪式，特别是仪

① 赵益：《六朝南方神仙道教与文学》，第 89—91 页。
② 陈国符：《道藏源流考》，第 268 页。

式程序和仪式规范的整理与构建。在整理方面，新道教对如萨满请神附体等原生宗教因素、巫道男女合气等方术，以及首过忏悔等创生宗教仪式，都开始予以一定程度的清理。在构建方面，上清系因为秘密传授的性质，特别注重传经仪式及其规范；灵宝系由于其富于民间宗教本色的特点，则强调祭祀仪式特别是斋戒及其规范。灵宝仪式对后世影响很大，陆修静所整理完成的灵宝科仪至今仍是所有道教仪式的基本结构。[1]

魏晋南北朝道教整合与“形成”的具体历史过程，充分说明道教从一开始既是经文宗教，也是仪式宗教和方法宗教。所谓“经文宗教”，即产生了大量的文字经典并以此作为该宗教的形式基础；“仪式宗教”则是指拥有多样化的仪式，并成为该宗教的主要表象；“方法宗教”乃谓此一宗教强调实践并创发出多种修行方法和解脱手段。毫无疑问，道教可称兼而有之。道教“经文宗教”的本质注定了其对“文字”“文本”的重视，“仪式宗教”的特性导致了其内部神圣文学、音乐、戏剧的发达，而“方法宗教”的特色则导向了神秘主义体验，在更高的层面上铸就了其美学观念的特色。

第二节 魏晋南北朝文学与道教文学

尽管由于儒家思想的强大影响，中国古代文学自始至终并没有完全摆脱社会教化论和道德论的捆绑，但我们必须看到的是，自古至今的文学创作也时时刻刻都在努力挣脱这一锁链，以实现其悲天悯人的内在初衷。这种努力正是在魏晋时期集中开启的，

---

① 索安（Anna Seidel）：《西方道教研究编年史》，吕鹏志等译，中华书局，2002 年，第 25 页。

它源于一种从沉睡中的觉醒，不仅使此一时期的文学呈现出崭新的风貌和多姿多彩的样式，而且从此决定了中国文学此后的道路。

一、魏晋南北朝文学："文学自觉"、文学形式和文学观念

鲁迅正式提出的魏晋时期"文学自觉"的命题，高度概括了魏晋时期文学的独特禀性和历史内涵。所谓"文学自觉"，一是文学的独立，即从经学、史学的附庸中脱离出来；二是当时文士普遍有意进行文学创作，并以抒发一己怀抱为主，而不以之为社会、政治的工具；三是对文学形式和文学审美特征开始进行深入的探讨，并形成了一系列理论。毫无疑问，这一切都在魏晋至南朝时逐渐达成。

"文学自觉"归根结底与人的觉醒有关。李泽厚认为，"在怀疑和否定旧有传统标准和信仰价值的条件下，人对自己生命、意义、命运的重新发现、思索、把握和追求"就是一种"人的觉醒"，魏晋时期文学的自觉不过是人的觉醒的反映。① 这同样是一个发人深省的论断，深刻地揭示出魏晋南北朝文学的阶段性特征和本质性意义。

因此，自建安时期起文学开始深刻地抒发人生的感慨，"观其时文，雅好慷慨，良由世积乱离，风衰俗怨，并志深而笔长，故梗概而多气"（《文心雕龙·时序》）②。从"对酒当歌，人生几何，譬如朝露，去日苦多"（曹操《短歌行》）③、"朝阳不再盛，白日

① 李泽厚：《美的历程》，广西师范大学出版社，2000 年，第 119—138 页。

② 刘勰：《文心雕龙注》，范文澜注，人民文学出版社，1958 年，第 673—674 页。

③ 逯钦立：《先秦汉魏晋南北朝诗》，中华书局，1983 年，第 349 页。

忽西幽。去此若俯仰，如何似九秋。人生若尘露，天道邈悠悠。齐景升丘山，涕泗纷交流。孔圣临长川，惜逝忽若浮”（阮籍《咏怀》三十二）[①]，到“天道信崇替，人生安得长，慷慨惟平生，俯仰独悲伤”（陆机《门有车马客行》）[②]、“悲晨曦之易夕，感人生之长勤。同一尽于百年，何欢寡而愁殷” （陶潜《闲情赋》）[③]，“在表面看来似乎是如此颓废、悲观、消极的感叹中，深藏着的恰恰是它的反面，是对人生、生命、命运、生活的强烈的欲求和留恋”[④]，实质上也就是对生命、人生达成了一种终极性的体察。人一旦形成这样一种觉醒，无论是任性逍遥、隐逸自遁，还是纵酒放诞、苦闷彷徨，发而为文学，必然成为“人”的文学。

文学由服务政教而转趋写志抒情，传达的内容也因之而扩大，既反映人生，也反映社会。曹操的“贼臣持国柄，杀主灭宇京。荡覆帝基业，宗庙以燔丧。播越西迁移，号泣而且行。瞻彼洛城郭，微子为哀伤”（《薤露》）[⑤]、“白骨露于野，千里无鸡鸣。生民百遗一，念之断人肠”（《蒿里行》）[⑥] 并非简单地以权臣之身不忘生民疾苦，而是反映出精英文学（文人乐府）本身在人的觉醒下视野的必然扩大。不仅如此，文学还可以阐发哲理，追求玄远的情趣，最终扩大至田园和自然山水的描写，并与抒写一己怀抱紧密结合，完成文学对人生、社会、自然的全方位反映和对作者心灵之光的深刻表现。

---

① 逯钦立：《先秦汉魏晋南北朝诗》，第 503 页。

② 陆机：《陆机集》，金涛声点校，中华书局，1982 年，第 67 页。

③ 严可均：《全上古三代秦汉三国六朝文》，中华书局，1958 年，第 2096 页。

④ 李泽厚：《美的历程》，第 124 页。

⑤ 逯钦立：《先秦汉魏晋南北朝诗》，第 347 页。

⑥ 逯钦立：《先秦汉魏晋南北朝诗》，第 347 页。

同时，文学在不断的表现中完善自身的形式，“俪采百字之偶，争价一句之奇，情必极貌以写物，辞必穷力而追新”（《文心雕龙·明诗》）[①]，文学的形式本身也成为一种审美。及至南朝梁《文选》编纂之时，文体类型多样，体式成熟，修辞发达，文学形式也达到了一个新的境界。

在丰富的文学创作和不断生发的对文学的审美中，文学理论也相应产生。以《典论·论文》《文赋》《诗品》《文心雕龙》为代表的一系列理论著作，或指明文学的抒情本质，“古之作诗者，发乎情，止乎礼义。情之发，因辞以形之；礼义之旨，须事以明之，故有赋焉。所以假象尽辞，敷陈其志”（《文章流别志》，《艺文类聚》卷五十六引）[②]、“故其叙情怨，则郁伊而易感；述离居，则怆怏而难怀；论山水，则循声而得貌；言节候，则披文而见时。是以枚贾追风以入丽，马扬沿波而得奇，其衣被词人，非一代也”（《文心雕龙·辨骚》）[③]、“诗者，志之所之也。在心为志，发言为诗。情动于中而形于言”（《文选序》引《诗序》）[④]；或强调文学的美感，“诗赋欲丽”（《典论·论文》）[⑤]、“诗缘情而绮靡，赋体物而浏亮”（《文赋》）[⑥]；或标举文学形式的重要，“事出于沉思，义归乎翰藻”（《文选序》）[⑦]、“诗人感物，联类不穷，流连万象之际，沉吟视听之区。写气图貌，既随物以宛转；属采附声，亦与

---

① 刘勰：《文心雕龙注》，范文澜注，第67页。

② 欧阳询：《艺文类聚》，汪绍楹校，上海古籍出版社，1965年，第1018页。

③ 刘勰：《文心雕龙注》，范文澜注，第47页。

④ 萧统：《文选》，李善注，中华书局，1977年，第1页。

⑤ 严可均：《全上古三代秦汉三国六朝文》，第1097页。

⑥ 陆机：《文赋集释》，张少康集释，上海古籍出版社，1989年，第71页。

⑦ 萧统：《文选》，第1页。

心而徘徊。故灼灼状桃花之鲜，依依尽杨柳之貌，杲杲为出日之容，瀌瀌拟雨雪之状，喈喈逐黄鸟之声，喓喓学草虫之韵。皎日、嘒星，一言穷理；参差、沃若，两字穷形：并以少总多，情貌无遗矣。虽复思经千载，将何易夺？及《离骚》代兴，触类而长，物貌难尽，故重沓舒状，于是嵯峨之类聚，葳蕤之群积矣。及长卿之徒，诡势瑰声，模山范水，字必鱼贯；所谓诗人丽则而约言，辞人丽淫而繁句也”（《文心雕龙·物色》）[①] 等，奠定了中国古代文学理论的基本框架。

人的觉醒的根本动因是社会环境的变迁，而在社会、政治、经济诸多因素发生重大变化时期出现的创生宗教，则是人的觉醒的直接刺激之一。如前一节所述，自东汉末年以来的悲惨时世和痛苦生活给创生宗教的勃兴提供了最好的温床。创生型宗教是来源于既有的原始宗教传统并对其加以改革、创新的新兴宗教，它们都是某一个人或某些特殊的群体（尽管很多情况下并没有在历史上留下真实的姓名）按照自己的宗教信念主动创建的，有确定的创教时间和形成过程。创生型宗教肇自阶级社会的苦难生活，故而特别强调人们普遍关心的某些问题，诸如人世苦难的根由与解决办法，善与恶的来源、性质和结果，以及现世与彼岸世界的关系等。[②] 创生型宗教最初都表现为以末世观为基础的宗教救世运动，当越来越多的知识分子参与到义理建设中时，其视野便逐渐扩大，开始由单纯的救世运动发展成为对根本问题的思考及对彻底解脱的追求。一旦这种思考上升到探求宇宙、社会、人生本质的高度，势必促使他们打破旧有的拘碍，而重新思考人生的意义。

① 刘勰：《文心雕龙注》，范文澜注，第 693—694 页。
② 金泽：《宗教人类学导论》，宗教文化出版社，2001 年，第 104 页。

外来的佛教和整合形成的道教，都发挥了这样的作用，而且进一步与其觉醒的表现——文学创作产生了深入的互动。

宗教与文学的深入互动有多种内容：首先是文学反映宗教，宗教运用文学；其次是宗教影响了文学，文学也反过来建构宗教。所谓“文学反映宗教”，就是文学作品记录和描写了宗教的内容，或者抒发了创作主体对宗教的感受；所谓“宗教运用文学”，即宗教运用文学手段进行传播和教化，这是作为语言书写的文学所具有的承载并传播文化内容的普遍性意义所在；所谓“宗教影响文学”，是指宗教刺激了创作主体的意识，促生了相关题材，加深了文学的意蕴；所谓“文学建构宗教”，是指文学以其强大的表现力、影响力反过来形成对宗教的再建设。尽管四种关系常常是交织在一起发生作用的，但后两种关系相对较为重要，其互动过程也就是两个文化因素在文化体系中有机融合，从而形成文化整体性的过程。尤其不可忽视的是，此一互动的意蕴不在于表面的关涉，而在于深层的、结构性的联系。

以魏晋南北朝道教和文学而言，古老的长生之说和新兴的神仙道教信仰，既刺激了创作主体的想象，也扩大了文学的内容和表现形式，比如对“飞腾上仙”宗教母题深化而产生的“游仙诗”、夸饰仙山海岛的“神仙小说”、缘于人神感会而创作的“仙歌”，即是上述互动的典型成果。神仙道教所具有的经教性、仪式性和实践性特征同时强烈地刺激了文学、书法、绘画、音乐等艺术形式的发达，从而推动了关于文学、艺术理论的思考[①]，并进而形成一种神仙审美，则是更深一层次的互动结果。而由文学作品的艺术化再现而达成的仪式表现，以及其艺术效果所达成的对神

① 索安（Anna Seidel）：《西方道教研究编年史》，吕鹏志等译，第82页。

仙信仰的加强，乃是文学建构宗教的最核心的表现。

二、宗教文学、魏晋南北朝道教文学以及本阶段道教文学史的立论基础

在相当长的一个时期内，汉语学术界关于“宗教—文学”及相关问题的研究，主要致力的还是宗教与文学之关系的探讨，而非对“宗教文学”本身的关注。尽管已经有很多学者有意识地开始进行中国语境中的“宗教文学”问题的建设，但在操作层面上仍然未能完全摆脱旧有惯性。造成此一情形的原因十分复杂，既有文化的、历史的因素，也有现实的困难，比如中国学术现代化转型过程中产生的一系列悖论等。就结果而言，可以非常肯定的是，以“宗教与文学的关系”为研究对象和以“宗教文学”为中心问题是两种不同的路径，从而在概念、逻辑及方法上必然呈现出相当程度的差异。

以“宗教与文学的关系”为研究对象，其逻辑出发点必然是将“宗教”与“文学”视为文化系统中的两种要素，从而探讨它们的互动关系。同时，无论是“宗教”还是“文学”，也都必然遵循现当代学术的概念定义，且很大程度上是以西方学术话语系统作为标准。“宗教”姑且不论，如“文学”，尽管同样难以定义，但以诗歌、戏剧、书面叙事文学和民间口头叙事文学为主要对象成为一种便宜的处理方式。虽然这一定义与古代中国的实际不尽吻合，但因为“中国古代文学”从一开始就是一种遵照当代西方观念建立起来的“格义”式的体系，所以在普遍使用西方话语系统的情况下仍然可以进行具体的操作，不至于发生太大的自我背反。

以“宗教文学”为中心问题则明显不同。首先在逻辑上，“宗

教文学”必然是指宗教本身的“文学”，因为宗教影响下的“文学”，另属于“宗教与文学的关系”范畴。其次，“宗教文学”的命题与不同文化语境息息相关。什么是中国的“宗教”，什么是中国的“宗教本身的文学”成为首先必须解决的问题，不容逃避。如果说“宗教”尚可以佛教、道教做简单格义式对应的话，“宗教本身的文学”则扞格尽显：以创作主体论，是仅限于宗教内部，比如佛僧、道士、向道者，还是包括一切人士？这个问题的不同结论与前述“宗教文学”的根本逻辑互不统摄，非它即我，非我即它：如果仅局限在宗教本身的“文学”，必然很难涵括其他创作主体；如果创作主体不分内外，那么就不能仅仅限于宗教内部的文学。再以内涵或性质论，什么是中国语境中宗教本身的“文学”？举例言之，如果说偈语、赞颂、宗教寓言、神仙故事等至少还符合一定的文学形式标准的话，诸如经文、章表乃至咒语等，是否仍然算得上是“文学”？

两种研究及其不同路径都有存在的理由。问题在于，“宗教与文学的关系”固然重要，但“宗教文学”显然更为迫切，因为此一问题既然与不同文化语境紧密相关，所以对它的研究必然有助于对自身文化的深入认识。忽略“宗教文学”的理论建设，不仅无助于推动宗教与文学关系研究的深入，最重要的是会产生种种悖论，无法对中国传统宗教的特质进行有效的反思。

近十几年中，已经有越来越多的学者逐渐发现此前仅仅着力于“宗教与文学关系”研究的局限性，从而开始努力建设中国“宗教文学”的问题领域，并且意识到首先建立逻辑、概念系统等学理基础的迫切性。特别是最近一段时间以来，一大批学者正进行着孜孜不倦的努力，并取得了一定的共识。按照个人粗浅的理解，这种共识的核心就是关于“中国宗教文学”的命题形成了三个基本界定：一是创作主体限定为宗教内部。宗教的“内、外”与经藏的“内、外”不同，后者只是简单地以宗教经藏为对象标准，而前者则是以创作主体是否具有“宗教性”为甄别原则。因此，创作主体虽然主要为佛僧、道士或有心从道者，但如果其他创作主体具有强烈的宗教认同从而徘徊于出入之际，当然也可以包括在内；二是采取“大文学”观念。所谓“大文学”，略等同于章太炎所谓一切著于竹帛者通谓之文的观念[①]，即从传统的“文体”观念立论，把一切具有语言表达及文字书写形式意义的“文”全部涵括在内；三是强调“民族本位诗学”，即在中国语境中进行文学史、文学批评研究并建构相关理论。毫无疑问，这一逻辑设定使“中国宗教文学”和“中国宗教文学史”具备了真正的合理性和可能性基础。

首先，“宗教文学”得到了明确，即“宗教文学”是“宗教”本身的“文学”或直接所属的“文学”。“宗教性”是宗教文学的根本属性。“宗教文学”由此而可以定义为：在宗教的作用下，表达宗教体验、宗教感情以及反映宗教主体精神世界，体现出与其他文学有别的特殊感情，并具备一定的特殊体式的文本作品、口头创作或戏剧表演。当然，宗教本身的文学并不是超然于整个世俗文学之外的，而是文学的一种特殊形态，是受到世俗文学的影响与渗透的，也是与同一时期整体文学的突破性成就密不可分的。“宗教文学”既得到了清楚的界定，则“宗教”影响下的“文学”，或“文学”中所表现的“宗教”，就成为另外的问题，仍归于传统的文学研究范畴。

---

① 章太炎：《文学总略》，载章太炎：《国故论衡疏证》，庞俊、郭诚永疏证，中华书局，2008 年。

其次，问题的提出与问题的研究立足于中国语境，从而避免了风马牛不相及的尴尬，使学术反思真正做到了有的放矢。“大文学”的观念，显然比单纯采取现代意义上的“文学”视角，更契合古代中国的实际。

最后，有意识地进行符合对象属性的理论方法建设，以文化本位立场构建本土文学理论，避免机械的套用，也就必然能够得到更加合理有效的反思结果。以此进行崭新的中国古代宗教文学或宗教文学史的研究，因为具备充分的学理基础，必然会建立起真正的问题领域，从而取得突破。

就“魏晋南北朝道教文学”这一在道教文学史上具有某种典型意义的课题而言，上述界定使这一研究立即具备了对象因素，凸显出种种问题，并富含思想的、宗教的、文学的意义。在文学史最为重要的要素——内容对象方面，魏晋南北朝道教文学可以用以下标目予以概括，即：经表之文、仙真之传、神仙之说、仙灵之诗。

“经表之文”主要是指当时道教所撰作的，具有文体意义的各类经文、降诰和章表。公元四至六世纪是道教“造经运动”的蓬勃发展时期，逐渐形成了“三洞四辅”体系。“四辅”中的太平经、金丹经、正一经，以及“三洞”中的“本文”“玉诀”“赞颂”“章表”等，都属于具有独特文体性质的经文范畴。在道教创教者看来，这些经文是“三元八会之文、云篆光明之章”，具有崇高的本体意义。道教经文正是在魏晋南北朝时期形成了它的基本体式，无论是《太平经》的散文体式还是《黄庭经》《大洞真经》的韵文体式，抑或是各种禁咒、符箓、斋戒乃至解注、冢讼、上章之文，都具有鲜明的文体特征，深刻地影响了后世的道教经文创作。在这里，核心的观照视角是“文体”这样一种传统观念，而不是当代的文学性标准，因此，无论是富于形式的韵体经诰还是缺乏文学意味的章咒、符箓，只要是具有“文体”的意义，就必然成为审视对象。对经文的探讨，不仅可以从文本书写、文体特色的角度进行研究，同时也可以结合宗教学、人类学研究的诸种视角，揭橥其发生、发展的脉络。

“仙真之传”是指宗教特有的“圣徒传记”，在道教中即各种“仙传”。如果说刘向《列仙传》开辟了神仙传记纪元的话，葛洪的《神仙传》则代表了仙传的成熟，无论是思想旨趣还是文学形式，都达到了一个极高的境界。在道教不断趋于义理化、世俗化、体系化的大背景下，出于构建宗教内史的需要，再加上古代史传传统的深刻影响，葛洪的《神仙传》以及魏晋南北朝出现的许多仙传如上清系传记，不仅具备鲜明的文体特色，而且在主题取向、审美意趣、结构、叙事、修辞技巧上也都有丰富的创造，实现了“圣徒传记”这一文体所应有的教谕与传化功能，并且对后世的神仙故事类文本产生了深远的影响。

“神仙之说”即现代所谓的“神仙小说”。魏晋南北朝时期有一部分文本完全可以定义为“神仙小说”，是“志怪”“志人”以外的一个重要类型。小说本滥觞于神鬼之谈，真正的小说大兴于汉魏晋南北朝这一“怪力乱神”重新“回归”时期的事实，充分地证明了这一点。汉魏南北朝各种小说中，记述神仙鬼怪异闻之作品可知有五十多种（现存及辑存者有三十多种），占有绝对重要的地位。其中直接关涉神仙的“神仙小说”是与“志怪小说”不尽相同的一类，特别是其中一些在道教内部形成的，带有极强宗教教义观念的，从我们今天的观点来看属于虚构的关于仙界和仙人的作品，如《汉武帝内传》《十洲记》，典型地体现了“神仙小说”的独特内涵。它们在原型改造、母题或最小情节单位、结构和叙事等方面，同样深刻地影响了后世的小说创造。

“仙灵之诗”即民间祭神乐歌以及神仙道教内部各类神圣诗歌。民间祭神乐歌自古以来从未衰歇，唯因口耳相传而失于记录，幸赖采入乐府而有所保留。魏晋南北朝道教内部的神圣诗歌，则包括仪式性的“灵章仙乐”如秘谕诗、仙歌诗和赞颂诗，也包括向道或皈依的文士在强烈宗教体验下的创作，前者是宗教仪式的文学展现，后者是宗教体验的艺术表达，是当时道教尤其是南方神仙道教中最具有文学性的创作。

实际上，这些魏晋南北朝道教文学的问题和对象并不是新发现，前辈时贤也已经从各种角度进行了阐论，如陈国符、朱光潜、柳存仁、王瑶、程千帆、饶宗颐、孙昌武、王国良、李剑国、李丰楙、钟来茵、葛兆光、詹石窗、张松辉、王小盾、刘跃进、谢聪辉、王青、陈伟强、谢世维，以及域外学者青木正儿、吉冈义丰、酒井忠夫、福井文雅、游佐昇、小南一郎、深泽一幸、三浦国雄、神塚淑子、康德谟（Maxime Kaltenmark）、贺碧来（Isabelle Robinet）、傅飞岚（Franciscus Verellen）、薛爱华（Edward H. Schafer）、司马虚（Michel Strickmann）、柯睿（Paul W. Kroll）、柏夷（Stephen Bokenkamp）等，都做出了显著的贡献。不过，前此研究有不少是道教史或道教与文学关系研究的副产品，直接由“道教文学”问题意识而生发者并不多见。最主要的是，因为没有充分建立起中国语境下的“宗教文学”的理论及学理基础，致使已有研究存在着很多不足之处。因此，本书在这方面所要做的，是在前人的基础上继续往前迈出急切的一步：以合理的“道教文学”作为概念基础和逻辑前提，对魏晋南北朝这一历史阶段的种种道教文学现象进行历史的梳理，并反思其在整体道教文学史上的意义。

当然，前述关于“中国宗教文学”崭新的理论建构并不是无懈可击的，任何反思视角和理论都不可能放之四海而皆准，它们会以对象的复杂性而时时面临着问题，以上所述“魏晋南北朝道教文学史”的对象领域和问题意识也必然存在着很多未知的挑战：当我们力图解决旧有的矛盾而改换思路的时候，马上就会遇到新的悖论。但我们坚信，悖论并不可怕，因为人类的一切反思正是伴随着悖论的存在而存在的，人类的智慧水平也始终是在发现悖论和解决悖论的过程中获得提升的。

第二章　三元八会与云篆光明：经文的创撰及其文体特色

文明时代的创生型宗教都是从造经起步的，道教也不例外。从东晋建立到南北朝，南北方都出现了新的趋势，一批与道教旧有元素和汉末三国时期各地创生宗教不尽相同的新道教相继出现，一场广泛的“造经运动”同时发生，大量的经文被创作出来，并由此在公元6世纪形成了“经藏”——“三洞四辅”。即就现存者而言，魏晋至唐初产生的道经仍有数百种之多。造经运动产生了大量的经文，奠定了南北朝以后道教整合、形成的重要基础，并使道教呈现出浓厚的“经文宗教”（textual religion）特征。

第一节　道教“天书—真文”神学思想及其影响下的文字、文章观念

道教经文的创制过程中，道教神学核心观念之一的“天书—真文”思想发挥了关键性的指导作用。道教从一开始就具备崇尚文字经籍，注重仪式性书写的传统以及一系列关于语（文字、文章）、言（语言和言说）的观念，也都是此一“天书—真文”宗教

神学思想的逻辑衍生。[①]

一、“天书—真文”神学思想

道教“天书—真文”观念渊源极深，表现多端，但最典型的形态源自“圣人破解自然符号并创造世界的传说和所谓神圣的玉字悬于原始空间的灵宝神话”[②]，以东晋灵宝经系统最为突出，并在此后南北朝道教义理化的过程中有所整合，至唐趋于定型。现存道经中最早明确表述的是《真诰》卷一：

> 造文之既肇矣，乃是五色初萌，文章画定之时，秀人民之交，别阴阳之分，则有三元八会群方飞天之书，又有八龙云篆明光之章也。其后逮三皇之世，演八会之文，为龙凤之章，拘省云篆之迹，以为顺形梵书，分破

① 参阅索安（Anna Seidel）《西方道教研究编年史》中“神圣的经典”一节的综述；劳格文（John Lagerway）《中国的文字和神体》（《法国汉学》第二辑，北京：清华大学出版社，1997 年）；Stephan Peter Bumbacher，“Cosmic Scripts and Heavenly Scriptures：The Holy Nature of Taoist Text”，*Cosmos*：*The Journal of the Tradition Cosmology Society* 11. 2（1995）：139 – 154；龚鹏程《道教新论》（台湾学生书局，1999 年）第四章“道门文字教”；卿希泰《中国道教思想史（第一卷）》（人民出版社，2009 年）第七章第二节“灵宝派的天书观与济世度人信仰”；李丰楙《台湾道教抄本史料及其运用》（《台湾现代史专题研究报告》第二十一辑《台湾史料的搜集与运用讨论会论文集》，“台湾民国史料研究中心”，2000 年）、《礼生与道士：台湾民间社会中礼仪实践中的两个面相》（载王秋桂、庄英章、陈中民：《社会、民族与文化展演国际研讨会论文集》，汉学研究中心，2001 年）；王承文《敦煌古灵宝经与晋唐道教》（中华书局，2002 年）；吕鹏志《早期灵宝经的天书观》（载郭武：《道教教义与现代社会国际学术研讨会论文集》，上海古籍出版社，2003 年）；谢世维《天界之文：魏晋南北朝灵宝经研究》（台湾商务印书馆，2010 年）；葛兆光《“神授天书”与“不立文字”——佛教与道教的语言传统及其对中国古典诗歌的影响》（《文学遗产》1998 年第 1 期）；张崇富《早期道教的文字观和经典观》（《四川大学学报（哲学社会科学版）》2003 年第 4 期）。

② 索安（Anna Seidel）：《西方道教研究编年史》，吕鹏志等译，第 42 页。

二道，坏真从易，配别本支，乃为六十四种之书也，遂播之于三十六天十方上下也。各各取其篇类，异而用之，音典虽均，蔚迹隔异矣。校而论之，八会之书是书之至真，建文章之祖也。云篆明光是其根宗所起，有书而始也。今三元八会之书，皇上太极高真清仙之所用也；云篆明光之章，今所见神灵符书之字是也。①

最为系统的归纳性描述则是道教整合基本完成的初唐时期的《隋书·经籍志》“道经序”：

云有元始天尊，生于太元之先，禀自然之气，冲虚凝远，莫知其极。所以说天地沦坏，劫数终尽，略与佛经同。以为天尊之体，常存不灭。每至天地初开，或在玉京之上，或在穷桑之野，授以秘道，谓之开劫度人。然其开劫，非一度矣，故有延康、赤明、龙汉、开皇，是其年号。其间相去经四十一亿万载。所度皆诸天仙上品，有太上老君、太上丈人、天真皇人、五方天帝及诸仙官，转共承受，世人莫之豫也。所说之经，亦禀元一之气，自然而有，非所造为，亦与天尊常在不灭。天地不坏，则蕴而莫传，劫运若开，其文自见。凡八字，尽道体之奥，谓之天书。字方一丈，八角垂芒，光辉照耀，惊心眩目，虽诸天仙，不能省视。天尊之开劫也，乃命天真皇人，改啭天音而辩析之。自天真以下，至于诸仙，展

① 陶弘景：《真诰》，赵益点校，中华书局，2011 年，第 11 页。

转节级，以次相授。诸仙得之，始授世人。[①]（《隋书》卷三十五）

“天书—真文”思想的基本逻辑是：天地开辟之前就存在着一种“元一之气”，它无始无终、无生无灭；由此“元一之气”孕育“元始天尊”，敷说同样禀气而生的“天书、真文”以开劫度人；“天文”“真书”既是“自然而有，非所造为”，又并非随时降示，“天地不坏，则蕴而莫传，劫运若开，其文自见”。

根据《隋书·经籍志》“道经序”及东晋南朝古道经的记述，“天书—真文”的建构经历了一个过程。原始的“天文”只是八个字：“字方一丈，八角垂芒，光辉照耀，惊心眩目”，即所谓“三元八会之书”。“三元八会”之名，约成于唐武则天时期《道教义枢》“十二部义”，其中引述陆修静的解释是：“三元既立，五行咸具，以五行为位，三五相合，谓之八会，为众书之元。”[②]“三元八会”之外，“又有八龙云篆明光之章，自然飞玄之义，结空成文，字方一丈”。“云篆明光”的取名，明显是指向于符箓。在最初的构造观念中，“三元八会之文”与“云篆明光之章”有先后之分：“阴阳初分，有三元五德八会之义，以成飞天之书，后撰为八龙云篆明光之章。”（《道教义枢》“十二部义”）[③]造经运动之初，上清系已经将“三元八会之文”和“云篆明光之章”清楚地定性为“经文”和“符书”之别。随着道教的整合特别是“三洞”的形成，后期新出各经才逐渐将“三元八会”与“云篆明光”混同而

① 魏徵等：《隋书》，第1091—1092页。

② 《道藏》第24册，第817页。关于《道教义枢》的成书时代，见王宗昱：《〈道教义枢〉研究》，上海文化出版社，2001年，第1—3页。

③ 《道藏》第24册，第817页。

言，统一于“三洞”之下。如古灵宝经《太上诸天灵书度命妙经》所云：“其玉清上道，三洞神经、神真虎文、金书玉字、灵宝真经，并出元始，处于二十八天无色之上……故大洞真经、灵宝洞玄，洞虚洞无，自然之文，与运同灭，与运同生，包罗众经，诸天之宗。”①

“天书—真文”实质上是一种宗教“启示”观念。“启示”或“天启”（revelation），尽管来自对犹太—基督教的总结，但可以被视作是文明以后世界范围内新兴宗教的共同特征之一。所谓“启示”——“神”向人显示真理或旨意，并通过移去人所受到的封闭阻碍而使人获得开悟——是宗教的基本表象之一：既是“神”“先知”和“人”的存在表现，也是宗教教义的产生途径和表达方式。正如宗教千差万别一样，不同宗教中的启示也各有不同。“天书—真文”作为道教“启示论”的典型，具有显著的特性。

第一，“天书—真文”思想视“气”为创辟之元和启示本体，赋予其宗教至上神的意义。更重要的是，无论是“元一之气”“自然之气”还是“飞玄紫气”都是宇宙之体亦即自然之神，而不是人格化的神。以宇宙而不是人格化的神为创辟之元和启示本体，这是“天书—真文”神学内涵的最核心要素。其渊源可以远溯上古自然崇拜，近溯道家哲学和《易传·系辞》“天垂象，见吉凶，圣人象之”的原始启示观念。

第二，作为一种启示，“天文”“真书”是自然而生，“凡自然真文，皆空中本有”（《上清河图内玄经》卷上）②，而不是神的创造。当然，作为宗教的道教仍必须创造出神祇，以接受启示并加

① 《道藏》第 1 册，第 804 页。
② 《道藏》第 33 册，第 819 页。

以解释与传布，因此开劫以后出现“元始天尊”“大道”说经，并“命天真皇人，改啭天音而辩析之。自天真以下，至于诸仙，展转节级，以次相授。诸仙得之，始授世人”（《隋书·经籍志》“道经序”）[①]。但一方面，元始天尊所说之经“亦禀元一之气，自然而有，非所造为，亦与天尊常在不灭”（《隋书·经籍志》道经序）[②]；同时，天真诸仙所做的不过是一种“辩析”的笔录，并不是自创经文。另一方面，无论是“元始天尊”还是“天真皇人”，抑或当时南方新道教所创造的“高上虚皇道君”“高上元皇道君”“玉玄太皇君”“上皇道君”“玉皇道君”等仙真，人格化的色彩都相当淡漠，基本上都属于“道”的化身。

第三，“天文”“真书”并非随时可以由上天降示的，“天地不坏，则蕴而莫传，劫运若开，其文自见”（《隋书·经籍志》“道经序”）[③]。而此一天地崩坏乃是某种宇宙自然运行的规律所致，即“其间相去经四十一亿万载”的延康、赤明、龙汉、开皇之时“劫运自开”，并非神力使之显现。一切文明以后的创生宗教皆以“末世论”为母体，道教的直接来源——魏晋南北朝之时的各种救世运动亦不例外。但道教在整合中进行了义理化的改造，其有限的末世观念也是一种“宇宙主义”的末世论，即劫运（末世）的发生不肇自现实的灾难和神的审判，而是基于宇宙运行的法则。“天书—真文”所依据的灵宝道教的劫运论和上清道教的“过度壬辰”，均属此类。既然宇宙规定了劫运（末世的到来），因此只有体悟道体，发现宇宙的本元，遵循其所要求的规范，才能够飞升上仙，超越一切。这种宇宙末世论和将旧时代的灭亡与新时代的

① 魏徵等：《隋书》，第 1091—1092 页。
② 魏徵等：《隋书》，第 1091—1092 页。
③ 魏徵等：《隋书》，第 1092 页。

到来视为历史与现实必然的历史末世论，迥乎不同。

“天书—真文”的神学内涵，更加显著地证明了道教更接近“宇宙论”或“宇宙主义”式的宗教，即以宇宙自然为本体，以宇宙的本元、特征和基本规律——“道”为信仰，通过对它的不懈追求以达到与宇宙自然本体的化合而得到解脱。在道教的核心思想中，“道”并非神，而是万神之母。而且，无论是“道”“存在”还是“神”，都是宇宙自然（元始—气—天地万物）的伟力凝聚，不是应乎现实需要特别是末世灾难的社会产物。

“宇宙论”或“宇宙主义”式的宗教决定了道教的启示也是一种“宇宙启示”，即宇宙（自然）是“神”的本元，其根本原理与基本法则——三元八会、云篆光明之章——由得道者（“先知”）通过与“道”或宇宙自然的契合而获得启悟，并传予向道的种民。宇宙启示的本质是指向一种绝对的客体“存在”，通过对此“存在”的追求和体认实现与它的合一。宇宙启示使宇宙、自然具有了终极性的意义。

道教“天文—真书”的“宇宙论启示”实质，决定了其所具有的独特内涵。宇宙启示往往导致两种神秘化的倾向，一种是心物密契式的，一种是神力秘术式的，可以基本对应于西方宗教的“神秘主义”（mysticism）和“秘修教”（occultism）。前者在不同的社会及宗教中有不同的表现形式，但都与宇宙的神秘化解释相关，强调心灵与神或宇宙的契合以达到解脱。道家哲学本即带有原始的宇宙启示意味，因此神秘主义思想甚为显著。[①] 道教的宇宙启示本身来自宗教式的对宇宙自然的崇拜以及由此产生的神秘解

① 关于早期中国的神秘主义，孔丽维（Livia Kohn）有详细的研究，见其《早期中国神秘主义：道家传统中的哲学和救世信仰》（*Early Chinese Mysticism: Philosophy and Soteriology in the Taoist Tradition*, Princeton University Press, 1991）。

释，由此更加凸显那种消除一切主客体隔阂，使自身融合到万物的一体性也就是宇宙之中的观念，同样典型地体现出宗教神秘主义的特质，此以上清道教的存思为显例。秘修教则是坚信并崇尚宇宙的超凡力量和宇宙深处的奥秘知识的观念，并以此为依据发展出一系列控制外物的观念和行为，广泛表现在新旧道教的各个派别中。

“天书—真文”实与“灵宝”观念同源一体。晋南北朝南方灵宝道教的核心“灵宝”或“秘宝”以及“秘法”思想，更多的是直接采自谶纬[①]，并与晋宋之际昌兴的符瑞观念相同步。[②] 实际上，符瑞、谶纬与道教秘宝思想根本上都源自原始宗教信仰自然崇拜中的泛生（Animatism），特别是马纳（Mana）观念。此一泛生信仰若被加以政治、社会化改造而使之成为“预言”（prophecy），则是符瑞和谶纬；若在宇宙启示型的创生宗教背景下发展成为秘术和仪式行为，即为道教秘宝之说。“天书—真文”就体现出后一种秘修教式的发展。原始形态的“三元八会”和“云篆明光”是不同性质之物。“三元八会”之“尽道体之奥”“字方一丈，八角垂芒，光辉照耀，惊心眩目”八字“天书”，毫无疑问是宇宙启示的典型观念，而“云篆光明”之灵书秘符，则是来自宇宙启示所必然导致的秘修教的强化。天启和秘宝的结合，使经箓符图结成一体，促成了道教“经教”或“文字教”的昌兴。即使在后来的道教的发展中经教逐渐让位于科教，仪式化成为主流，但“天书—真文”仍然是道教神学的内核之一，并成为仪式所着力表现和强

---

① 索安（Anna Seidel）：《国之重宝与道教秘宝——谶纬所见道教的渊源》，刘屹译，载《法国汉学》第四辑，中华书局，1999 年，第 42—127 页。

② 山田利明：《〈灵宝五符〉の成立とその符瑞的性格》，载安居香山：《谶纬思想の总合的研究》，图书刊行会，1984 年，第 167—196 页。

化的信仰。

二、道教的文字、文章和语言观念

“天书—真文”独特的神学内涵，使道教产生了相应的文字、文章、语言观念。

首先就是对文字、文章、语言的崇拜。这是逻辑的必然，“天书—真文”的直接表现就是文字以及文字书写的经文和“天皇真人”的宣说，因此对上天启示、秘宝和神力之源的敬畏和希冀，自然就转化为对其具象——文字经文及其解说的崇拜。《元始无量度人上品妙经》赞颂灵宝经最早的核心经典“五篇真文”曰：“五文开廓，普殖神灵。无文不光，无文不明，无文不立，无文不成，无文不度，无文不生。”（《太上洞玄灵宝元始无量度人上品妙经［敦煌本］》）① 在后世解释者看来，“玉字”“真文”不出，则“日月不得光，星辰不得明，乾坤不得立，世界不得成，幽魂不得度，枯骨不得生”（《元始无量度人上品妙经四注》卷二）②。此已将“天书—真文”的具体表现“经符”视为一种“神体”，并发展成为道教的重要义理内容之一。由此，文字、文章崇拜当然也就随之得到进一步的强化，成为道教“经教”或“文字教”的思想基础。

不过，道教文字崇拜与儒家传统文字崇拜的性质不同。在发明文字的古老文化中，都存在不同程度的文字崇拜，并与宗教观念紧密相关。但中国文字极其特殊，表现为以象形为符号基础的音节文字很早定型并基本停止向拼音文字的进化。这一现象的出

① 张继禹：《中华道藏》，第 3 册，华夏出版社，2004 年，第 326—327 页。
② 《道藏》第 2 册，第 202 页。

现并不排除原始宗教的影响，但根本上还是社会因素的作用结果——在语言歧义的广大区域内成功地实现了较大规模的社会组织并促进文化涵化。故而早期中国文化中这种崇尚文字的思想很早就开始摆脱了宗教的气息，而转向对人文的赞美，即视文字为英雄祖先的创造，并成为礼乐文化的基础和保障。其中当然不乏神话的意味，然而仓颉造字中“天雨粟，鬼夜哭”透露出的正是文化力量的伟大。所以儒家虽然崇德尚文，但始终主张德在文先。传统观念中的文字及相应的文章观念是一种“人文”观念，而不是由“天书—真文”启示性质所决定的道教“天文”观念。道教文字崇拜的核心是将一切高妙文字视为宇宙深层结构的显现①，来自宇宙启示而不是历史和社会的教训。宗教启示的神圣性和隐秘性是着重于教化的思想传统所不能理解的，道安对道教的攻击“寻圣人设教，本为招观，天文大字，何所诠谈”（《二教论·明典真伪第十》，《广弘明集》卷八）②，正反映出二者的性质差异。

其次，道家哲学崇尚自然，视一切人力所造为虚妄，故对人为语言符号表示了明确的不信任，而视“大辩无言”为绝对命题。《易传·系辞》“书不尽言，言不尽意”从另一条道路发展了这个命题，魏晋玄学的深入讨论又明确提出了“言—象—意”的哲学主张：言不尽意，而以象征和隐喻为主的“象”则可以成为言、意之间的桥梁。在道教“天书—真文”观念体系中，“天书真文”不是普通文字而是上天启示，“字方一丈，八角垂芒，光辉照耀，惊心眩目”（《隋书·经籍志》“道经序”）③，同时“文势曲折，不

---

① 索安：《国之重宝与道教秘宝——谶纬所见道教的渊源》，刘屹译。

② 僧祐、道宣：《弘明集　广弘明集》，第 147 页。

③ 魏徵等：《隋书》，第 1092 页。

可寻详”（《元始五老赤书玉篇真文天书经》）[①]“自非上神启蒙，莫见仿佛”（《太上灵宝五符序》）[②]。即使是仙真口授成经，也得有通灵非凡之辈作为媒介，“生造乱真，共作巧末，趣径下书，皆流尸浊文，淫僻之字。舍本效假，是嚣秽死迹耳”（《真诰》卷一）[③]。《道教义枢》序进一步总结指出：“洎乎元始天尊升玄入妙，形像既著，文教大行，玄言满于天下，奥义盈乎宝藏。于是系象探其深旨，子史窃其微词，翻译之流，实宗其要。所以儒书道教，事或相通；了义玄章，理归其一。能知其本，则彼我俱忘；但识其末，则是非斯起。而世人逐末者众，归本者稀，欲令息纷竞于胸中，固不可也，惜哉！庄生有言，举天下皆惑，余虽有所向，庸可得乎？”[④] 这里所谓“归本”，就是回归自然启示，在宇宙垂象中探寻“道”意。道教的文字、文章观念不仅继承了“大辩无言”的命题和“圣人象之”的原则，还吸收了“言—象—意”模式并做了宗教化的改造，同时又加入了神秘学的解释，从而使自道家哲学以来的文字不在于表面意义而在于其启示内涵的思想观念得到了进一步的加强。“立象设喻—寻象观意—得意忘言”所以成为中国古代文学理论的重要命题，道教“天书—真文”宇宙启示的宗教强化作用不可忽视。

最后，在道教中，文字、文章、语言的观念和行为丛体成为宗教仪式与宗教实践最重要的内容。这有三个主要表现：一是以崇奉文字经文观念为主导的传经、授箓仪式成为最重要的仪式之一，甚至成为制度化的体现；二是各类“文章”成为人神交流的

---

① 《道藏》第1册，第774页。

② 《道藏》第6册，第316页。

③ 陶弘景：《真诰》，第11页。

④ 《道藏》第24册，第804页。

媒介，上章、礼赞成为各种仪式中必不可缺的内容环节；三是诵习、书写经典（包括书写符箓）成为重要的实践手段。道教的仪式性特征和“经教”逐渐让位于“科教”的历史趋势均无疑义，从某种程度上说，仪式化的道教只是尊奉作为符号的文字、文章的结论也是可以成立的。[①] 但劳格文认为，为了获取体“道”的拯救，道教信众们“首先应该服从的不是在神言中并且通过神言表达的神的意志，而是文字组成的体”[②]，并不恰当。因为道教“宇宙启示”的宗教性使道教中一切既是“道”的符号、象征和垂示，也是一种“神体”，文字、文章犹然，体现并表达出“神”的意志。道教信仰者通过文字、文章“神体”追求的是最高的“道体”，而不是仅仅服从于文字、文章之低一级的“神体”。最高的“道体”即是与大化融合，实现灵肉不死的终极解脱。这一信仰有赖于文字和文章仪式表现、传达，反过来文字和文章仪式又不断强化这一信仰。

总体而言，儒家传统的文字、文章、语言和经典观念是人文式、教化式和道德伦理式的，而道教则是启示性、象征性和仪式性的。这种区别不仅仅在于世俗与宗教的笼统划分，更重要的是道教宗教性的特殊内涵——“宇宙启示”的深层规定。可以认为，在语、言的本体认识上，中国古代在“人文”传统外，还存在着一个与之并行的“天文”传统。[③]“天文”“人文”之别起源甚古，《易·贲》彖辞有“观乎天文以察时变，观乎人文以化成天下”，

---

① 参阅索安：《西方道教研究编年史》，吕鹏志等译，第 43 页。

② 劳格文：《中国的文字和神体》，载《法国汉学》第二辑，清华大学出版社，1998 年，第 84 页。

③ Stephan Peter Bumbacher，“Cosmic Scripts and Heavenly Scriptures：The Holy Nature of Taoist Text”.

这时的“天文”“人文”还主要是指具体性的自然、社会知识；《系辞》中的“天文”开始具有朴素的自然启示意味，与先秦道家有相通之处。其他先秦典籍中所谓“人文”，则为“文化”“礼仪”之义。① 假如以宇宙自然启示为“天文”，以人伦世道教训为“人文”，则此两种“道体”及其表现传统确乎存在。魏晋南北朝时期，各种新兴创生宗教蓬勃兴起，义理化的道教继承并发挥道家思想，以宗教的独特力量系统地加强了宇宙自然启示型的“天文”传统，和人伦世道教训式的“人文”传统形成折中。道教“天书—真文”的启示性实质及其文字、文章、语言观念的独特内涵，正是这一“天文”传统强化的具体表现。

第二节　造经运动的发展与经文体式

在“天书—真文”观念的催发和佛教经文的直接刺激下，从西晋至南北朝末期，道教造经运动蓬勃兴起，成果巨大。道教具有“经文宗教”特色这一事实本身，可以说正是魏晋南北朝道教文学的一个突出表征。

经文所反映出来的文学性是多方面的，但最重要的还是文体的创获。这是因为宗教经文的创撰根本上肇自宗教义理的深化、仪式和象征的展现及宗教社会功能的发挥，所以必然需要在形式与结构上与其所表现的内容有机契合，由此不同的文体应运而生，而且随着宗教的演化不断发展变化。一种文化中的宗教文体，总

---

① 刘若愚谓：“天文（configurations of heaven）、“人文”（configurations of man）作为模拟，分别指天体与人文制度，而此一类比后来被应用于自然现象与文学，被认为是“道”的两种平行的显示。（刘若愚：《中国文学理论》，杜国清译，南京：江苏教育出版社，2006 年，第 22 页）刘氏的观点与本书此处的总结并不相同。

是这一文化中文体特质的显著反映。道教的经文尤其如此，它虽然受到佛教的影响，但归根结底仍是植根于传统书面语文和经典文学传统而生发的，故而与魏晋南北朝整体的文体成就紧密相关，共同成为此一时期文学史重要的内容之一。

一、东晋以降的造经运动与经藏的形成

西晋时期已经存在的经典主要是《道德经》和《太平经》。注说《老子》之《想尔》以及关于修炼的《黄庭》《妙真》等[①]，也有可能已经成文。此外就是零散的方技之书。炼丹、符咒类经文渊源古老，也分别自成一系。这些经文虽然始终发生着影响，但已明显不能适应东晋新道教的需要。

新的宗教经文的创制与宗教的普及和义理化紧密相关，各种宗教运动如欲扩大影响并进行义理创建，都需要构造经文。早期太平道所用经文不详，“三张”五斗米道可以确定已撰有经文，如托名于张鲁的《老子想尔注》以及诸如《正一法文天师教戒科经》等[②]，并成为其后续“正一盟威”之道构筑新经文的基础。晋室南渡以后的寇谦之北方新道教和南方诸多新道教，在创撰经文方面尤为突出。其中，南方新道教在义理建设上创获最丰，在经文造

---

① 《正一法文天师教戒科经》中的《大道家令戒》提到此类经文：“道使末嗣分气治民汉中四十余年，道禁真正之元，神仙之说，道所施行，何以《想尔》、《妙真》，三灵七言，复不真正，而故谓道欺人，哀哉可伤……《妙真》自吾所作，《黄庭》三灵七言，皆训喻本经，为《道德》之光华。”（《道藏》第 18 册，第 236—237 页）

② 关于《正一法文天师教戒科经》的形成时间，学者有不同的看法且分歧较大：一说是在曹魏晚期，一说不早于苻秦，一说认为是刘宋末所撰。参阅唐长孺：《魏晋期间北方天师道的传播》，载唐长孺：《魏晋南北朝史论拾遗》，中华书局，1983 年；（日）小林正美：《六朝道教史研究》第二篇第四章，李庆译，四川人民出版社，2001 年。

制上成就也最高。

造经运动既是一篇篇经文的编纂，也是一个从“经”到“经群”再到“经系”的发展过程。

最早出现的是一些核心经典：三皇经是“三皇文”，灵宝经可能是“五篇真文”或“灵宝五符”①，上清经是“大洞真经三十九章”。这些经文内容单一，字数也不多，灵宝经之“本源”部分为一千一百零九字②，“大洞真经三十九章”最初可能仅为三十九神名③，而“三皇文”原来也并没有三卷之多。随着东晋中期造经运动的展开，这些核心经典不仅本身有孳乳，同时又以其为中心逐渐形成“经群”：三皇经形成“大有箓图天皇内文、大有箓图地皇内文、大有箓图人皇内文”三卷，灵宝经形成“十部妙经”若干卷，上清经形成以《大洞真经三十九章》为中心的“上清大洞真经”若干卷。

造经运动的深入出现在东晋末期到刘宋初期。士人的参与和义理化提升是南方新道教兴盛的关键契机，当然也是敷衍或新创经典的直接动力。《真诰》中就已经反映出许氏家族出现创造新经的动向。至少他们记录的相关仙真诰语，成为新经撰作的资源。

---

① 葛洪《抱朴子内篇》之《辨问篇》：“灵宝经有《正机》、《平衡》、《飞龟授袟》凡三篇，皆仙术也。”《遐览篇》著录有《正机经》《平衡经》《飞龟振经》（王明《抱朴子内篇校释》谓“飞龟振经”有脱文误字）。另《神仙传》“华子期”条：“受《隐仙灵宝方》，一曰《伊洛飞龟秩》，二曰《伯禹正机》，三曰《平衡方》，按合服之，日以还少，一日能行五百里，力举千斤，一岁十二易其形。”（《神仙传校释》，胡守为校释，中华书局，2010 年，第 54 页）这一部分古灵宝仙术文献并没有成为核心经典，但可能被葛氏后人吸收进“仙公新经”系统。

② 敦煌遗书 P2861v + P2256。此据《灵宝经义疏》（拟），载《中华道藏》第 5 册，2004 年。

③ 参阅赵益：《六朝隋唐道教文献研究》，凤凰出版社，2012 年，第 42—47 页。

于是在这个时期，先有葛氏家族的葛巢甫新构灵宝经，创撰、汇编出一批拟托于其四代族祖葛玄的十一卷“仙公新经”；后至义熙中：

> 复有王灵期者，才思绮拔，志规敷道，见葛巢甫造构灵宝，风教大行，深所忿嫉，于是诣许丞求受上经。丞不相允，王冻露霜雪，几至性命。许感其诚到，遂复授之。王得经欣跃，退还寻究，知至法不可宣行，要言难以显泄，乃窃加损益，盛其藻丽，依王、魏诸传题目，张开造制，以备其录。并增重贶信，崇贵其道，凡五十余篇。趋竞之徒，闻其丰博，互来宗禀。传写既广，枝叶繁杂，新旧浑淆，未易甄别。自非已见真经，实难证辨。(《真诰》卷十九《真诰叙录》)[①]

陶弘景的这个客观陈述极为重要，至少说明了两个重要的事实：第一，衍生的经典无疑是士人的作品，葛巢甫已经可以肯定为葛氏家族之人（《道教义枢》卷二《三洞义》谓为葛洪从孙），王灵期生平虽不可考，但社会身份也是士人无疑。这些从道或向道的士人的参与，是经群进一步扩大，新的内容不断被造制出来的关键。第二，因为创作主体为文士的缘故，新撰经典无疑也和当时的文体、语言风尚甚为一致。总之，葛巢甫、王灵期再加上一些无名作者的贡献，使南方新道教“灵宝”“上清”两大经群得到了前所未有的扩展。“三皇文”本是南方影响最大的古老符图，

① 陶弘景：《真诰》，第341页。

与《五岳真形图》相埒，地位颇为重要（见《抱朴子内篇·遐览》）[①]，因此其经群也在不断地滋蔓，最终和“灵宝”“上清”共同形成了三大“经系”。经系的构成，除了旧有的经、经群以外，主要是增加了新的符箓及相关仪规、口诀、戒律、方法等新经文。现存陆修静“灵宝经目”[②]（见敦煌遗书 P2861、P2256）中所谓“元始旧经”和“仙公新经”正是这种情况的记录。当然，旧有经、经群也经过了进一步的整合编辑，内容上也有相当程度的增加。

除了“上清”“灵宝”“三皇”三大经系以外，古老的“正一盟威”系统和公元五至六世纪产生的“神咒经”“升玄经”也形成了各自的经系、经群[③]。在此后的道教看来，所有的经典都是原在天宫而降授人间的结果，因此每一种经、经群、经系的出世和形成，都被赋予一种神话式的解说和授受谱系。

“三洞”的概念可能较早就出现了，但真正用来统括几个经系的经文并形成经藏组织，实昉自刘宋时期著名的南方道教宗师陆修静，他有意识地整理当时的各种经文，并编纂了《三洞经书目录》，从而为经藏的最后形成奠定了基础。在刘宋时期的灵宝经中，三洞道书即被认为是道教的“三洞大乘法典”[④]，是道教经藏的第一个雏形。简单地说，“三洞”是南方新道教在佛教的刺激

---

① 王明：《抱朴子内篇校释》（增订本），第 336 页。

② 参阅大渊忍尔：《论古灵宝经》，刘波译，载陈鼓应主编：《道家文化研究》第十三辑，三联书店，1998 年，第 480—506 页；大渊忍尔：《灵宝经目》，载大渊忍尔：《敦煌道经目录编》，隽雪艳等译，齐鲁书社，2016 年。

③ “正一盟威”形成了经系，“神咒经”和“升玄经”只形成了经群。关于升玄经的详细情况，参阅刘屹《经典与历史——敦煌道经研究论集》（人民出版社，2011 年）第二章的相关综述。

④ 小林正美：《中国的道教》，王皓月译，第 69—70 页。

下，以上清系为主导，根据南方新道教的“造经运动”的成果并模仿佛教经藏上中下“三乘”而建构出来的经藏体系观念。①

现存明《道藏》及敦煌道经中所存东晋南北朝“三洞”古道经（不含各种衍生的科范文献）主要有②：

上清经	灵宝经	三皇经
《上清大洞真经》；《上清九天上帝祝百神内明经》；《上清太上玉清隐书灭魔神慧高玄真经》；《上清高圣太上大道君洞真金元八景玉箓》；《上清金真玉光八景飞经》；《上清太上八素真经》；《洞真太上八素真经服食日月皇华诀》；《洞真上清太微帝君步天纲飞地纪金简玉字上经》；《上清太上帝君九真中经》；《上清太上九真中经绛生神丹诀》；《上清紫精君皇初紫灵道君洞房上经》；《上清黄气阳精三道顺行经》；《上清外国放品青童内文》；《皇天上清金阙帝君灵书紫文上经》；《太微灵书紫文琅玕华丹神真上经》；《太微灵书紫文仙忌真记上经》；《上清后圣道君列纪》；《洞真太上紫度炎光神元变经》；《上清回神飞霄登空招五星上法经》；《洞真上清青要紫书金根众经》；《洞真太上三	《灵宝无量度人上品妙经》（第一卷）；《洞玄灵宝五老摄召北酆鬼魔赤书玉诀》；《元始五老赤书玉篇真文天书经》；《太上洞玄灵宝赤书玉诀妙经》；《洞玄灵宝玉京山步虚经》；《太上洞玄灵宝空洞灵章》；《灵宝自然九天生神三宝大有金书》；《太上无极大道自然真一五称符上经》；《太上灵宝诸天内音自然玉字》；《太上洞玄灵宝智慧罪根上品大戒经》；《太上洞真智慧上品大诫》；《洞玄灵宝玉箓简文三元威仪自然真经》；《洞玄灵宝长夜之府九幽玉匮明真科》；	《太上通灵八史圣文真形图》；《五岳真形序论》；《授五岳图法》；《授受三皇法》；《洞神八帝妙精经》

① Ōfuchi Ninji（大渊忍爾），" The Formation of the Taoist Canon"，in H. Welch and A. Seidel ed.，*Facets of Taoism*，Yale University Press，1979.

② 据 Kristofer Schipper and Francisus Verellen，*The Taoist Canon*：*A Historical Companion to the Daozang*（Chicago：The University of Chicago Press，2004）、神塚淑子《六朝道經の形成とその文體——上清經の場合》（《東洋文化研究所紀要》第一百二十九册）、王承文《洞玄部道经说略》（载朱越利：《道藏说略》，北京燕山出版社，2009 年）等研究综合考定。

续表

上清经	灵宝经	三皇经
九素语玉精真诀》；《上清三元玉检三元布经》；《上清丹景道精隐地八术经》；《洞真上清神州七转七变舞天经》；《洞真太一帝君太丹隐书洞真玄经》；《上清洞真元经五籍符》；《上清太一帝君太丹隐书解胞十二结节图诀》；《洞真上清开天三图七星移度经》；《上清天关三图经》；《上清九丹上化胎精中记经》；《上清胎精记解结行事诀》；《太上九赤班符五帝内真经》；《洞真太上神虎隐文》；《上清高上玉晨凤台曲素上经》；《高上玉宸忧乐章》；《洞真太上飞行羽经九真升玄上记》；《太上飞行九晨玉经》；《洞真上清龙飞九道尺素隐诀》；《太上五星七元空常诀》；《上清五常变通万化郁冥经》；《上清琼宫灵飞六甲左右上符》；《上清琼宫灵飞六甲箓》；《洞玄灵宝六甲玉女上宫歌章》；《太上玉佩金珰太极金书上经》；《上清元始变化宝真上经九灵太妙龟山玄箓》；《上清元始变化宝真上经》；《上清玉帝七圣玄纪回天九霄经》；《上清七圣玄纪经》；《上清太上黄素四十四方经》；《高上太霄琅书琼文帝章经》；《太霄琅书琼文帝章诀》；《上清高上灭魔洞景金元玉清隐书经》；《上清高上灭魔玉帝神慧玉清隐书》；《上清高上金元羽章玉清隐书经》；《洞真八景玉箓晨图隐符》；《洞真太上紫文丹章》；《洞真太上金篇虎符真文经》；《洞真太微金虎真符》；《上清太上回元隐道除罪籍	《太上洞玄灵宝智慧定志通微经》；《太上洞玄灵宝真一劝诫法轮妙经》；《太上玄一真人说劝诫法轮妙经》，《太上玄一真人说三途五苦劝戒经》；《太上玄一真人说妙通转神入定经》；《太上诸天灵书度命妙经》；《太上洞玄灵宝灭度五炼生尸妙经》；《太上洞玄灵宝三元品戒功德轻重经》；《洞玄灵宝二十四生图经》；《太上灵宝五符序》；《上清太极隐注玉经宝诀》；《太上洞玄灵宝真文要解上经》；《太上太极太虚上真人演太上灵宝威仪洞玄真一自然经诀》；《太极真人敷灵宝斋戒威仪诸经要诀》；《太上洞玄灵宝智慧本愿大戒上品经》；《太清五十八愿文》；《太上洞玄灵宝本行宿缘经》；《太上洞玄灵宝本行因缘经》；《太上洞玄灵宝三一五气真经》；《太上灵宝天地运度自然妙经》；《洞玄灵宝玄一真人说生死轮转因缘经》；《太上洞玄灵宝诫业本行上品妙经》；《太上洞玄灵宝飞行三	

续表

上清经	灵宝经	三皇经
经》；《洞真太上神虎玉经》；《上清黄庭内景经》；《太上洞房内经注》；《大洞金华玉经》；《洞真太上素灵洞元大有妙经》；《上清素灵上篇》；《上清金阙帝君五斗三一图诀》；《上清金书玉字上经》；《洞真太微黄书天帝君石景金阳素经》；《洞真太微黄书九天八箓真文》；《洞真太上丹景道精经》；《洞真太上青牙始生经》；《洞真金房度命绿字回年三华宝曜内真上经》；《上清太上元始耀光金虎凤文章宝经》	界通微内思妙经》；《太上灵宝元阳妙经》；《洞玄灵宝上师说救护身命经》；《洞玄灵宝本相运度劫期经》；《洞玄灵宝丹水飞术运度小劫妙经》；《太上洞玄灵宝八威召龙妙经》；《元始天尊说变化空洞妙经》；《太上洞玄灵宝三元玉京玄都大献经》	

“三洞”只是一种初步建构，无法反映整体道教形成的历史实际，也不符合道教进一步整合的需要，因为之前的老子《道德经》经系（主要以解释、注解《老子》的著作构成）、《太平经》经系、正一经系及金丹诸经无法在“三洞”中得到含括。其中最关键的是“正一经系”——同样出现在“三洞”之前，并是道教形成的最根本基础，对南方新道教产生过重大影响，且自身始终处于不断发展中的“五斗米道—正一盟威”系统的经文，其地位未能得到合理的安排。于是，在整合趋于深入的公元六世纪初，“四辅”出现。

“四辅”就是另设四部：太玄、太平、太清、正一。“太玄”为老子《道德经》以下诸经，“太平”为《太平经》经系，“太清”为金丹诸经，“正一”为正一经经系。四部以“辅翼”三洞的身份加入：“太玄、太平、太清为辅经，太玄辅洞真、太平辅洞玄、太清辅洞神，三辅合成三十六部，正一盟威通贯，总成七部。”（《云笈七签》卷三“道教三洞宗元”）[①] 于是，老子《道德经》系、《太平经》系及金丹诸经均被纳入经藏体系中，而“正一经”更是得到了一种“补偿”：虽然为“四辅”之一，但却是“宗《道德》，崇《三洞》，遍陈三乘”，“三洞虽三，兼而该之，一乘道也。太玄为大乘，太平为中乘，太清为小乘，正一通于三乘也”（《道教义枢》七部义引《正一经图科戒品》）[②]，“三部同言太，正一独称正者，以三部辅于三洞大法，故同言太；正一遍陈三乘，简异邪道，故称为正也”（《道教义枢》卷二“七部义”）[③]。“四辅”的加入，是道教义理建设者的一个妥协式的处理，标志着以经藏形成为标志的道教形式整合的初步完成，也可以说是道教“形成”的首要表征。

当然，“三洞四辅”（包括“三洞”的细分“十二部”）是一种历史的分类法，亦即它是南北朝末期整合完成时期的道教经藏的组织分类体系。“三洞四辅”不可能完全适合后世新出的道经，也无法反映后来道教义理的发展、变化。因此，后世道藏沿用“三洞四辅”的分类框架，必然造成了实际分类的扞格不通和逻辑混乱。

二、道教经文的文体成就

新道教经文在文本体式、文字表述和语言修辞方面都取得了显著的成就，其中文体方面尤为突出。所谓“文体”，现代观念一般是指古代汉语书面文本的不同体裁和类别，包括其独有的语言特征、章法结构和其他具体表现形式，以及由此而形成的不同体

---

① 张君房编：《云笈七签》，第36页。

② 《道藏》第24册，第815页。

③ 《道藏》第24册，第814页。

性、风格。[①] 就文学批评的实质需要及古代汉语文本的发展实际而言，“文体”应不指一般意义上的内容体裁和语言特征，而是指能够形成某种特殊体性并呈现出某种风格的语言表现方式（包括语言形式和言说内容两个方面），并表现出不同的“功用”和审美效果。中国古代的文体观，以“得体”——能够为某种需要选择某种文体，进而撰写出符合该文体的根本要求，从而得到该文体最大功用效果的文章——为根本旨归。而“得体”，首先就需要“创体”。道教经籍在文体多样性、文体与意义表达，特别是文体的宗教性应用方面，都有很多独特的创造。究其原因，除了佛教的影响外，主要在于其经文的创撰从一开始就建立在悠久的书写传统和成熟的汉语书面语基石之上，拥有丰富的本土文体资源。

商周之际，在早期国家形成完善、族群融合持续深入以及文化突进的大背景下，多种因素综合发生作用，使中国文字停止了向拼音化发展的进程，并转而导致书面语趋于定型。中国古代文体早在书面语定型之初就已开始萌芽，吉金铭文，纪功颂德，龟卜卦爻，鉴往知来。降至“轴心突破”的春秋末至战国时期，书面语进一步发展并导致经典文学的产生。作为书面语文和书面文学本质属性要求的结果，各类文体遂初具规模。从宏观类型看，有纪事之史、记言之语、言志之诗、辩争之论。从微观形式论，文有所谓“命”“誓”“盟”“祷”“谏”“让”“书”“对”等（宋陈骙《文则》卷下）[②]，诗则有“风”“雅”“颂”；地方歌辞（词）之骚体，又另标一格。清人章学诚所言：“至战国而文章之变尽，至战国而著述之事专，至战国而后世之文体备”，“后世之

---

① 吴承学：《中国古代文体学论纲》，人民出版社，2011 年，第 16—22 页。

② 陈骙、李性学：《文则　文章精义》，王利器校点，人民文学出版社，2016 年，第 55 页。

文，其体皆备于战国”（《文史通义·诗教上》）[①]，实际指出的正是书面语成熟的历史事实以及文体初备所带来的典范意义。后世文体的继续扩展，与早期典范的影响和作用密不可分。

魏晋以降“文学自觉”所表现的有意识、多样化的文学创作，以及多元思想观念的冲击、融合，是文体从形制到风格在魏晋南北朝都得到深入发展的根本动力。然而，宗教的因素也不可或缺。外来佛教流化中土伴随着经文的译介，佛经特有的文体形式在翻译中也不免有所反映，并对中土文体产生影响；佛教经文经过多种语言的转译最后书写为“华言”，译经者在保持原有文体特色的基础上，结合中土书面语的固有体式进行了创造性的建构，形成所谓“译经”语体，同时反过来也刺激了原有文体的深化。整合形成的本土宗教信仰集合体——道教与佛教有所不同：虽然道教经文创制受到佛教的刺激，很多体式和叙事方式如经文中散韵交错、赞颂、对话问答体、天尊成道叙事等，多出于对佛教译经的模仿；但其毕竟是使用原有书面语的创撰，在吸收外来影响的同时，更多的是基于本土文体的创造。比如在口说体、对话问答体方面受佛经的影响较大，而在文学化形制如韵文经诰及颂赞之歌上，虽然是模仿佛经而成立，但成立以后的发展则完全与固有诗体的内在理路契合无间。同时，出于宗教的内在需要，道教经藏既形成了以经、传、箓、咒、戒、章、颂等为代表的文体样式，又在语言表现、文章修辞等方面有较大的拓展，对文体的丰富和发展起到了重要的作用。

魏晋南北朝文学创作的繁盛和文体的深化发展导致了对文体本身的自觉性认识的提高，曹丕《典论·论文》非常明确地提出

---

① 章学诚：《文史通义校注》，叶瑛校注，中华书局，2014 年，第 71 页。

了文体问题并有意识地从理论上进行探讨，陆机《文赋》论述了十类文体的风格特征和体式要求。此后有挚虞《文章流别志、论》、李充《翰林论》，二书虽佚，但从现存残章来看，基本上属于文体专论。至刘勰集大成的文学理论著作《文心雕龙》，《明诗》至《书记》凡二十篇均为文体论，其他篇章亦多论及相关问题。魏至梁文体认识的发展和理论探讨的深入，集中反映在梁昭明太子所编《文选》中。《文选》是一部具有鲜明主体意识的文学总集，它所表现出来的包括文体认识在内的文学观念，是对文学创作实际予以整体观照和深入分析的结果。《文选》的基本形式原则是依类编录文学作品，并通过类目的设立表达其文学观念。而其分类标准则是体式和内容的综合，充分反映出二者本身的辩证内涵。

与魏晋南北朝文学创作繁盛催生出理论认识相类似，道经的创制在东晋刘宋时期达到高峰后，同样产生了形式整合与分析总结的需要。因此“三洞”形成以后，大约在南朝宋初期就出现了一种具有相当文体意义的“三洞”经藏的分类法——“十二部”。“十二部”的形成亦与陆修静有关，他在整理由三大经系形成的“三洞”经典时，根据灵宝经的内容将其分为十二种类型，此后又被用作整个“三洞”的分类体系。十二种类型即为“十二部”，分别为：本文、神符、玉诀、灵图、谱录、戒律、威仪、方法、众术、纪传、赞颂、表奏（后作“章表”）。这里暂且不考虑后世道藏在具体运用“十二部”进行新出道经归类时发生的混乱，仅根据《道教义枢》“十二部义”的总结，具体分析其立类的原始意图。如表下所示：

十二部	《道教义枢》“十二部义”	分析
第一本文	三元八会之书，长行源起之例是也……本者，始也，根也，是经教之始，文字之根；又得理之无，万法之本。文者，分也，能诠理也，既能分判二仪，又能分别法相，既能辩析万事，又能表诠至理也。①	“本文”就是“根本之文”，指“三洞”的核心经典。从性质上说，这一批文献是南方神仙道教造经运动中最初的创造及其在东晋至南北朝时期的孳乳。
第二神符	龙章凤篆之文，灵迹符书之字是也。神以不测为义，符以符契为名，谓此灵迹神用无方，利益众生，信如符契。②	“神符”就是道教特有的“符”。符的本义为信物、凭证，在道教中是指神明所授的神秘符号，是上天与信徒之间的盟约。
第三玉诀	河上公释柱下之文，玉诀解金书之例是也。玉名无染，诀语不疑。谓决定了知，更无疑染。③	“玉诀”原特指《老子》的注释，可能当时也包括其他经文的注释文献。
第四灵图	如舍景五帝之象，图局三一之形，其例是也。图，度也，谓度写玄妙，传流下世。④	“灵图”主要为天帝、仙真之像，属于宗教偶像的范畴。也包括其他内容，特别是关于宇宙自然模式、结构的图像。
第五谱录	如生神所述三君，本行之陈五帝，其例是也。谱，绪也；录，记也。谓绪记圣人，以为教法，亦是绪其元起，使物录持也。⑤	“谱录”的原义是众多高上天帝的世系表。当时此类文献的内容可能有二：一是“绪起元起”，二是为制“箓”所用。“箓”的本义是记录上天册命的天官功曹、十方神仙的簿录，用作召劾鬼神、驱使天兵的牒文。

① 《道藏》第 24 册，第 816 页。
② 《道藏》第 24 册，第 816 页。
③ 《道藏》第 24 册，第 816 页。
④ 《道藏》第 24 册，第 816 页。
⑤ 《道藏》第 24 册，第 816 页。

续表

十二部	《道教义枢》“十二部义”	分 析
第六戒律	如六情十恶之例是也。戒者，解也；界也，止也，能解众恶之缚，能分善恶之界，又能防止诸恶也。律者，率也，直也，慄也，率计罪愆，直而不枉，使惧慄也。①	戒律类文献，是道教“科范”中关于道德信条和行为准则的部分。
第七威仪	如斋法典式，请经轨仪之例是也。威是俨巍可畏，仪是轨式所宜，亦是曲从物宜而为威制也。②	仪式类文献，是道教“科范”中关于仪式程序和仪式规范的部分。
第八方法	如存三守一，制魄拘魂之例是也。方是方所，法者节度，明修行治身有方所节度也。③	原特指守一、存想、炼心的方法指导。
第九众术	如变丹炼石，化形隐景之例是也。众，多也；术，道也。修炼多途，为入真初道也。④	原特指炼丹、隐形等具体秘术的修习指导。
第十纪传	如道君本业，皇人往行之例是也。记，志也；传，传也。谓记志本业，传示后人也。⑤	关于高真上帝及祖师、仙真的纪传类文献。

① 《道藏》第24册，第816页。
② 《道藏》第24册，第816—817页。
③ 《道藏》第24册，第817页。
④ 《道藏》第24册，第817页。
⑤ 《道藏》第24册，第817页。

续表

十二部	《道教义枢》“十二部义”	分 析
第十一赞颂	如五真新颂，九天旧章之例是也。赞以表事，颂以歌德，故诗云：颂者，美盛德之形容。亦曰偈者，憩也，四字五字，为憩息之意耳。①	歌赞高天上圣、诸方帝君的四言、五言韵文。
第十二章表	如九斋启愿，三会谒请之例是也。章，明也；表，奏也。谓申明心事，上奏大道之通言。②	奏呈高天上圣的上章或上表，是斋戒、祈禳仪式中的必备仪文。解除“冢讼”的告文，也属于此一范畴。

“十二部”是三洞经文共同的细分类目，是一种统一的“义类”划分，所谓“部者，以部类为义，亦以部别为名，谓别其义类，以相从也”（《道教义枢》“十二部义”）。首先，这种划分全面概括了道教文献的类别，无论是内容上的“本文”“威仪”“方法”“众术”“纪传”，还是形式上的“神符”“玉诀”“赞颂”“章表”等，都准确反映了当时道教经文的实际，同时也确立了道教经藏在“三洞”分类法下的共同义类体系。尽管后世新经迭出，但也基本不出此一体系之外。其次，“十二部”充分揭示了道教文献所独有的文体类别，“神符”“灵图”“谱录”即为此例。最后，尽管“十二部”并不完全是文体划分，但仍然体现出显著的文体意识。“十二部”包含两种意义上的“文体”：一是宗教的，二是形式的（或文章、文学的）。宗教意义上的文体为“本文”“戒律”“方法”“威仪”，其他八类都是形式意义上的文体类别。

① 《道藏》第 24 册，第 817 页。
② 《道藏》第 24 册，第 817 页。

总体而论，道教经文在文体上的成就颇为显著。道经创制者继承传统文体用以表现宗教内容，扩大了传统文体的表现力和适用范围，从而在宗教内容的传达方面独擅一格。道教经典本身往往是多样化文体的综合，形式活泼，运用自如，雅俗同体，不拘一格。

第三节　《真诰》：多样化文体的启示录汇编

宗教的根本特征之一，是确立了神并以神的启示和拯救作为解脱的唯一道路。所谓“启示”（revelation），既是向人显示真理，同时也是拨去人之心灵翳障的过程和结果。启示虽然是西方宗教学从“犹太—基督教”传统中总结出来的概念，但广泛存在于世界各种宗教之中而具有某种普遍性，因此是宗教的基本表象之一。[①] 文明以后创生型宗教的经典文本往往都表现为一种“启示录”，魏晋南北朝时期的各种宗教运动也不例外，其原始经典都带有“启示录”的意味，其中最突出、最典型的就是《真诰》，在某种程度上甚至可以和《圣约翰启示录》《古兰经》等相提并论。[②]

根据南朝梁陶弘景的《真诰叙录》（附在其所整理的《真诰》末）和一些早期上清道教内史文献的陈述，东晋兴宁三年乙丑岁（365）六月至东晋简文帝登极数年间，有众多的仙真下降至一位有通灵之质的年轻人——杨羲，向他口授了许多修真的要旨，命其以世间文字书写记录下来，传达给殷勤向道并有志修真上仙的句容人氏许谧、许翙父子。降授地点或在东晋京城建康（杨羲一度做了时为琅琊王的司马昱的公府舍人），或在杨羲句容的家里，

---

① 赵益：《〈真诰〉与“启示录”及“启示文学”》，载《武汉大学学报》2012 年第 1 期。

② Isabelle Robinet, *Taoism: Growth of a Religion*, Translated by Phyllis Brooks, Stanford University Press, 1997, p. 115.

或在许氏父子位于茅山的山馆中。杨羲将笔录传示给许氏父子，后者又做了一些转抄，并在修道的过程中不断通过通灵者杨羲向仙真们询问，彼此的问答同样由杨羲书写传递。杨羲、二许先后去世后，“真啰”文本的流传经历了一个较长时间的流散过程，屡经众手，颇有亡佚，最后由陶弘景搜集整理，于齐永元元年（499）编成《真诰》一书，传于后世。原书七篇，后编为十卷，明正统时编入《道藏》时又析分为二十卷，内容上基本为陶弘景之旧。

陶弘景编纂的《真诰》，内容上大致可以分为三个部分：第一部分是“仙真降诰”，主要是由通灵代言的杨羲本人笔录的仙真口授，另外也有杨羲转述，由二许（许谧、许翙）笔录的内容，以及二许转抄的杨羲笔录；第二部分是“在世记述”，主要是杨羲、二许三人自己的冥通记录，以及杨羲与仙真、杨羲与二许、二许与仙真（二许与仙真乃通过杨羲）的往来书信；第三部分是陶弘景所撰“叙录”，包括“真诰叙录”“真经始末”“真胄世谱”三篇文字（今统称为《真诰叙录》）。①

《真诰》是拟托于仙真降诰的一部宗教著作，和所有的宗教经典一样，它毫无疑问是“人”而不是“神”的作品。所以，无论作者是魏华存之子及其女弟子隐修团体，还是杨羲或许氏父子，实际就是上清系的创教者。上清系之创教，具有较为明显的萨满风格，所有的真人降诰都是由通灵者（萨满）的代言实现的。在上清系不断义理化的过程中，通灵者包括第一批教徒如许氏家族逐渐成为“先知”，亦即通过神的启悟而终于得道者。《真诰》的核心就是仙真关于度劫、修习以及成仙不死的训诫，由通灵者代

① 以上据陶弘景：《真诰》，前言。

言、受教者笔录，一如基督教中由耶稣委托的预言者和先知者约翰写下他在上帝的启示下所看见的、发生的以及所要到来的事情。尽管在程度上较为淡薄并具有自己的特色，但《真诰》中仍然充溢着末世论（Eschatology）、千年王国理想（Millennialism）、弥赛亚主义（Messianism）的思想内涵。《真诰》的“启示录”性质，正是由此而来。

《真诰》虽然并不是整合新创的道教新派上清系名义上的圣典，但实际上却成为上清系关于教理、教义及实践方法最为重要的文本之一。《真诰》也体现出公元四至五世纪以上清系为代表的义理化宗教的整合性，主要表现在四个方面：第一是广泛吸收并综合了前此神仙信仰，并在葛洪的基础上予以义理化改造，使其上升为一种成熟的宗教思想。第二是在道教因素方面，《真诰》吸收了东方滨海地区的传统信仰，接受了北方传入的“五斗米道—正一盟威天师之道”的众多元素，采录了同时并起的灵宝系、三皇系的内容，从而进一步完善了上清道教的框架与内涵。第三是吸收了南方民间宗教特别是固有的萨满教成分，同时也综合了民间宗教运动的末世论、救世论思想。第四是融合了很多的佛教元素。

《真诰》作为创教者的直接作品，以其“口嘤”的形式和“启示录”的性质，决定了它具有相当独特的文学特征。

但凡带有启示录性质的宗教文本，往往是一种多样化的文体汇编，《真诰》在这方面非常典型。它包括各种直接的训诫教诲，方法指导，各式各样的占卜、预言和神谕、谜语和诗谶，各种祈祷陈请，书信，以及对早期经文、传统经典、史书、笔记、杂传的转录。至于符文、秘语、章表，数量尤多。训诫教诲的“诰语”是《真诰》的主体，尤具有多种风格，既有整饬典雅之体如：

上真司命南岳夫人授令书如左："若夫仰掷云轮，总辔太空，手维霄网，足陟玉庭，身升帝阙，披宝歙青，上论九玄之逸度，下纪万椿之大生，遂竦景电肃，千霞焕明，真言玄浪，高谈玉清，激朱唇之流徽，运日气之零零，爰乃吐烽却烟，弹金奏琼，鸾音蒨粲，凤唱嘉声耳。若但应景下旋，回灵尘埃，参辇弊宇，敖拂朝市，来成真才，训我弟子，则玉振落响，琳钟内抑，周目五浊，契阔愆室，神劳臭腥，填鼻敛气，遂闭兰音于中华之元，退案金声之劣劣而发耳。"①（卷一）

六月二十九日，九华真妃授书曰："景应双粲，云会玄落，龙秀五空，采琼阆台，长歌灵幕，焕启玉扉，眇矣遗事，与世长辞。霞轸绛波，电赴紫栖，共携清响之外，同游云岫广崖，岂不善乎，岂不乐哉！日者霞之实，霞者日之精，君唯闻服日实之法，未见知餐霞之精也。夫餐霞之经甚秘，致霞之道甚易，此谓体生玉光、霞映上清之法也。"②（卷二）

亦有类似口语之娓娓而谈：

南极夫人曰：人从爱生忧，忧生则有畏。无爱即无忧，无忧则无畏。昔有一人，夜诵经甚悲，悲至意感，忽有怀归之哀。太上真人忽作凡人，径往问之："子尝弹

---

① 陶弘景：《真诰》，第 12 页。
② 陶弘景：《真诰》，第 25 页。

琴耶?”答曰:“在家时尝弹之。”真人曰:“弦缓何如?”答曰:“不鸣不悲。”又问:“弦急何如?”答曰:“声绝而伤悲。”又问:“缓急得中如何?”答曰:“众音和合,八音妙奏矣。”真人曰:“学道亦然。执心调适,亦如弹琴,道可得矣。”爱欲之大者,莫大于色,其罪无外,其事无赦。赖其有一,若复有二,普天之民莫能为道者也。夫学道者,行阴德莫大于施惠解救,志莫大于守身奉道,其福甚大,其生甚固矣。有人恶我者,我不纳恶,恶自归己,将祸而归身中,犹影响之随形声矣。[①](卷六)

隐语、谜语等同样形式多样,如某种“回文”诗谶:

相欺岂妙道要吾知之天秘能
有术金之万寻师疾逆除恶子
自之制夷遂平世天命乘驱宝
奇龙者篡可悲真间世复思宜
神熙逆历有数在兹基无不无
兵隆谁定帝纭室来之皇慎地
先卒儿必亏金纷异五乱德天
火数失期座当变见远凶匠制
规三由匠足不虑忧危拨保封
寸莫其测源刘知向有明施者
三五瑞天之代隆换迭相运推

① 陶弘景:《真诰》,第101—102页。

精气神妙二参仪慎凡传人贤①

陶弘景记载："右此及谶有掾写。在掾自记事后，共纸。寻真综回文，令难解耳……杨君后自更错义，皆是说晋代之事。并有明征也"。形式上是将一首七言预言诗前后错综颠倒，令人难解，以表示天机之隐秘。但实际上不过是一种简单的谜语，陶弘景很容易地"拘连相取，又别疏出之"，将它正确地录在《真诰》此诗之下："精气神妙参二仪，慎传凡人贤者施。封天制地无不宜，子能宝秘天知之。吾道要妙岂相〈期〉〔欺〕，自有奇神先兵规。火寸三五天瑞之，隆代迭换运相推。明匠保德慎无思，驱恶除逆疾寻〈思〉〔师〕。万金之术龙之熙，隆数卒三失由儿。莫测其源刘向知，有凶拨乱皇复基。乘天命世遂平夷，制逆者谁必定期。匠不足虑忧远危，五世之间真可悲。篡历有数帝座亏，当见变异纷〈纷〉〔纭〕来。"（卷八）②

《真诰》中还有相当数量的"书简"③，性质上可分为两部分：一是受降真诰者通过灵媒提交的呈请和酬答；二是灵媒与修道者的往来书信。前者往往呈现出一种恭敬庄重的仪式风格：

"车马虽重，为路人所略，推分任运，有以招之，不必吝也。杯子诚小，还为童史所偷，故疾而惜之。今冥鉴即擒，盖所以惧恶而善者别矣。今虽嘿然不言，小人足知灵验。有训在其中，非直区区若此小小而不能坦也。

① 陶弘景：《真诰》，第137—138页。

② 陶弘景：《真诰》，第138页。

③ 参阅原田直枝：《「真誥」所收の書簡をめぐって》，载吉川忠夫：《六朝道教の研究》，春秋社，1998年。

谨白。”呈云林右英夫人。（卷三）[1]

“穆惶恐言：逢遇玄运，得闻宗告，每事将顺，启悟胸心，仁荫缠绵，仰感罔极。至于始终之分，天然定理；乐生恶亡，人情常感。哭泣之哀，奔临之制，内以叙情，外以顺理，贤庶所守，莫之亏也。穆内虽修道，外故俗徒，未能披褐山栖，带索独住，不得不叙顺情礼，允帖内外。一旦违之，既恩情未忍，亦惧伤之者至矣。夫人之言，宛而附情，弘道长教，可谓远矣。辄当奉遵告敕，使哀不至伤，哭不过恸，栖道任适，不敢有违。谨白。”（卷六）[2]

就如同一切宗教的信众都无法见到其崇拜之神一样，萨满教的修道者也不能直接面对上真，而只能通过“萨满”亦即灵媒的中介达成人神沟通。二许的书信即是通过杨羲进行，行文既颇正式，又极整饬，态度更是极为恭敬。而第一部分即杨羲与二许之间的往来书信，则一如魏晋尺牍，自然亲切：

羲白：“奉赐绢，使以充老母夏衣，诚感西伯养老之惠。然羲受遇过泰，荣流分外，徒衔戢恩眷，无以仰酬。至于绢帛之锡，非复所当。小小供养，犹足以自供耳。谨付还，愿深见亮。羲白。”（卷十七）[3]

---

① 陶弘景：《真诰》，第 54 页。
② 陶弘景：《真诰》，第 107 页。
③ 陶弘景：《真诰》，第 306—307 页。

“羲顿首顿首。奉告，承尊体不和，余疹连动，悬情灼灼。想当偶尔行损，承欲章书自陈，亦足以断注鬼之害也。梦悟亦不可专信，惟当以心镇之耳，寻复平承。杨羲顿首顿首。”（卷十七）①

前一通是返还赠物，后一通是慰问疾病，情发内心，用语恳切，句式活泼，言简意赅。

在《真诰》异常丰富的多样化文体中，最具文学意义的是戏剧化的人神交接叙事以及神话和寓言故事、种种神圣诗歌、赞美诗歌和教喻诗歌。后者将在第五章中详细论述，此处先对前者略作举例分析。

《真诰》中，关于通灵者杨羲接受神灵降授的场景描写屡见不鲜，如（括号内是陶弘景注释）：

紫微王夫人见降，又与一神女俱来。神女着云锦襡，上丹下青，文彩光鲜，腰中有绿绣带，带系十余小铃，铃青色、黄色，更相参差。左带玉佩，佩亦如世间佩，但几小耳。衣服儵儵有光，照朗室内，如日中映视云母形也。云发鬃（此应是“鬒”字。鬒，黑发貌也）鬓，整顿绝伦。作髻乃在顶中，又垂余发至腰许。指着金环，白珠约臂。视之，年可十三四许。左右又有两侍女，其一侍女着朱衣，带青章囊，手中又持一锦囊，囊长尺一二寸许，以盛书，书当有十许卷也。以白玉检检囊口，见刻检上字云“玉清神虎内真紫元丹章”。其一侍女着青

① 陶弘景：《真诰》，第313页。

衣，捧白箱，以绛带束络之。白箱似象牙箱形也。二侍女年可堪十七八许，整饰非常。神女及侍者颜容莹朗，鲜彻如玉，五香馥芬，如烧香婴气者也（香婴者，婴香也，出外国）。初来入户，在紫微夫人后行。夫人既入户之始，仍见告曰："今日有贵客来，相诣论好也。"于是某即起立，夫人曰："可不须起，但当共坐，自相向作礼耳。"夫人坐南向，某其夕先坐承床下，西向。神女因见，就同床坐，东向。各以左手作礼。作礼毕，紫微夫人曰："此是太虚上真元君金台李夫人之少女也。太虚元君昔遣诣龟山学上清道，道成，受太上书，署为紫清上宫九华真妃者也。于是赐姓安，名郁嫔，字灵箫。"紫微夫人又问某："世上曾见有此人不？"某答曰："灵尊高秀，无以为喻。"夫人因大笑："于尔如何？"某不复答。紫清真妃坐良久，都不言。妃手中先握三枚枣，色如干枣，而形长大，内无核，亦不作枣味，有似于梨味耳。妃先以一枚见与，次以一枚与紫微夫人，自留一枚，语令各食之。食之毕，少久许时，真妃问某："年几？是何月生？"某登答言："三十六，庚寅岁九月生也。"真妃又曰："君师南真夫人，司命秉权，道高妙备，实良德之宗也。闻君德音甚久，不图今日得叙因缘，欢愿于冥运之会，依然有松萝之缠矣。"某乃称名答曰："沉湎下俗，尘染其质，高卑云邈，无缘禀敬。猥亏灵降，欣踊罔极。唯蒙启训，以祛其暗，济某元元，宿夜所愿也。"真妃曰："君今语不得有谦饰，谦饰之辞，殊非事宜。"又良久，真妃见告曰："欲作一纸文相赠，便因君以笔运我鄙意，当可尔乎？"某答："奉命。"即襞纸染笔。登口见授，作诗如左。诗曰："……，……。"某书讫，取视之，乃曰："今以相赠，以宣丹心，勿云云也。若意中有不相解者，自有征访耳。"

紫微夫人曰："我复因尔作一纸文以相晓者，以示善事耳。"某又襞纸染笔，夫人见授诗云："……，……。"书讫，紫微夫人取视，视毕，曰："以此赠尔。今日于我为因缘之主，唱意之谋客矣。"紫微夫人又曰："明日，南岳夫人当还，我当与妃共迎之于云陶间。明日不还者，乃复数日事。"又良久，紫微夫人曰："我去矣，明日当复与真妃俱来诣尔也。"觉，下床而失所在也。真妃少留在后而言曰："冥情未摅，意气未忘，想君俱咏之耳。明日当复来。"乃取某手而执之，而自下床。未出户之间，忽然不见。(卷一)[①]

这是一段相当长的场景描写，其显著的特征首先是以通灵者杨羲第一人称进行叙述。尽管这是此段文字——通灵者杨羲对降真场景的回忆式记录的内容性质所决定的，但第一人称的叙事方式本身就极为独特，极具感染力。其次是人物容貌、语言、动作细节的刻画极为细致，而且富于细腻的心理活动的描写，既呈现出强烈的戏剧化效果，又生动地展示出人物的性格特征。

《真诰》中有很多短小精悍的喻教故事，叙述同样颇为生动：

昔中山刘伟道学仙在嶓冢山，积十二年。仙人试之以石，重十万斤，一白发悬之，使伟道卧其下。伟道颜

① 陶弘景：《真诰》，第 13—16 页。

无变色，心安体悦，卧在其下，积十二年。仙人数试之，无所不至，已皆悟之，遂赐其神丹，而白日升天。（卷五）①

昔周君兄弟三人，并少而好道，在于常山中，积九十七年，精思无所不感。忽然见老公，头首皓白，三人知是大神，乃叩头流血，涕泪交连，悲喜自搏，就之请道。公乃出素书七卷以与诵之。兄弟三人俱精读之。奄有一白鹿在山边，二弟放书观之，周君读之不废。二弟还，周君多其弟七过。其二弟内意或云仙人化作白鹿，呼周视之，周君不应。周君诵之万过，二弟诵得九千七百三十三过。周君翻然飞仙。二弟取书诵之，石室忽有石爆成火，烧去书，二人遂不得仙，今犹在常山中，陆行五岳也。(卷五)②

这两个故事作为“察试”的例证，营造出一种典型的情境，形象地传达了通过察试的重要性这一教义原则。

宗教“启示录”的第二个文学特征是具有丰富的象征性与隐喻意义。在此方面，基督教《新约启示录》以恐怖的异象和怪离的隐喻如魔鬼巨龙、巴比伦淫妇、兽以及七印、七号、七碗，呈现出“先知”在上帝启示下的末世预言，并向种民宣示魔鬼的灭亡和新世界的终究到来。而《真诰》则以瑰丽的象征喻示仙境的美妙，用琼台、紫宫、绿景、朱房、绛云、灵轸、琅玕、金庭、玉

① 陶弘景:《真诰》，第 83 页。
② 陶弘景:《真诰》，第 83—84 页。

圃、玄峰等比对尘滓、浊波、泥渎、沉疴等世俗的丑陋，召唤求道者冥想存思、修己度人，最后达至升仙的解脱。《新约启示录》与《真诰》在思想上旨趣有异，整体风格亦有不同，但在象征和隐喻的表达方式上，则无疑具有极高的相似性。

《真诰》关于上清之境与修行之术的象征和隐喻主要是由其所载诗歌特别是人神感会之诗表现出来的（这一部分内容将在第四章中再予论述），但在很多其他文体中也有展露。如真人降喻：

（司命君喻书）若必范玄秉象，清净罕时，遂拔群幽藻，戢翼高栖，感味上契，渊渟岳峙，萧寥玉篇，玩宝神生，遗放俗恋，调弹清灵，澄景虚中，五道发明，色绝化浪，欲与淡并，空同冥衢，无视无听。尔乃远齐妙真，重起玄觉，明德内圆，灵摽外足矣。终能策云軿以赴霄，书司命之丹录耳。若精散万念，为生不固，炁随尘波，心不真合，适足劳身神于林殂（谓应作“岨”字），实有误于来学也。其道微而易寻，其道艰而难得乎！（卷二）[①]

（右英告）自古及今，死生有津，显默异会，藏往灭智，与世同之者，皆得道之行也。若夫琼丹一御，九华三飞，云液晨酣，流黄徘徊，仰咽金浆，咀嚼玉蕤者，立便控景登空，玄升太微也。自世事乖玄，斯业未就，便当暂履太阴，潜生冥乡，外身弃质，养胎虚宅，陶气绝籥，受精玄漠。故改容于三阴之馆，童颜于九炼之户，

① 陶弘景：《真诰》，第 31 页。

然后知神仙为奇，死而不亡，去来之事，理之深也。[①]（卷四）

前一段是关于上清高境的喻示，用语皆为新造，如“萧寥玉篇，玩宝神生，遗放俗恋，调弹清灵，澄景虚中，五道发明，色绝化浪，欲与淡并”；后一段是关于上仙秘术的归纳，用语则专门特指，如“琼丹一御，九华三飞，云液晨酣，流黄徘徊，仰咽金浆，咀嚼玉蕤”，故而意旨遥深，效果显著：一为陌生而高华，一为玄妙而至真。

又如仙真授录：

（紫微夫人《服术叙》）夫晨齐浩元，洞冥幽始，八炁靡浑，灵关未理者，则独坦观于空漠，任天适以虚峙，于是淳音微唱，和风合起，二明鉴晖，霄翳无待也。拥萌肇于未剖，塞万源于机上，含生反真，触类藏初，爰可矧万岁以为夭，愿婴札而长和耳。何事体造灵神之冥乡，心研殊方之假外哉！自形无得真之具，器无任真之用者，诚宜步天元之妙摄，推万精以极妙，寻九纬以挺生，睹晨景之迴照。仰观烟气，则灵云缠虚；俯眄六律，则八风扇威。太无发洞冥之啸，圆曜有映空之晖。（卷六）[②]

又如灵媒与受道者的书信：

---

① 陶弘景：《真诰》，第75页。
② 陶弘景：《真诰》，第94页。

许先生前潜景逸世，隐光九霄，冥神洞观，颐光灵府，幸甚幸甚！平昔周旋，缠绵盟誓，超群先觉，独造方外。自隔晖尘，行已今日，东眄云汉，涕先言陨。伏想玄宫融和，所莅休宜，时乘八风，平荡滓翳，六天摄威，消灭魔气。愿使真正之信，流行三元，玄无之感，变无穷矣。君前临发，频烦想梦，所见赠惠手迹为信。既感冥通，铭得之后，儵忽未顷，如觉千载，适能得之，奇而难解，所谓微乎妙哉，微乎妙哉！近即疏记所梦，密呈。（卷十七）[①]

皆大致相同，充满各种各样的高度凝练的象征和隐喻。再如灵媒的梦境记录：

四月九日戊寅夜鼓四，梦北行登高山，迷沦不寤，至明日日出四五丈乃觉。觉忆登山半日许，至顶上，大有宫室数千间，郁郁不可名。山四面皆有大水，而不知是何处。某因仰天，天中见一白龙，身长数十丈，东向飞行空中，光彩耀天。因又见东南有白衣好女子，亦于空中行，西向就白龙，径入龙口中，须臾复出，三入三出乃止。又还某右边，向某。而又觉某左边有一老翁，著绣衣裳、芙蓉冠，柱九节杖而立，俱视其白龙。某问公："何等女子，径入龙口耶？"公对曰："此太素玉女萧子夫，取龙炁以炼形也。此人似方相隶为官也。"某又

① 陶弘景：《真诰》，第305页。据陶弘景注及《真诰》上下文，此信是杨羲在梦见许谧受到察试后，写给许谧的信。

问："翁何人，来登此宇?"公答曰："我蓬莱仙公洛广休。此蓬莱山，吾治此上。府君故来，乃得相见我耳。"某又问公曰："此龙可乘否?"公答曰："此龙当以待真人张诱世、石庆安、许玉斧、丁玮宁也。"某又问："一龙而四人共乘耶?"公曰："此侍晨帝官龙也，譬如世轺车朱乌，更一日乘以上直也。"须臾间，公呼此四贤。未来之间，某与公及此女以敷席共坐山上，俱北向望海水及白龙，并有设酒食。酒中如石榴子，合食之。柈亦如世间柈，柈中鲑也。觉久久许，四人并东来，共乘一新犊车，青牛、青油重车上来，到并揖此公及某，并共语。(卷十七)[①]

此段文字与前举数例有所不同，主要是通过一个梦境中的象征性故事以表达灵媒的通灵禀质和出神之效。梦境是宗教启示中多见的象征性表达形式，在这个梦境中，登仙山、入宫室、见太素玉女出入白龙之口，又与蓬莱仙公相问答，遭遇独特，景象奇丽，最终指向的仍然是仙真世界的美好。

总的来说，《真诰》的多样化文体及其所达成的文学效果，使上清教义中人神契会、存思冥想、身经炼试、飞升上仙的挚诚信仰，服食去魔、吞吐日月、步罡踏斗的具体实践，以及地狱冥府、度灾之洞、天上仙府的构建，皆能以鲜活细微的形象与委婉剀切的训示呈现出来，从而完美地达成了"天启"的功用。而其通过刻意创造的语汇及崭新搭配、众多的文体和表现方式所营造的种种奇幻瑰丽、蕴含丰富的不同于寻常的象征和幽深的隐喻，形成

① 陶弘景：《真诰》，第300—301页。

了一种“陌生化”（defamiliarization）的情境，从而呈现出独具特色的审美图景。[①]《真诰》的世界作为神仙审美最重要的组成部分，对后世的文学创作产生了深刻的影响。

第五节　经典本文的形式特色

文体的决定性要素有二：一是由内容形成的风格、基调和思想倾向；二是能够适宜于此一风格、基调和思想倾向的形式。不同的文体，形式有所不同。形式是文学性的根本要素之一，就书面文本而言，包括狭义的体式结构、语言组织（有特色的措辞和句子类型）、修辞手段等。

一、《太平经》及其他早期经典

除了《老子》《庄子》《列子》外，被整合后的道教认可的最早经典是《太平经》。西汉成帝时，齐人甘忠可作《天官历包元太平经》十二卷，“言‘汉家逢天地之大终，当更受命于天，天帝使真人赤精子，下教我此道。’忠可以教重平夏贺良、容丘丁广世、东郡郭昌等，中垒校尉刘向奏忠可假鬼神罔上惑众，下狱治服，未断病死。贺良等坐挟学忠可书以不敬论，后贺良等复私以相教。哀帝初立，司隶校尉解光亦以明经通灾异得幸，白贺良等所挟忠可书。事下奉车都尉刘歆，歆以为不合五经，不可施行”（《汉书·李寻传》）[②]。此后又出现《太平清领书》，《后汉书·襄楷传》载：“顺帝时，琅邪宫崇诣阙，上其师干吉于曲阳泉水上所得神书百七十卷，皆缥白素朱介青首朱目，号《太平清领书》。其言以阴

① 赵益：《六朝隋唐道教文献研究》，第 155 页。
② 班固：《汉书》，颜师古注，第 3192 页。

阳五行为家，而多巫觋杂语。有司奏崇所上妖妄不经，乃收臧之。后张角颇有其书焉。”[①]《太平清领书》即今残存之《太平经》，与甘忠可的《天官历包元太平经》应存在一定的关系[②]，并可能影响到张角的太平道运动。

《太平清领书》原为一百七十卷，今《道藏》存五十七卷（另有唐人闾丘方远节录而成之《太平经钞》，分甲至癸十部，每部一卷，相当于《太平经》的十七卷。其中真伪参半，情况复杂[③]）。现存《太平经》思想混杂、内容多样，但仍主要以方术为中心展开论述。文体上，主旨部分主要为问答体、对话体，方法部分为叙述体[④]；语体上则为散体，语言平易晓畅。总体上，除文字典雅不及外，《太平经》与两汉子书的风格较为近似。作为较系统且内容丰富的早期汇编性经典，《太平经》对东晋以后道教经文应该是产生了相当影响的。

魏晋时期的“三张”五斗米道的经文已很难确认，《正一法文天师教戒科经》可能较早形成，但不能完全确定。在东晋大规模造经运动兴起以前，较具文体特色的早期经文主要是《黄庭经》和《大洞真经》。

《黄庭经》的撰作时代同样难以考定，目前主要有两种观点：一曰《内景》在前而《外景》在后，前者约成于魏末晋初；二曰《外景》早于《内景》，《外景》成书于东汉至晋初，而《内景》

---

① 范晔：《后汉书》，李贤等注，第1084页。

② 参阅汤一介：《早期道教史》，昆仑出版社，2006年，第20—26页。

③ 据王明研究，《太平经钞甲部》乃后人窃晚出道书伪补而成。见王明：《太平经合校》，中华书局，1960年，前言。

④ 熊德基：《〈太平经〉的作者和思想及其与黄巾和天师道的关系》，载《历史研究》1962年第4期。

于东晋至南北朝后（或更晚）成书。[1] 辩证诸说平章以论，《外景》大部分内容略早于南方上清经、灵宝经，《内景》则稍晚，大致可以成立。

《黄庭经》的最主要特点是全篇基本为七言歌诗，《正一法服天师教戒科经》即曰"《黄庭》三灵七言"，其文体属于一种"韵体经诰"体式。所谓"韵体经诰"，即是全部用诗体来述说经义，而不是散体中间杂颂赞等诗体。今存《内景》《外景》，以《云笈七签》卷十一所载为最早。试举前半段为例（以《外景》为主，附《内景》相关者以资比较）[2]：

《外景》	《内景》
老君闲居作七言， 解说身形及诸神：	上清章第一 上清紫霞虚皇前，太上大道玉晨君，闲居蕊珠作七言： 散化五形变万神，是为黄庭曰《内篇》， 琴心三迭舞胎仙，九气映明出霄间， 神盖童子生紫烟，是曰玉书可精研，咏之万遍升三天。 千灾以消百病痊，不惮虎狼之凶残，亦以却老年永延。
上有黄庭下关元， 后有幽门前命门， 呼吸庐间入丹田。	上有章第二 上有魂灵下关元，左为少阳右太阴， 后有密户前生门，出日入月呼吸存。 四气所合列宿分，紫烟上下三素云， 灌溉五华植灵根，七液洞流冲胪间。 回紫抱黄入丹田，幽室内明照阳门。

① 王明：《黄庭经考》，载王明：《道家和道教思想研究》，中国社会科学出版社，1984年；麦谷邦夫：《黄庭内景经试论》，载《东洋文化》第62号（东京大学东洋文化研究所，1982年）；虞万里：《黄庭经新证》，载《文史》第二十九辑，中华书局，1988年；又收入其《榆枋斋学术论集》（江苏古籍出版社，2001年）；杨福程：《〈黄庭〉内外二景考》，载《世界宗教研究》1995年3期；杨立华：《黄庭内景经重考》，载陈鼓应：《道家文化研究》第16辑，三联书店，1999年。

② 张君房：《云笈七签》，第198—316页。

续表

《外景》	《内景》
玉池清水灌灵根， 审能修之可长存。	口为章第三 口为玉池太和宫，漱咽灵液灾不干， 体生光华气香兰，却灭百邪玉炼颜，审能修之登广寒。 昼夜不寐乃成真，雷鸣电激神泯泯。
黄庭中人衣朱衣， 关元茂籥阖两扉， 幽阙侠之高巍巍。 丹田之中精气微， 玉池清水上生肥， 灵根坚固老不衰。	黄庭章第四 黄庭内人服锦衣，紫华飞裙云气罗，丹青绿条翠灵柯。 七蕤玉籥闭两扉，重扇金关密枢机，玄泉幽关高崔嵬。 三田之中精气微，娇女窈窕翳霄晖， 重堂焕焕扬八威，天庭地关列斧斤，灵台盘固永不衰。
中池有士服赤朱， 横下三寸神所居。	中池章第五 中池内神服赤珠，丹锦云袍带虎符，横津三寸灵所居， 隐芝翳郁自相扶。
中外相距重闭之， 神庐之中当修治。 玄膺气管受精符， 急固子精以自持。 宅中有士常衣绛， 子能见之可不病。 横理长尺约其上， 子能守之可无恙。	天中章第六 天中之岳精谨修，云宅既清玉帝游，通利道路无终休。 眉号华盖覆明珠，九幽日月洞空无。 宅中有真常衣丹，审能见之无疾患。 赤珠灵裙华倩粲，舌下玄膺生死岸， 出青入玄二气焕，子若遇之升天汉。
呼吸庐间以自偿， 子保完坚身受庆。 方寸之中谨盖藏， 精神还归老复壮。 心结幽阙流下竟， 养子玉树可令壮。	呼吸章第二十 呼吸元气以求仙，仙公公子已可前，朱鸟吐缩白石源。 结精育胞化生身，留胎止精可长生。 三气右回九道明，正一含华乃充盈。 遥望一心如罗星，金室之下可不倾，延我白首反孩婴。

续表

《外景》	《内景》
至道不烦无旁午， 灵台通天临中野。	至道章第七 至道不烦决存真，泥丸百节皆有神。 发神苍华字太元，脑神精根字泥丸， 眼神明上字英玄，鼻神玉垄字灵坚， 耳神空闲字幽田，舌神通命字正伦， 齿神崿锋字罗千，一面之神宗泥丸。 泥丸九真皆有房，方圆一寸处此中，同服紫衣飞罗裳。 但思一部寿无穷，非各别住居脑中， 列位次坐向外方，所存在心自相当。
方寸之中间关下， 玉房之中神门户， 既是公子教我者。 明堂四达法海源， 真人子丹当吾前。	灵台章第十七 灵台郁蔼望黄野，三寸异室有上下， 间关营卫高玄受，洞房紫极灵门户，是昔太上告我者。 左神公子发神语，右有白元并立处， 明堂金匮玉房间，上清真人当吾前。 黄裳子丹气频频，借问何在两眉端。 内侠日月列宿陈，七曜九元冠生门。
三关之中精气深， 子欲不死修昆仑。 绛宫重楼十二环， 琼室之中五色集。	三关章第十八 三关之中精气深，九微之内幽且阴。 口为心关精神机，足为地关生命棐， 手为人关把盛衰。
赤神之子中池立， 下有长城玄谷邑。 长生要慎房中急， 弃捐婬俗专子精。 寸田尺宅可治生， 鸡子长留心安宁， 推志游神三奇灵， 行间无事心太平。	琼室章第二十一 琼室之中八素集，泥丸夫人当中立。 长谷玄乡绕郊邑，六龙散飞难分别。 长生至慎房中急，何为死作令神泣。 忽之过乡三灵殁，但当吸气录子精。 寸田尺宅可治生，若当决海百渎倾， 叶去树枯失青青，气亡液漏非己形。 专闭御景乃长宁，保我泥丸三奇灵， 恬淡闭视内自明，物物不干泰而平。 慤矣匪事老复丁，思咏玉书入上清。
……	……

创生宗教早期经典一般多采用韵文形式，以便于诵读及传布。《黄庭经》为七言，句句用韵，诗体上乃所谓的“柏梁体”，其整体规模远过于此前的七言单篇诗歌如张衡、曹丕的作品，并不属于受到佛教偈颂影响而创制的五言、四言颂赞，而是出自早期道教自身的创造。因此，在韵体经诰的文体意义上，《黄庭经》具有一定的创辟地位。[①] 但《黄庭经》仍然只是修炼养生的要诀而不是高深义理的阐述，除多含隐语词汇外，辞意简单，诗法简略，基本上缺乏诗歌层面上的修辞。

《上清大洞真经》“大洞玉经”部分和各种祝词所呈现的诗歌体式有了一些显著的变化，其诗采用成熟的五言或四言诗体，文字典雅艰深，内容也有较大的扩展。其中，“存思之祝”主要是归纳存神要旨，强调存思功效；“玉清王祝”主要是从总体上论赞“上开仙户、下塞死门”“长为仙伯、役使万神”。二者虽题为“祝”，实已不限于召唤神将或默念秘咒，而是和“大洞玉经”一样，增添了很多理论内容。但这些祝词诗体尽管仪式感极强，文学性仍较为薄弱。“大洞玉经”的颂赞则有所不同，它是典型的“神圣诗歌”，铺叙天神之高华美妙和无上之力，并给以真诚恭敬的歌颂，表达强烈的信仰之情。如：

> 高上洞元，兀生九天，炁祖太无，众风乱玄，玄曾绝散，四清抚闲，帝一上景，连众摄烟，长契一运，七世投闲，托灵属命，反华自然，泯邈流虚，六曜沉迁，陵梵衔晖，西华彰安，并编帝简，尽得解源，胎田邃路，

---

① 详见王明：《黄庭经考》，载王明：《道家和道教思想研究》，中国社会科学出版社，1984年；虞万里：《黄庭经新证》《黄庭经用韵时代新考》，均载虞万里：《榆枋斋学术论集》，江苏古籍出版社，2001年。

世发玉兰，灵光八晖，混生万神。（高上虚皇君道经第一）①

太冥绝九玄，洞景寄神通，玉帝乘朱霄，绿霞焕金墉，上馆云珠内，仰投无刃峰，灵关太漠下，霐沫镜中空，冥化混离子，玄玄叔火王，玮寂高同生，无极保谷童，圆涂无凝滞，绮合有九重，南披七祖根，西解累业凶，体娇万津波，神生摄十方，大归反胎辕，三合乘天龙。（上皇先生紫晨君道经第四）②

紫精育华林，长瞑太无外，玉房生宝云，九扇胞胎内，帝宾奉五符，三元回紫盖，苍玉斌来生，卫此长夜会。五籍既明，启昌得期，务玄把箓，奉行四时，金映两目，华盖秀眉，玄母归雄，元父合雌，合洞百灵，辟非宣弥，童子受听，丹婴为儿，祸绝地下，福升仙台，魂魄密静，百神合离，间关帝一，混然俱来。（上清紫精三素君道经第九）③

与《黄庭经》相比较，《上清大洞真经》中的诗体部分在内容上已经从方法陈述和秘密“咒祝”的层面，发展至义理阐发和信仰宣示的高度。在诗歌修辞、意趣、象征等方面，更是有不少创辟（关于“神圣诗歌”，将在第五章中再予论述，这里只是强调“诗体”作为经诰形式及其不断完善）。《上清大洞真经》诗体在内

① 《道藏》第1册，第520页。
② 《道藏》第1册，第522页。
③ 《道藏》第1册，第527页。

容上的扩展和形式上的提高，为道教文本中诗体的成熟奠定了重要基础。

《黄庭经》《上清大洞真经》开创的韵文经诰体式，在后世得到了进一步的深化。在东晋至南北朝晚期的上清、灵宝及其他经系的经文中，出现了很多类似敷说经义的诗体文字，内容虽各有偏重，但风格、体式则基本类同。如早期上清经《高上太霄琅书琼文帝章经》中之所谓“太霄琅书琼文”：

郁单无量天王太霄琅书琼文第一

太霄空洞气，结气成云营。我王挺神匠，有化若无形。无形中有真，有真无中生。眇莽玄虚上，萧萧元始精。法景朗妙觉，玄运来相征。列宿罗玉宇，飞霞超绿琼。焕落三晨曜，流光郁紫清。携衿玉景台。解憩戏凤城。回霄登九岭，以启不穷龄。谁能同此游，可来寻余名。余名甚易知，安在东华庭。自可超玄都，精微思帝灵。弃去云外念，专一守黄宁。披诵太霄章，三关自当明。玄降徘徊辈，虚遣飞霞軿。九天虽玄邈，妙想安尔形。①

上上禅善无量寿天王太霄琅书琼文第二

灵运启空洞，金真秀琼胎。法景太寂庭，玄化自相推。历劫沦九冥，与真契幽期。三晨告元始，运通自来绥。匡辔明霞上，流精耀玉枝。顾眄无中有，混合似婴儿。父宁与母精，逍遥戏凤台。落景游云房，独妙谁能

① 《道藏》第1册，第890—891页。

知。合庆离罗门，解褉紫霄崖。若欲相寻索，精研琅书辞。回转琼文章，天王自当知。洞存帝一尊，以为求仙基。绝念弃外想，常使心神夷。精感致真降，郁然焕羽仪。拔度七祖根，咸同登云阶。玉章映高灵，琼文难寻思。二妙以相和，各称本不齐。子欲戏九玄，但诵太霄书。万劫在俄顷，勿忧天应迟。[1]

……

不骄乐天王太霄琅书琼文第五

空中生紫烟，郁勃翳华宫。流明顺运回，丹霄映绿房。翼辅虚中景，耀灵焕十方。万帝由真运，莫若九天王。体结自然秀，含气挺虚宫。理化正四维，号为众帝宗。落景乘八烟，总统轮空洞。朝游西台馆，夕憩扶桑宫。摄校玄图箓，拔度青华童。桃康定命籍，明初保劫功。流眄无崖际，万化随运通。飞步诵太霄，幽寻元始踪。积思感至寂，以致登玄窗。宿基流余庆，七祖返南宫。五苦非所履，结友在太空。灵岳非常宫，飞云是我龙。结携九岭真，偶景以成双。何为坐嚚秽，婆娑待命穷。[2]

化应声天王太霄琅书琼文第六

高灵秀空洞，凝气结朱烟。握节回九霄，飘飘天帝真。琼台耀岩阿，紫凤郁玉麟。灵歌逸幽宫，萧条云上

---

① 《道藏》第1册，第891页。
② 《道藏》第1册，第891页。

人。携契七映房，金罗焕中田。天王正有九，飞仙有亿千。洞阳郁灵标，为兆度命年。丹华朗朱日，流芳观兆身。仰歠月中浆，九源降液津。永保不终劫，内外洞虚鲜。积思感太空，洞得无极渊。形与混合同，游宴莫能旋。①

……

波梨答和天王太霄琅书琼文第九

玄气结九霄，紫虚朗太阳。飞琼凌华芒，流精凝玉霜。天真乘运回，薄云茂玄梁。冥会自相感，丹霄映轻行。幽期高晨府，携契朝玉京。灵化冲漠里，寥寥冥运彰。流芳翳朱日，回风迅奇香。焕烂金门上，琼台吐玉英。兰芝盈玄谷，仰咽六胃昌。神逸感寂宫，幽思彻洞乡。执契太霄馆。归真琼文章。②

虽然上述诗体文字在用词、造句及铺陈排比方面也多存修辞之力，已经和仙歌、赞颂等浑然莫辨，但这些诗体文字旨在宣喻教义、颂赞神力和尊尚秘法，在文学意义上是乏善可陈的。相较于更加具有情感和诗味的某些神圣诗歌，也还是存在某种高下之别。不过，它们以中国特有的典雅诗体阐教，不断推动着“韵文经诰”在宗经教典中的发展，在宗教文体意义上仍具有重要的地位。

① 《道藏》第 1 册，第 891—892 页。
② 《道藏》第 1 册，第 892 页。

二、东晋至南朝时期南方神仙道教经典

东晋末至南北朝是道教经文不断造制最终形成各种“经系”并整合为经藏的时期，也是文体逐渐成熟定型的时期。数量上以上清系、灵宝系及后期正一系较多，内容上各系经典都颇为丰富，进行了关于劫运、救度、神系、科范戒律、实践方法等多方面的义理性构建。

一般而论，宗教早期经文基本上都是某种程度上汇编钞合再加以整饬的结果，都具有内容广泛、诸体并存的多样化的特点。上清系经文即很明显，如《洞真高上玉帝大洞雌一玉检五老宝经》包含“中央黄老君所撰玉经诀”“九天太真道德经篇目”“太一帝君大回元五通上仙法”“太丹隐玄玉晨全华玉经八间十二愿”“中央黄老君大丹先进洞房内经法”“大素真人隐朝礼愿上仙经法”“太素真人教始学者辟恶梦法”“玉晨明镜金华洞房雌一五老宝经法”“太一帝君洞真玄经存五神法”“大洞雌一帝君呼引日月之道”“大洞雌一帝君变化雌雄之道”“五老雌一解胞胎死结上仙法”“大洞雌一哺养帝君太一百神上仙法”“大洞雌一太极帝君镇生五藏上经法”“大洞真经高上录中帝君九魂命五神符”“大洞西华玉堂仙母金丹法”若干部分。《洞真太上素灵洞元大有妙经》包含“三洞混化内真变生官号宝名”等“宝名”；“太上道君守三元真一经”“太上道君守元丹上经”“四宫雌真一内神实名玉诀”“太上大洞守一内经法”“太上三九素语内呪诀文”“太真隐朝求仙上法”等方法；“太上九真明科”“玄都九真明科上品传经篇”“玄都九真明科中品诫罪篇”“玄都九真明科下品赎罪篇”等科范；“太帝君偈大有妙赞”“后圣金阙帝君诵”等赞颂。内容既多，文本体式则必杂。相较而言，灵宝经的文本体式虽然也有“天书真

文/赤书丹文”及其敷赞、“道”之所言、禁咒、告文、科范威仪、赞颂灵章等多种，但因灵宝经孳衍程度较高，东晋以后随着经群的分化和经文的增多，多文体特色总体上稍弱，每一种内容往往各有其经。而一经中诸体并存者，以真文敷赞、“道”言和颂赞为主。上清系和灵宝系的核心经文，就文体内容言，共同点是都有对经典来历进行神化的敷赞（今所谓“出经神话”），不同点是上清系较多实践方法的秘示，而灵宝经则较多各种颂赞和禁咒。

各种经系的经文在语言上已经和早期经典较为隐秘、质朴的口语诗体不同，而多呈现为较为整饬的骈体形式。在此方面，上清系和灵宝系的核心经文颇为相似：

上清系《上清金真玉光八景飞经》	灵宝系《元始五老赤书玉篇真文天书经》
九天丈人受太空灵都金真玉光于元始天王，名之八景飞经……。 其道高妙，众经之尊， 总统万真，匡御群仙， 玄符流暎，洞明紫晨， 秘于九天之上大有之宫， 金辉紫殿玉宝琼房。 铸金为简，以撰灵文， 刻玉丹书，以明其篇， 流光奕奕，辉焕太空， 日月侠照，五晨翼灵。 命金华之女、 玉晨之童各三千人，侍卫玉文， 玉妃典香，灵风扬烟， 巨龙毒兽，备守玉阙， 琼凤抚翼，神鸾荫玄， 众真宴礼，万圣朝轩。 玉陛骋盖于霄庭，太帝屈节于几前； 玉皇改度以推运，璇矶命斗以回神； 唱神州以齐景，变七转以僊天； 历三五于神化，散轨度于九玄； 策五行以招魂，御豁落以威灵；	元始洞玄灵宝赤书玉篇真文， 生于元始之先， 空洞之中。 天地未根，日月未光， 幽幽冥冥，无祖无宗， 灵文晻蔼，乍存乍亡。 二仪待之以分，太阳待之以明。 灵图革运，玄象推迁， 乘机应会，于是存焉。 天地得之而分判，三景得之而发光。 灵文郁秀，洞暎上清，发乎始青之天，而色无定方。 文势曲折，不可寻详。 元始炼之于洞阳之馆， 冶之于流火之庭， 鲜其正文，莹发光芒， 洞阳气赤，故号赤书。 灵图既焕，万帝朝真， 飞空步虚，旋行上宫， 烧香散华，口咏灵章。 是时天降十二玄瑞，地发二十四应， 上庆九天之灵奥，

续表

上清系《上清金真玉光八景飞经》	灵宝系《元始五老赤书玉篇真文天书经》
命八景以登空，摄天魔于金真； 披隐书于寂室，咏妙章于无间； 理万帝于上上，总群下于生生。①	下赞三天之宝文。 神风既鼓，皇道咸畅， 元始登命，太真按笔， 玉妃拂筵，铸金为简， 刻书玉篇，五老掌录， 秘于九天灵都之宫。 玉女典香，太华执巾， 玉童侍卫，玉陛朝轩， 九天上书，非鬼神所闻。 天宝之以致浮，地秘之以致安， 五帝掌之以得镇，三光乘之以高明， 上圣奉之以致真，五岳从之以得灵， 天子得之以致治，国祚享之以太平。 寔灵文之妙德，乃天地之玄根， 威灵恢廓，普加无穷。 荡荡大化，为神明之宗， 其量莫测，巍巍乎太空。②

在这两篇经文中，四六形式已经成为基调，只是平仄尚没有齐梁以下的骈文那样整齐。③ 排比铺陈，再三致意，既有层层递进，但也不免同义反复。

上清系经典中，禁咒可得而知者，则往往为四言韵文。内容上不外乎是敷陈仙神之力，如《洞真高上玉帝大洞雌一玉检五老

① 《道藏》第34册，第54页。

② 《道藏》第1册，第774页。

③ 以上据神塚淑子：《六朝道経の形成とその文體——上清経の場合——》，载《東洋文化研究所紀要》第一百二十九册。

宝经》“太一帝君洞真玄经存五神法”之咒：

太一之精，起于太清，魂魄受化，形影为灵，摄御百神，拘制三阳，帝君玄烟，合真会昌，内安精气，外攘灾殃，却除死籍，延命永长，衣服老少，变易无常，治在六合，周旋锋宫，下达洞门，上到玄乡，混合三五，游息天京，呼引日月，变化雄雌，摄召符籍，胞胎之囊，死生之命，太一扶将。①

太上玉真，皇精相连，三元英气，太玄紫辰，九霄挺明，五华生烟，黄阙金室，中有大神，握固流铃，首建华冠，紫盖回飈，龙衣虎文，貌状婴儿，四灵洞均，出丹入虚，合形帝君，呼阴召阳，天道有真，名曰玄充叔，号为无英君，周流九道，散化五常，摄精生我，与我长存。②

灵宝经典所载之咒亦是，如《太上洞玄灵宝赤书玉诀妙经》所载“九天神呪”：

南方丹天，赤帝玉堂，中有大神，号曰赤皇。上炎流烟，三炁勃光，神仙受命，应运太阳。荧惑辅心，井鬼守房，柳星张翼，统御四乡，轸总七宿，回转天常，召运促会，正道驿行。赤文命灵。

北摄酆山，束送魔宗，符教所讨，明列罪源，南山

① 《道藏》第33册，第393页。

② 《道藏》第33册，第393页。

神呪，威伏百千，群妖灭夷，万试摧亡。

南河水帝，太伯龙王，神呪流行，普扫不祥，洪水飞灾，止蛟召龙，开除水迳，千道万通，敢有干试，摄送火宫，赤书所告，莫有不从。①

又载修行《五老赤书真文》所诵咒文：

玄上高灵，元始尊神，大圣徘徊，万神临轩。三景敷晖，庆云四陈，上告校图，推算九天。今日启愿，投刺灵山，丹书赤字，自然真文，上告五帝，记名玉篇。万神鉴映，日月明言，愿度愿生，愿神愿仙。天地星宿，玄照我身，三官九府，五岳大神，普告无穷，削除罪根。元始大开，莫不纳言，七祖幽魂，受福自然，三途五苦，永离八难，得与三景，同晖紫晨，轮转不灭，身得飞仙。

毕，读刺竟，投于绝岩之中，便散香灵山之上，又叩齿三通，向本命呪曰：

元始监映，仙名已书，三官九府，罪莫不除。散香五帝，告盟太虚，请如所陈，万劫长居。

毕，仰咽九炁止。②

简单来说，咒语主要有两种类型：一是象征式；二是表意式。前者为秘符或隐语，知其声、形而不知其意旨，通过默祷或其他仪式行为达成目的；后者直接表达诉求，通过礼拜上帝、召请神

① 《道藏》第6册，第186—187页。
② 《道藏》第6册，第189页。

灵而祈求神力干预。上清系咒语往往富含隐语秘词，并多象征，语言绮丽而陌生；灵宝咒语则以诉求为主，语言平易晓畅，风格颇为统一，意义也极为明晓。

大部分上清经文和灵宝经文的主体部分都是以四言句式为主，并带有骈体基调，在排比、铺陈上与东汉魏晋以来的赋体、骈体风格颇为相似。此一体式既颇庄重、典雅，也不妨碍叙事，如较为重要的古灵宝经《太上诸天灵书度命妙经》（约成于晋宋之际①）：

> 天尊告太上道君曰：龙汉之时，我为无形常存之君，出世教化。尔时有天有地，日月光明，三象备足。有男有女，有生有死。虽有阴阳，无有礼典，亦无五味衣被之具，混沌自生。我以道化喻，渐渐开悟，知行仁义，归心信向，是时年命皆得长远。不信法者，命皆短促。我过去后，天地破坏，其中眇眇，亿劫无光，上无复色，下无复渊。风泽洞虚，幽幽冥冥，无形无影，无极无穷。混沌无期，号为延康。逮至赤明开光，天地复位，始有阴阳，人民备足，而有死生。我又出世，号无名之君，以灵宝教化，度诸天人。其时男女有至心好慕，承奉经戒，颇不怠倦，皆得道真，骨肉俱飞，空行自然。纵未

① 其文末有曰“其玉清上道，三洞神经、神真虎文、金书玉字、灵宝真经，并出元始，处于二十八天无色之上。大劫周时，其文并还无上大罗中玉京之山七宝玄台，灾所不及。大罗天是五亿五万五千五百五十五天之上天也。故大洞真经，灵宝洞玄，洞虚洞无，自然之文，与运同灭，与运同生，包罗众经，诸天之宗。志士长修，致得神仙，长生度世，白日飞行，驰骋龙驾，洞入虚无。能奉之者，供养恭敬，七祖生天，转轮圣王，世世不绝，与善因缘”（《道藏》第1册，第804页），故疑为“三洞”成立之刘宋时之作品。

得道，皆寿命长远，死上天堂，世世更生，转轮不灭，后皆得仙。吾过去后，一劫之周，天地又坏，复无光明。五劫之中，幽幽冥冥，三气混沌，乘运而生。逮至开皇，灵宝真文，开通三象，天地复位，五文焕明，日月星宿，于是朗曜，四时五行，阴阳而生。我于始青天中，号元始天尊，开张法教，成就诸天。始有人民，男女纯朴，结绳而行，无有礼典，亦无五味，亦无衣裳，亦无五彩，亦无文章，裸身露宿，鸟兽同群。以道开化，渐渐生心，知有仁义，礼乐转兴，蔽形食味，参以五行，于是宣化，流演法音，广施经典，劝戒愚蒙，归心信向，渐入法门。

是时，天尊出游西河之边，坐弱水之上，口吐五色之光，普照诸天，四方边土，普见光明。天尊分形百万，处处同时。是男是女，普见天尊在五色光中，如俱一地，随所在处，长幼男女，皆往稽首。天尊随其国土，口吐灵宝五篇真文，光彩焕烂，不可称视。说十部妙经，授以禁戒。宣示男女，若有欲得寿命长远者，当来送名，丹书铁券，啮臂歃血，誓信效心，受法而去。是时四方边境男女长幼，莫不归心，各赍金银锦帛，五彩纹缯，珠玉珍宝，无鞅亿数，来诣天尊，伏受法戒，尊承妙经。七日七夜，光明朗耀，四方复常。诸国宝信，满一国中。天尊一时布施穷困，穷者饱足，富者不乏，贫富齐等，人无怨心。上天校录，先有善功名书简籍者，皆得度世，飞行太空。始入法门，普皆长寿。三万六千年至上皇元年，诸天男女，形改纯朴，心渐怠坏。恐至凋落，正教不全，是故我身，国国之造，成就诸心。我过去后，半劫之中，来生男女，心当破坏，转相疑贰，不信经教，

> 生诸嫉害，争竞胜已，更相攻伐，口是心非，自作一法，不敬天地，轻慢神明，杀生淫祀，祷求邪精。是男是女，互相祝诅，色欲放荡，窃盗无端，不顾宿命，自取残伤，身入恶道，履诸苦难，生寿无几，而忧恼自婴，展转三涂五道之中。自生自死，殃对相寻，骨肉分离，实为痛心。今说是经，为诸来生，以度可度，善心之人，明受谛听，深忆我言。太上道君稽首受命。①

此段经文叙述灵宝系“龙汉”“延康”“赤明”“开皇”“上皇”循环往复“劫运”之说和“五篇真文”的来历②，以四言对句为主，兼以杂言散句，用词平易，叙事晓畅。

关于符、箓的经典，常以“序”的形式作为文本主体，一般也是以敷陈经典来历及其重要意义为主。此类文本叙述性往往十分出色。如约形成于公元四世纪后半叶（东晋中期）的《太上灵宝五符序》即是一篇叙述灵宝经出世的长文③，其中有曰：

> 其后吴王阖闾十有二年孟春正月，命楫江湖，耀旗蛟龙，观兵于敌国，解带乎包山。包山隐居为使者，号曰龙威丈人，令极洞室之所，深履洪穴之源。包山隐居，得道者也，处于吴山，莫知其名，敖兀不群，高离世荣，时人号曰包山隐居。阖闾数亲驾修敬，问以安危。是其

① 《道藏》第1册，第803—804页。

② 参阅王承文：《古灵宝经“元始旧经”和“新经”出世先后考释——兼对刘屹博士系列质疑的答覆》，载《中山大学学报》2013年第2期。

③ 关于《太上灵宝五符序》的撰作时代，见小林正美：《六朝道教史研究》，李庆译，四川人民出版社，2001年，第42—89页。

时尝共讲此源路之由，故为其暂使乎。隐居于是带烛载火，昼夜行迈，一百七十四日而返。既还，具说云：不知其所极，隐居当步行可七千余里，忽遇群孔杂穴，千径百路，沙道乱来，俱会一处，形象相似，门户同类。其丛径之口，有金城玉屋，周回五百里，于众道中央，明月朗焕，华照逸光，其中帷帐床机，窗牖密房，错以紫玉，饰以黄金，云厦凌天，莫识其状。于是顾眄无人，瞻望城傍，见题门上曰“天后别宫”，题户上曰“太阴之堂”。隐居知是神馆，不敢冒进门内，乃更斋戒，思真三日，束修而入。看行其内，于玉房之中，北机之上，有一卷赤素书，字不可解。隐居再拜取书曰：下土小臣，为吴王使，请此神文，以为外施，真气信效。既还出外，而见其门户自闭，闻其中有箫鼓激响，人马之声。隐居震惧，不敢久息，又不敢复进前路，恐致迷乱，不知归向。于是回返，赍所得书以献阖闾。[1]

虽然叙事人称稍有淆乱，但意思仍为明了，描述细致，渲染亦颇得力。此段着力描写“包山藏宝洞室”，被认为是关于“洞天”主题的重要的早期文本之一。[2]

道教造经不仅在整体上受到佛教的刺激，在具体经文创撰的各个方面也大量吸取佛教元素甚至直接抄袭改换。义理方面不论，正如南北朝佛教人士皆已明确指出的“《黄庭》《元阳》，采撮《法华》。以道换佛，改用尤拙”（道安《二教论·明典真伪第

① 《道藏》第6册，第317页。

② 柏夷：《桃花源与洞天》，载柏夷：《道教研究论集》，孙齐等译，秦国帅等校，中西书局，2015年。

十》，《广弘明集》卷八)[1]、“道家经籍简陋，多生穿凿，至如《灵宝》《妙真》，采撮《法华》，制用尤拙”（谢镇之《重与顾道士书》，《弘明集》卷六)[2]，在文体、文本叙述上受到佛经影响最明显的主要是灵宝经，佛经中对灵宝经影响最大的则是《法华经》。对比早期灵宝经和《法华经》等佛经就可以发现，在文体、文本结构上二者极其相似：在位于天界的园林殿堂上，最高神灵（灵宝经的“元始天尊”在名号上也袭取了佛教“唯我独尊”的观念）通过对下凡救世主（灵宝经是太上道君老子，佛教是文殊师利）进行布道、宣教，经文同时充溢着咒语、偈颂和戒律等内容。[3] 另外，对一些具体内容比如佛教本生故事，灵宝经也有非常明显的模仿和移植痕迹。[4]

三、北方道经《正一法文天师教戒科经》《老君音诵诫经》等

“三张五斗米道”余绪之后，寇谦之以前，北方“正一威盟”之道虽然影响很大，且遍及南北，但义理化却乏善可陈，道经创撰亦落后于南方上清、灵宝二系。寇谦之“清整道教”，亦并未大规模地造制经典。因此从西晋到南北朝，完全属于北方道教的重要经典只有一前一后两种，即《正一法文天师教戒科经》和《老君音诵戒经》。

① 释僧祐、释道宣：《弘明集　广弘明集》，第147页。

② 释僧祐：《弘明集校笺》，李小荣校笺，第357页。

③ 柏夷：《成仙之阶：道经中“地”的概念》，载柏夷：《道教研究论集》，孙齐等译，秦国帅等校，第73页。

④ 参阅柏夷：《佛教须达拏太子本生故事与其道教版本》，载柏夷：《道教研究论集》，孙齐等译，秦国帅等校，第21—39页。

《正一法文天师教戒科经》之时代虽不能完全确定[①]，但应该不晚于上清、灵宝大出之东晋末至刘宋初期。其行文如说理：

> 道以冲和为德，以不和相克。是以天地合和，万物萌生，华英熟成；国家合和，天下太平，万姓安宁；室家合和，父慈子孝，天垂福庆。贤者深思念焉，岂可不和！天地不和，阴阳失度，冬雷夏霜，水旱不调，万物干陆，华叶燋枯。国家不和，君臣相诈，强弱相陵，夷狄侵境，兵锋交错，天下扰攘，民不安居。室家不和，父不慈爱，子无孝心，大小忿错，更相怨望，积怨含毒，鬼乱神错，家致败伤。此三事之怨，皆由不和。天地不和，阴阳错谬，灾害万物。国家不和，豪杰争权，禁令不行，害及万民。室家不和，祸起贪欲财利者，忿怒相加，以致灾殃。[②]

用词简明，句式排比偶行，意义明晓可见。又如其《大道家令戒》中叙事并训诫：

> 汉世既定，末嗣纵横，民人趣利，强弱忿争。道伤民命一去难还，故使天授气治民，曰新出老君。言鬼者何？人但畏鬼不信道，故老君授与张道陵为天师，至尊至神，而乃为人之师。汝曹辈足可知之，为尊于天地也，

---

① 关于《正一天师法文教戒科经》及其中《大道家令诫》内容时代的讨论，参阅刘屹：《敬天与崇道——中古经教道教形成的思想史背景》（中华书局，2005）下篇第五章第三节的相关综述。

② 《道藏》第18册，第232页。

而故闷闷，日一日，月一月，岁一岁，贪纵口腹，放恣耳目，不信道，死者万数，可不痛哉！道以汉安元年五月一日，于蜀郡临邛县渠停赤石城造出正一盟威之道，与天地券要，立二十四治，分布玄元始气治民。汝曹辈复不知道之根本，真伪所出，但竞贪高世，更相贵贱，违道叛德，欲随人意。人意乐乱，使张角黄巾作乱。汝曹知角何人？自是以来，死者为几千万人邪。道使末嗣分气治民汉中四十余年，道禁真正之元，神仙之说，道所施行，何以《想尔》《妙真》，三灵七言，复不真正，而故谓道欺人，哀哉可伤。①

虽不免有常见于口语中的重复、叠合及拖沓，但总体上文字仍浅显可明，并未大量使用密谕式的艰深词汇。

《老君音诵诫经》行文同样为叙事兼训诫，如：

老君曰：吾汉安元年以道授陵，立为系天师之位，佐国扶命。陵以地上苦难，不堪千年之主者，求乞升天。吾乃勉陵身元元之心，赐登升之药、百炼之酒，陵得升云蹑虚，上入天官。从陵升度以来，旷官寘职来久，不立系天师之位。吾使诸州郡县土地真官，注气治理鬼事，领籍生民户口，不用生人祭酒理民浊乱之法。而后人道官诸祭酒，愚闇相传，自署治箓符契，攻错经法，浊乱清真，言有三百六十契令，能使长生。鬼神万端，惑乱百姓；授人职契录，取人金银财帛……妄传陵身所授黄

① 《道藏》第18册，第236页。

赤房中之术，授人夫妻，淫风大行，损辱道教。有祭酒之官，称父死子系，使道益荒浊。诫曰：道尊德贵，惟贤是授，若子胤不肖，岂有继承先业？有祭酒之官，子之不肖，用行颠倒，逆节纵横，错乱道法，何有承系之理者乎？铁券首云“父死子系何”，是近世生官王者之法制耳。吾今未立地上系天师正位，据听道官，愚闇相传，自署治箓。诸道官祭酒，可简贤授明，未复按前父死子系，使道教不显。吾论一事，吾岂死，有子孙系吾老君天师之后。天道无亲，惟贤是授。明慎奉行如律令。①

老君曰：吾得嵩岳镇土之灵集仙官主表闻称言：地上生民，旷官来久。世间修善之人，求生科福，寻绪诈伪经书，修行无效，思得真贤正法之教。宜立地上系天师之位为范则。今有上谷寇谦之，隐学嵩岳少室，精炼教法，掬知人鬼之情，文身宜理，行合自然，未堪系天师之位。吾是以东游，临观子身，汝知之不乎？吾数未至，不应见身于世。谦之，汝就系天师正位，并教生民，佐国扶命，勤理道法，断发黄赤。以诸官祭酒之官，校人治箓符契，取人金银财帛，众杂功脆，愿尽皆断禁，一从吾乐章诵诫新法，其伪诈经法科，勿复承用。谦之受诫，二宿三日，掬寻窃冥之情。②

《老君音诵戒经》的文字既欠典雅，亦不齐整；因为含有较多

① 《道藏》第18册，第210—211页。
② 《道藏》第18册，第211页。

的口述因素，在记录为书面语时不免导致有些地方意思不清。内容上，则述事、训诫多于敷说义理，也不像南方道教经文那样热情赞颂高上天尊或竭力铺陈仙界美好，显示出北方道教仍然保留较多的民间特色。

总体上，尽管包含一些口述的因素，但整体上道教文本无疑已是标准的书面语文本。和佛教不同的是，它从一开始可能主要就是书写的产物，而不是像佛教那样最初都是口语，后来才加以记录。书面宗教文本和纯粹口语的宗教诵读有着显著的不同：一是语言相对典雅；二是文本篇幅很长；三是在时间和空间的变化中文本保持相对不变。[①] 魏晋南北朝的道经即有这样的特点。

第五节　章表的渊源、文体及其影响

《隋书·经籍志》道经序："……又有诸消灾度厄之法，依阴阳五行数术，推人年命书之，如章表之仪，并具贽币，烧香陈读。云奏上天曹，请为除厄，谓之上章。"[②]"上章"即是将祷求事宜写成格式化文书，同时伴以仪式，口诵上陈，期达神灵之听，并得神明俯允，赐福祛灾。上章中的格式化文书即所谓"章表"，《三洞义枢》"十二部义"曰"章表者，如九斋启愿，三会谒请之例是也。章，明也。表，奏也。谓申明心事，上奏大道之通言"[③]。上章实际是一种更加严肃庄重，更加仪式化、规范化的陈请，乃是神圣仪式的核心环节。至于其所形成的格式化文书及相关仪式，则是来自对现实政治的模仿。

---

① 参阅（英）杰克·古迪（Jack Goody）：《神话、仪式与口述》，李源译，中国人民大学出版社，2014 年，第 149 页。

② 魏徵等：《隋书》，第 1092 页。

③ 《道藏》第 24 册，第 817 页。

上章本身也需要遵从规范。首先是仪式上的规范，陶弘景《登真隐诀》卷下“章符”：“若急事上章，当用朱笔题署。若欲上逐鬼章，当朱书所上祭酒姓名。若欲上治邪病章，当用青纸。三官主邪君吏，贵青色也。若注气鬼病，当作击鬼章。上章毕，用真朱二分，合已上之章，于臼中捣之，和以蜜成丸，分作细丸，顿服之。用平旦时，入静，北向，再拜服之……上章当别有笔砚以书，不得杂也。墨亦异之。左行摩墨四十九过，止，重摩墨亦四十九转。书章时烧香，向北书之。若因病入静，四面烧香，安四香炉。”① 不同性质的上章，具体规范各有不同。

重要的是道德上的规范。首先是祈请者的挚诚，《赤松子章历》卷一按语：“若清心信向之士，崇尚道法，求乞章符，奏即罪灭福生，增添禄寿，先灵迁达，愿念从心。”② 否则即必不报。又比如上清章仪中往往需要准备“贶信”，即上章者用以宣示自己的诚心而献出的财物，“凡曰奏章，先须备信，神明鉴烛，冀质诚心。若都无信，即神明不纳，责子有悭鄙不舍之心。又云：章无的信，富饶者增之，贫穷者减之。或有官高富足之家，心希功德，而吝惜财物，便效贫穷之人，出信如此，亦无益于有为。科云：有寒栖贫乏之人，求请章醮，师为代出法信。旧章虽各具所用，大抵有三：天子、王公、庶人。且尊卑不同，品目各异，不可殽混而无分别”（《赤松子章历》卷一）③。

不仅是献祭祈请，道教的各种仪式以及其中的次级单元，如首过、斋戒、请神出官、经箓符传授等，无不需要上章。上章和

---

① 陶弘景：《登真隐诀辑校》，王家葵辑校，中华书局，2011 年，第 74—78 页。

② 《道藏》第 11 册，第 173 页。

③ 《道藏》第 11 册，第 173 页。

请神出官结合紧密，因为后者往往是前者的准备（参《正一法文经章官品》及《登真隐诀》卷下“请官”）。上章亦可成为一个独立的部分，运用于专门的个人性的祈禳活动，如祈雨、除怪、治病、求子等。《晋书·王献之传》：“献之遇疾，家人为上章，道家法应首过，问其有何得失。”[①] 因而，上章可以根据具体祈禳目的的不同而有很多类型。上章性质不同，目的多样，因此其文书亦即章表也就形成了不同的体式。不同体式既已形成，行文是否得体就成为关键。以此之故，需要有格式化的范例，以供一般道士摹写。早期道教义理化人士为此编纂了一大批章表的范本，附载于各类道经特别是科范类文献中。其中比较典型的专门章表文献正是糅合了正一章仪、上清章仪和灵宝章仪的《赤松子章历》[②]，姑择二例：

天旱章

具法位

上言：谨按文书，某以下愚，遭逢道会，得睹圣世，因缘幸遇，染在大法。伏蒙

太上广覆，师君矜愍，功无丝发，夙夜忧惶，如履冰谷，无以上答天地之恩。臣受法之日，约当虔奉师门，布散道德，助国扶命，拯拔一切，救物为先。自顷已来，天地运否，阴阳相刑，四时失度，国境亢旱，禾稼不登，虑以祆灾竞起，纯阳在上，凝阴在下，二气不交，玄泽不降，旱风烈日，万姓熬然，稼穑焦枯，涸鱼惧日。良

① 房玄龄等：《晋书》，第2106页。

② 吕鹏志：《唐前道教仪式史纲》，第211—213页。

由帝王受天禅祚，君临万邦，三才台辅，伯牧股肱，宰长首吏等，不能俯仰理物，治功不逮。臣某等受道重任，宣化无方，不能理正允中，调和气序，致使五行失度，天灾所冲。伏寻科法，道气广覆，洽润生灵。臣某伏闻，乾知泰始，坤作成物，天地交泰，而品物咸亨。春生夏长，秋收冬藏，阴阳和顺，草木滋荣，五谷成熟。太阴主雨，立春之日，男以农种，女以桑麻，冀以秋冬，得资赋税，承天受地，品类以生。立春二月，始种五谷，雨水和均，五谷以益，和气蓄结。某时炎旱若干日，甘雨不降，阳气兴盛，天无行云之荫，地无津液之润，臣窃不自揆，谨依天师科法，触冒汤火，谨以上闻，诚惶诚恐，顿首死罪。伏愿

太上无极大道三师君，夫人好生恶死，特垂大道之化，愿上官典者为分别五行，驱处律吕，罗列八卦，标明节月，使阳不侵境，阴不退度，五来镇一，水自润下，五来升二，火自炎上，五来乘三，木自曲直，五来除四，金结从革，五来自偶，法滋稼穑，须五而成，而无不生，然后使鹑火收焰，玄枵吐津，箕宿倾舌，毕宿动根，五岳犓石，四渎腾泉。伏乞

天恩哀愍，谨请灵台宫中汉明君各一人，官将百二十人，主摄天雷等。元名宫中小玄明君一人，官将百二十人，主摄河伯吕公子、三十六水帝、十二溪女、九江水帝、河平侯掾吏、中部水神，兴云下雨。河天宫中九海北玄君一人，官将百二十人，主下水气，出风雷。太山宫中泗州九谷君，官将百二十人，主起水气。又请泗州九海君水帝，又请浮云使者等，官将百一十人，一合

来下，与某州县邑下地主明大社神，名山大泽、源谷山川之灵，古今卿士大夫，有功于民，以配庙食者，及诸村乡亭里域真官，注气营传，符庙司舍，一切诸神君降下，同心尽力，辅助天道，以行神灵，兴云降雨，洪泽沛濡，旱苗蒙膏润之荣，万民有来苏之命。功成事立，言功举迁，风伯雨师，亦同升三天，预酬劳苦。愿天曹告下，速使旱魃之鬼应章消灭。特从

太上三师，乞丐应验，不负效信。恩惟

太上分别，哀臣愚劣。谨因二官直使正一功曹左右官使者、阴阳神诀吏、科车赤符吏、刚风骑置驿马上章吏官，各二人出操。臣某谨为某等天气旱燥，恐百谷失收，拜上，请天官以时降下，润泽流注。宝章一通，上诣

三天曹，伏须告报。臣某诚惶诚恐，稽首载拜以闻。①

解天罗地网章

具法位，

上言：云云（案：应即“谨按文书”之省）。某身及妻子，并有厄难，恐为天罗地网以见缠结，告诉向臣，求乞章一通。臣以学浅，不明气候，无精算术，皆凭六甲五行更相剥复，以知历数。凡以戌亥绝阳之乡为天罗，辰巳绝阴之地为地网。年命会此，则受其殃。男以本命临太岁功曹，加生月为天罗传送，加胎月为地网。女以本命临行年为天罗河魁，加胎月为地网。复以行年临本命功曹，加胎月为天罗传送，加生月为地网。又天纲临太一，下为天罗。胎在登明，下为地网。五刑六害七伤九

① 《道藏》第11册，第192页。

厄之月，及以衰年衰月，魁纲杂杀，千凶万患，妨损非一。恐某家大小年命有犯五方罗网，九宫八卦，更相克伐，仍是九天玄极之气下游世间，纵横九百九里。罗者如炎火，网者如黑云，悉带九星精气，赤精焕烂，若人年命当之，立见凶损。某今赍法信，素绢一匹，钱一千二百文，白米一石二斗，油一斗二升，纸一百二十张，朱绳一百二十尺，钏子一双，素丝一两，笔墨香灯等，伏惟

天官恩盼，太上无极大道、天师门下典者、五气君，垂神省念，上请东方寅卯辰甲乙青气君，解除东方青厄青毒；南方巳午未丙丁赤气君，解除南方赤厄赤毒；西方申酉戌庚辛白气君，解除西方白厄白毒；北方亥子丑壬癸黑气君，解除北方黑厄黑毒；中央戊己黄气君，解除中央黄厄黄毒。五方之气，十二时候，皆不敢为害。臣闻上三五为天，中三五为人，下三五为地。天有五行，地有五气，人有五常。天不失五行则日月精明，地不失五气则万物滋生，人不失五常则能生长，礼乐获全。某家恐五气不合，脏腑不调，五行更相克剥，伏愿上官典者，为某上解玄象五星之考气，下解地上三十六禁忌，中解某等身中千罪万过。谨请北斗七星贪狼巨门断绝死源，禄存廉贞替易死形，文曲武曲削除死录。谨请解厄君、太皇万福君、运气君、玉历君，各官将百二十人，下为某收捕众灾，分解诸厄，从一厄至于九厄，所居里域，真官注气，监察考召，太祖父母，家亲丈人，一切迁举，进入中宫，署与功赏，使分曹署职，随功加秩，天曹科典，令存亡受恩，幽明相祐，要以某身年命延长，灾厄度脱，以为效信。恩惟

太上分别。[①]

第一通为请雨，所代为群体；第二通为禳祓，所代则为个体。两种上章的性质、目的、内容和行文皆有不同，但内在结构则颇相似：前半段为述说缘由、申明愿望；后半段则为召神请将，禳灾祛祸。述说缘由、申明愿望的内容在义理上需要高上其事，态度上务得恭敬庄重，叙述上则必须突出重点，以强调对救度的期待。召神请将，禳灾祛祸的内容则属于仪式范畴，虽然仅仅表现在文本上，但仍需要铺张扬厉，以表达对神灵的崇拜。观第一通上表，前半段修辞尽管不如世俗政治中文臣奏表那样传统典雅，又用语简易，极少用典，但文字亦颇整饬纯正；后一通因性质特殊，前半段以“推人年命”发端，叙述清楚明晰。两通上表后半段一为礼神降雨，一为请将解除，或铺陈水神，或推算术数，均表现出浓厚的仪式意味。

当时还存在一种较为独特的“冢讼章”。所谓“冢讼”，是正一系、上清系都存在的一种重要的“冥府”观念——生前积有罪愆（主要是杀人），死后被枉死之鬼考讼；冢讼发生以后，一方面是对冢讼对象有谪降不迁的终极惩罚，另一方面，这种惩罚也会波及在世亲属子裔，所谓“血胤连属，逮乎七世，傍贯伯叔，至于兄弟，莫不善恶同源，荣枯相继”（《赤松子章历》卷五）[②]，并使“门祚灾衰，家累疾病，所作不利，所居不安”（《赤松子章历》卷五）[③]。因此，后世子孙，须虔诚上章，乞请解除。此类解除之章即称为“冢讼章”，以《赤松子章历》卷五所载“大冢讼章”

① 《道藏》第11册，第203页。
② 《道藏》第11册，第219页。
③ 《道藏》第11册，第217页。

二通较为典型[1]，姑举其第一通前半段为例：

上言：今有某州县乡里某甲，投辞列款，称门祚灾衰，家累疾病，所作不利，所居不安，求乞章奏，解除冢讼。今据其事状，粗可根寻，必恐其七祖九玄、周亲近属，生存之日，过犯既多，亡殁已来，被诸考谪，子孙未与拔赎，冥漠得以怨嗟，或葬在水源之讼，或殡当神庙之讼，或坟茔穿穴之讼，或棺椁损伤之讼，或旧冢相重之讼，或新冢相犯之讼，年月浸远，胤嗣不知；或水溺火烧之讼，或虫伤药毒之讼，或刀兵牢狱之讼，或瘟疫瘫疽之讼，或伯叔兄弟，或姑侄姐妹，递相连染，以作祸殃。有一于斯，罔不诛责，酆宫案罪，因所甘心，而玄律垂恩，亦容追过。臣辄依千二百官仪，并正一真人三天法师所授南岳紫虚元君治病灭恶之法，谨上请……[2]

叙述上以排比句为主，同时又不乏夸饰，目的无非是突出冢讼的严重性和解除的迫切性。此类章表可以说在某种程度上已经超越了仪式的范畴，而带有宣说义理的意味。

《赤松子章历》所载祭祀、禳除诸仪式上章类型之外，重要的仪式类型之一“传授仪式”也需要上章。题陶弘景编《陶公传授仪》中的传授仪式上表的主体部分为：

---

① 赵益：《六朝隋唐道教文献研究》，第117—122页。
② 《道藏》第11册，第217页。

> 厶以胎诞下世，〔沉〕沦鄙俗，籍缘微业，得奉大化，涤除垢浊，希尚清真。昔以厶年月，受先师厶甲五岳真形图文，以自修佩，被蒙安吉，实荷覆护，而不能执科秉法，必限五八，亟经传付，皆成违负，夙夜愧惧，若履冰谷。但乐道之子，在世屡有，加运季时危，人愿自拔，倾心苟至，理不可遏。今有厶郡县乡里男女生姓名年纪，丹情款切，告情备至，谨以吉日设醮委信，依法传付。乞令厶受图以后，心开意悟，解达真旨，注心道炁，不令乖违，天亲同炁，常相爱护。即日列上三天，章奏太上，赐削除死录，书名生简，三尸消灭，灾害不犯。使五方灵岳各遣五神，千山百川时差侍官，营守图文，防护厶身，长生久视，永享元吉。若值贤才，量宜审授，不得轻慢，自招愆罪。谨清斋祭付，恩惟鉴察，谨稽首再拜上闻。①

此文全为四字句式，用词凝练，出语简洁而意思畅达，不长的文字中，将经典传授的重要性和秘密性述说备至。

《洞真太上太霄琅书》卷六所载"出官启事"，所谓"似章表之体"，实际上就是一种专门的上章。其文皆较长，除出官内容外，主体部分是十分典型的章表体式，试举一例"为同义救厄疾谢罪请福斋出官"者如下：

> 臣妾某等顿首，死罪死罪，稽首再拜，上启

---

① 王卡对敦煌 S3750 + BD11252 + P2559 的缀合，见王卡：《道教经史论丛》，巴蜀书社，2007 年，第 331—339 页。此据吕鹏志录文，见吕鹏志：《唐前道教仪式史纲》，第 66 页。

无极太上无为大道、无上玄天皇太上帝、玄妙父母、玉晨大道太上玉皇至尊玉几前：

臣妾等以小丑贱生，虫芥之余，谬生天地，得见光明，为天所覆，为地所载，四时所养，五行所长，星辰所卫，日月所照，至于今日，千椿一会，得禀元炁，参预仙流，衔真握契，睹见上玄神仙妙术，不以秽质，少好生道，栖迹山林，断谷服饵，经诸峰岳，吐纳云霞，玄思未降，不得其益，三尸不灭，赤子散乱，神枯形悴，八达不开，未得聪明智慧，才无分表，可以酬时，宣教无方，愆多功少，上负玄都，承骄恃慢，实有万没。但太阳多恩，育仁无恶，天老好生，荡荡泗汰，思前补过，得至今日。臣妾某等顿首，死罪死罪，谨以谢闻。臣妾某等谬享大法，乘涉无为，仰瞻上圣无极天尊，仰愿百国安乐，万姓齐生，受道之日，三官有约，助时理炁，都督人鬼，摄弹万灵，诛邪伐逆，建立福田。非道不行，非道不真，非道不清，非道不济，非道不生，救活百姓子，安国以乐民。

但臣妾某等谨按文书，同义某州郡县乡里民，男女生祭酒某甲等，奉法多违，未贯大化，收愆被考疾厄云；今日抱病困笃，或经年著床，或官系事云大小。[①] 王甲深虑一旦不免，长夜迎臣妾等到家，所求请：

仰谢七玄之根，生死罪责，亡九世祖某，至亡父某等如干人，赍信参辞如别，请省伏读。如按王甲家先亡后死，平素之时，仕宦为业，籍得传基，或为帝王公侯、

① 案：此句文字或有讹误。

州牧刺史二千石、郡守令长丞尉，或为汉魏臣吏，用法失忠，或承矫凌弱，枉克无辜；或上不敬天地，下不畏鬼神，自作一法，不顺道教，为上不恭；或为下不敬，为父不慈；或为子不孝，为夫不和，为妇不逊；或内外婬乱，舍正逐邪，废嫡立庶，破国危邦；或辛婢爱妾，室家义绝，刑危教言，更相咒诅，兄弟不和，骨肉相害，或争钱财奴婢田宅，更相挀打，披头散发，触悮北君，被刑收考，殃逮后生，亡者魂神，考责在天牢地狱，太山二十四狱，不堪苦怆，还引生人，求以补代，致后世婴灾。臣妾等今为王甲清斋，仰谢某亡九祖父，下及某亡父甲如干某人，生时有如此众过，无状之罪，下流及生者身，悬文在二十八宿、三十六天府、九官玄曹，事结积年，未蒙散释，愿今直斋百僚千乘万骑，摄太山府君二十四丞狱吏，检问王甲亡父如干某人，事由何曹，何事死亡，问连逮何府，问为犯何神，问为以九世，问为以八世，问为以七世，问为以六世，问为以五世，问为以四世，问为以祖父母，问为以某父母，问为是兄弟，问为是中外姑姨伯叔，问以甲今身愆过，问为触何神，问为犯何鬼。一切辟考，此间里域真官注炁，木下房庙坛社、山川五岳八神，独按都侯，铃下功曹，主簿河侯，桥梁水陆之神，河伯水帝水丞水府，恐甲等肉人，不悟所犯，或比已归首，未蒙恩福，恐或是血食之鬼，其不放遣闭，系甲家大小三魂七魄，女子十四魂，致婴疾者著床，或经涉年岁，或遭罹幽厄，性命莫测。若以无辜，故炁贪食之神，横相贼害，不畏玄都明威之制者，臣妾等斋官百僚，太一三皇挥神洞章，无上三十六部都尉，无上三十六部威天大将军，羽林虎贲三十六部中郎大将，金刚三十六部力士，九亿万骑九亿万兵，各佩铠甲，以次收治大鬼，送付天一北狱，小鬼即斩。若是甲家先亡后死，考责不解者，愿以真正之炁，随愿解脱械节，放赦魂神。若以甲身愆过所收，于今释散，直斋百僚为甲家明灯火于九天之上，九地之下，二十八宿随事考正，毁天曹简书，绝地官文墨，斋竟之后，霍然请除，则荷大道白骨更生之恩，仰愿威灵，使百国从容，朝夷鲜卑，各保境域，时节苗稼，年年丰熟，天下太平，人民安乐。臣家国君陛下，上宰公王，下及兆庶，一切众生，四海五岳学仙道士，咸蒙升度，天下男女生官祭酒，过度厄世阳九百六，真得侍圣君。臣等今执法大化，涉山跨垄，岩穴为居，或暂出民间，宣教医治，建功上府；或遭凶恶，毁慢三宝；或有害心，或违天负义，愿为改更开悟，得见上真，恶心自更，建立福田，聪明智慧。臣妾等三曾五祖，七世父母，咸蒙升度，万姓翘首，得如所愿。上请监斋百僚，一时来下，监斋直事，典香玉童，典香玉女，小吏使者，百僚官属，悉赍臣妾等所诉，乞垂原赦王甲家千罪万过，千欺万责，从今以去，福生十方，祸没九阴。谨以启闻，旋行礼拜，仰谢

天尊。臣妾某等诚惶诚恐，稽首再拜以闻。

臣妾某姓某属州郡县

无极太上无为大道玉陛至尊玉几前

太岁某年某郡县乡里中启。①

---

① 《道藏》第33册，第676—677页。

此一章表篇幅达一千五百余字，内容为道士应里中道民所请，代为上章玄天上帝，请求辟考父母祖先罪责有无，同时祈请官将去除鬼神幽厄，并普降威灵，过度末世。其中融会了承负、因果、冥府地狱、鬼神、天官天将、末世及救世等种种观念，可以说集当时社会宗教生活中“普化教义”之大成。此一文本极具典式，充分反映了在重视文字的义理化道教中，章表作为仪式重要组成部分的特殊功用：通过这样的章表撰写、宣读乃至仪式配合，显然能够达到非常有效的宣谕教化作用。由此可见，章表作为一种宗教文本的特殊性和重要性是非常显著的。

有意思的是，与“章表”相对，道教亦有神灵之降文。降文中最重要的是敕封之文，如《太元真人东岳上卿司命真君传》“至汉哀帝元寿二年八月己酉，五帝各乘方面色车，从群官来下，受太帝之命，授盈为司命东卿上真君。文以紫玉为板，黄金刻之”，其文曰：

> 惟盈虚挺远朗，幽耽妙玄。爰自童蒙，散发北山。静心林泽，积思求神。登峻履谷，艰寻师门。掷形绝崿，投躯万津。丹诚率往，肆其天然。遂造明匠，乃授灵篇，剪发祝贶，残首截身。带索自乐，不耻饥寒。所适惟道，所保以真。情昭上帝，感激太玄。今敬授盈位为太元真人，领东岳上卿司命神君。君平心正格，秉操金石，丹心矫众，栖神高映。故报盈以玉钺、绿旌、八威之策，使盈征伐源泽，折冲万神。君寒冻林谷，味玄仰真，思激穷岫，启心精诚。今故报盈以紫髦之节，藕敷华冠，使盈招驱万灵，封山召云。君弃家独往，离亲乐仙，契阔崄巇，冬袒山川。今故报盈绣羽紫帔，丹青飞裙。使

盈从容霄阶，携命玉真。君步骤深薮，足履危仞，心耽志尚，曾不惩惮。今故报盈以斑龙之舆，素虎之軿，使盈浮晏太空，飞轮帝庭。君披榛并景，寒凌霜雪，心求明真，不战不慄。今故报盈以曲晨宝盖，琼帏绿室。使盈游盼九宫，静神温密。君远秀遁荣，无疲于心，潜形幽岳，静思万林。今故报盈以流金火铃，双珠月明。可以上闻太极，通音上清。君贞心高静，淫累不经，素挺浩映，内外坦平。今故报盈以锦旌绣幡，白羽玄竿。可以呼召六阴，玉女侍轩。君慈向触物，阴德万生，蠢动之毛，皆念经营。今故报盈以凤鸾之箫，金钟玉磬。可以和神虚馆，乐真舞灵。君饥渴养神，艰辛求真，万物不能致其惑，千邪不能毁其淳。今故赐盈紫琳之腴，玉浆金罂。可以寿同三光，刻简丹琼也。盈标领清玄，紫玮八映，心晖重离，神曜太霞。实真人之长者，故以太元为号。君九德既备，感积太微，天人虚白，不期同归。今酬九事，以报往怀。盈心神方朗，四灵所栖。丹神启焕，秉直不回。正任全固，监无照微。今屈宰上卿，总括东岳。又加司命之任，以领录图籍。给玉童玉女各四十人，以出入太微，受事太极也。治宫赤城玉洞之府，盈其莅之，动静以闻。[①]（《云笈七签》卷一百四）

因为是上真降文，文辞遂呈现出高上雅正的色彩，与《真诰》中的很多“真唆”文字风格接近。形式方面句子排比连贯，对仗工整，主体部分基本押韵，使全文的仪式性得以进一步凸显。

---

① 张君房：《云笈七签》，第 2260—2262 页。

综上所述，南北朝时期发展成熟的章表，作为道教仪式应用文的大宗，创辟了一种独特的文体，是后期各种祈禳文、青词的滥觞。

第三章　不死可征与斗极仙阶：神仙传记的内容、意义与形式

神仙传记，是指记叙真人修道、成仙及救世事迹的各种类型的叙事性作品。神仙故事渊源久长，其最原始的来源即是神话。英雄、始祖和救世主神话中的主人公往往必须进入死亡而制伏死亡，使自己复活与再生，最后弃绝肉体得到解脱而精神则获得永恒，就是“神仙”最早的原型。各种英雄和“神人”“真人”“至人”很早就被口述传统与后来的文人发挥创造出鲜明的形象和丰富的事迹。此类故事虽然在儒家理性传统中因“其言不雅训”而遭到相当程度的黜落，但一直被民间文学和典雅文学的各种形式所表现。而这些神仙的口头故事和文字书写，都是道教整合时期义理化过程中各种神仙传记和仙灵谱系进行构造的主要资源。

尽管关于神仙的文本故事历史悠久，渊源有自，并早有开创性的作品如汉刘向集《列仙传》的出现，但神仙传记主要还是随着魏晋以降道教的整合形成而发展起来的，是魏晋南北朝道教义理化提升的产物。因此，魏晋南北朝时期兴起并发展起来的神仙传记有其特殊的属性：第一是基本从属于道教特别是神仙道教，既与主要属于民间信仰的各种鬼怪、灵异故事有所不同，也和从属于佛教的冥报、灵验作品迥然有别；第二是具有辅教的属性，在宣传宗教信仰、构建神灵谱系等方面发挥着重要的作用；第三是文体上受到《史记》《汉书》及其他传统史传的影响极深（道教

整合形成过程中作为教派义理建设重要内容之一的仙真专传，尤其如此），尽管客观上有很强的虚构性，但在主体意识上仍与“小说”性质有别。从某种意义上说，史官文化在中国早期文明中即占有重要的地位。由于实用理性的早熟和人文的发达，纪录历史、保存知识的需要产生很早，促进了文字和载籍的发明，反过来又进一步促进了史官文化的发达。早在殷商时期，国家的誓、命、训、诰和历史事件、人物言论，都由史官所记载；“周则太史、小史、内史、外史、御史，分掌其事。而诸侯之国，亦置史官。”（《隋书·经籍志》史部正史类小序）[①] 传说中史籍亦很早出现，如《三坟》《五典》《八索》《九丘》之类。古代“六经”中不唯《春秋》，其他经典亦具有史的性质。相当长一个历史时期的政治、宗教、历史事件、人物言论等，都保留在《尚书》《周易》、“三礼”（《周礼》《仪礼》《礼记》）、《春秋》《诗经》这样的经典中。战国私家著述勃兴，历史记载逐渐多样，有专记史事如《左传》《国语》《竹书纪年》《世本》《战国策》等；也有其他记史之书如《穆天子传》《晏子春秋》等。汉以后经学独尊，但史传之著如《史记》《汉书》等创撰方兴，终于至魏晋开始摆脱经学而独立一部。如《隋志》史部分类体系所反映的，史书“因其事类，而作者甚众，名目转广”，不仅体式繁多，重点各异，而且内容也向深度和广度发展。神仙传记虽然“因其志尚，率尔而作，不在正史”，但仍然被认为是史部不可或缺的组成部分。

梁阮孝绪《七录序》所附《七录》要目（《广弘明集》卷三），其《记传录》下“鬼神部”，著录有二十九种三十四帙二百五卷。《隋书·经籍志》史部创有“杂传”一类，其序曰：

---

① 魏徵等：《隋书》，第956页。

> 古之史官，必广其所记，非独人君之举……故自公卿诸侯，至于群士，善恶之迹，毕集史职……是以穷居侧陋之士，言行必达，皆有史传。自史官旷绝，其道废坏，汉初，始有丹书之约，白马之盟。武帝从董仲舒之言，始举贤良文学。天下计书，先上太史，善恶之事，靡不毕集。司马迁、班固，撰而成之，股肱辅弼之臣，扶义俶傥之士，皆有记录。而操行高洁，不涉于世者，《史记》独传夷齐，《汉书》但述杨王孙之俦，其余皆略而不说。又汉时，阮仓作《列仙图》，刘向典校经籍，始作《列仙》、《列士》、《列女》之传，皆因其志尚，率尔而作，不在正史。后汉光武，始诏南阳，撰作风俗，故沛、三辅有耆旧节士之序，鲁、庐江有名德先贤之赞。郡国之书，由是而作。魏文帝又作《列异》，以序鬼物奇怪之事，嵇康作《高士传》，以叙圣贤之风。因其事类，相继而作者甚众，名目转广，而又杂以虚诞怪妄之说。推其本源，盖亦史官之末事也。载笔之士，删采其要焉。鲁、沛、三辅，序赞并亡，后之作者，亦多零失。今取其见存，部而类之，谓之杂传。[①]

《隋志》“杂传”的创立是魏晋以后各种传记纷纭出现的反映，也是史部独立并且向深度、广度发展的典型表现之一。《隋志》“杂传”既包含《七录》“纪传录”的鬼神部分，又正式确立了刘向《列仙传》开创的仙传的地位。在其相关著录中，除去冥报、感应、述异、搜神、灵鬼之类，可以认定为神仙传记类者约有二

① 魏徵等：《隋书》，第981—982页。

十五种，种数约占其类目著录数量的十分之一（《隋志》“杂传”共著录“二百一十七部，一千二百八十六卷”）：

1.《列仙传赞》三卷（刘向撰，鬷续、孙绰赞）
《列仙传赞》二卷（刘向撰，晋郭元祖赞）
2.《神仙传》十卷（葛洪撰）
3.《说仙传》一卷（朱思祖撰）
4.《养性传》二卷
5.《汉武内传》三卷
6.《太元真人东乡司命茅君内传》一卷（弟子李遵撰）
7.《清虚真人王君内传》一卷（弟子华存撰）
8.《清虚真人裴君内传》一卷
9.《正一真人三天法师张君内传》一卷
10.《太极左仙公葛君内传》一卷
11.《仙人马君阴君内传》一卷
12.《仙人许远游传》一卷
13.《灵人辛玄子自序》一卷
14.《刘君内记》一卷（王珍撰）
15.《陆先生传》一卷（孔稚珪撰）
16.《集仙传》十卷
17.《洞仙传》十卷
18.《王乔传》一卷
19.《关令内传》一卷（鬼谷先生撰）
20.《南岳夫人内传》一卷
21.《苏君记》一卷（周季通撰）
22.《嵩高寇天师传》一卷

23.《华阳子自序》一卷

24.《太上真人内记》一卷（李氏撰）

25.《道学传》二十卷

这些传记的原本或已不存在，或早无单本流行，所存者主要以各种形式保存在《道藏》及唐宋类书的引录中。从形式类型上看，主要分为两类[①]：一类是如《列仙传》《神仙传》《洞仙传》这样的汇集多位神仙人物的“集传”，具有群仙谱录的性质；一类是如《太元真人东乡司命茅君内传》《清虚真人王君内传》等造经运动和义理化过程中出现的仙真专传。

第一节　葛洪《神仙传》的文学成就、地位与影响

现存最早的神仙集传是刘向撰《列仙传》，记录上古三代至秦汉间的神仙人物事迹，今存全本最早为正统《道藏》本（他本皆出于《道藏》本），起于赤松子，终于玄俗，共计七十一人。[②] 每人传记后附有四言赞语，未署撰人。据今人研究，此四言赞语当为晋郭元祖所作。[③]《列仙传》编撰体例，与题刘向撰《列女传》全同。《列仙传》的作者与时代，葛洪《抱朴子内篇·论仙》《神仙传序》、刘孝标《世说新语》注、郦道元《水经注》、颜之推《颜氏家训》卷六《书证篇》、《隋书·经籍志》杂传类、释道宣

① 有一种观点认为可分为三类：一为仙真类传，如葛洪所编撰的《神仙传》；二为仙真专传，其大多与上清一系有关；三为综合多种资料以结构成篇的传记，如《汉武帝内传》等。见李丰楙：《六朝隋唐仙道类小说研究》第一章“绪论”，学生书局，1986年，第3页。我们认为，《汉武帝内传》确实较为特殊，但仍可依据其形式类型将其划入“仙真专传”的范围。

② 《道藏》本共七十传，《江妃二女传》纪二人，合为七十一人。

③ 李剑国：《唐前志怪小说史》（修订本），天津教育出版社，2005年，第170—171页。

《广弘明集》卷十一等均题为汉刘向所著。但《汉书》刘向本传及《汉书·艺文志》均不载此书。故自南宋陈振孙始，代有学者怀疑其伪。[①] 今一般认为《列仙传》大体上为东汉之作，但明显掺有后人增添的内容。总体看来，《隋志》既有著录，东汉王逸《楚辞章句》、应劭注《汉书》、东晋葛洪《神仙传》、裴松之注《三国志》、南朝刘孝标《世说新语》等均又有所引用，说明《列仙传》在东汉、晋时已广泛流传于知识界中。

无论《列仙传》是否为刘向所撰作，其书为汉时神仙方术风气盛行的产物是没有疑问的。在文学性方面，《列仙传》叙事文字较为简单，情节生动者较少，葛洪评其“殊甚简略，美事不举”（《神仙传序》），十分到位。但《列仙传》依据旧有资源而敷衍，不仅开志怪小说文学化描写之先河，而且为其后的仙传及小说提供了一系列具有原型意义的“仙话”范式、母题或情节要素，成为后世各种文学创作的重要渊薮。最为重要的是，《列仙传》开创了记述“列仙”的类型和神仙集传的体式，为后世“因其事类”的各种“神仙传”奠定了基础。葛洪的《神仙传》，正是《列仙传》以来“仙传”不断发展完善的结果。

一、葛洪其人

葛洪（283—363），字稚川，丹阳句容人（今江苏省句容市），出身于江南著名士族，其祖父葛系仕吴历任显职，封寿县侯；父葛悌，吴时官至会稽太守，入晋除郎中，迁大中大夫，历任大中

---

① 见陈振孙《直斋书录解题》卷十二神仙类、黄伯思《东观余论》卷下、胡应麟《少室山房笔丛》卷十六《四部正讹下》及近人余嘉锡《四库提要辨证》卷十九《子部》十。

正、肥乡令，再迁为邵陵太守，卒于任上。葛洪十三岁时父葛悌去世，“饥寒困瘁，躬执耕穑”。西晋太安二年（303），张昌、石冰作乱于扬州，葛洪以将兵都尉征伐有功，迁伏波将军。事平后，不论功赏，继续潜心搜求异书，以广其学。光熙元年（306），“见天下已乱，欲避地南土，乃参广州刺史嵇含军事。及含遇害，遂停南土多年，征镇檄命一无所就”（《晋书》本传）[①]，隐居罗浮山，从南海太守鲍靓修道，并妻其女。晋愍帝建兴二年（314），与岳父鲍靓返乡。建兴三年，琅邪王司马睿即晋王位，辟为掾属。晋元帝太兴元年（318），以葛洪前破石冰有功，赐爵关中侯，食句容邑二百户。此后约十年间，葛洪皆在山中隐居修道。至东晋咸和初年（326），司徒王导（276—339）召补州主簿，转司徒掾，迁咨议参军。时与干宝（？—336）友善，干宝荐葛洪为散骑常侍，领大著作，均辞不就。咸和八年（333），葛洪闻交趾产丹砂，求为交趾郡勾漏县令，获许，遂携子侄同行。至广州，为刺史邓岳所留，乃止于罗浮山炼丹修道近三十年，直至东晋兴宁元年（363）去世。[②]

葛洪“体钝性驽，寡所玩好”（《抱朴子外篇·自叙》）[③]，少时即好学，“家贫，躬自伐薪以贸纸笔，夜辄写书诵习”（《晋书》本传）。渐长，“为人木讷，不好荣利，闭门却扫，未尝交游”（《晋书》本传）[④]，汲汲于究览典籍。葛洪遍涉百家，但不喜“麟

---

① 房玄龄等：《晋书》，第 1911 页。

② 葛洪的生平资料有《晋书·葛洪传》《抱朴子外篇自叙》。并可参阅胡孚琛：《魏晋神仙道教——抱朴子内篇研究》，人民出版社，1989 年；王明：《论葛洪》，载王明：《道教和道教思想研究》，中国社会科学出版社，1984 年；杨明照：《抱朴子外篇校笺》，中华书局，1991 年，前言。

③ 葛洪：《抱朴子外篇·自叙》，载杨明照：《抱朴子外篇校笺》，第703 页。

④ 房玄龄等：《晋书》，第 1911 页。

角风距”之类“不急之末学”，而是特好神仙之学。葛洪好神仙之学有其家学渊源，从祖葛玄（164—244）为三国吴时著名方士，号“葛仙翁”，极富神仙法术，并自创道法，形成一个独特系统，对后来的灵宝、上清都有显著的影响。葛洪虽未曾亲炙葛玄，但葛玄以秘术传授弟子郑隐，葛洪从郑隐学，尽得其法。葛洪在家学以外，后又师从深究金丹之学的南海太守鲍靓，进一步丰富了自身的神仙学修养。

葛洪不慕仕进，自小就志在以“立言”处世，自称“年二十余，乃计作细碎小文，妨弃功日，未若立一家之言，乃草创子书”“念精治五经，著一部子书，令后世知其为文儒而已”（《抱朴子外篇·自叙》）[①]。一生不改初衷，勤于著述，著有《抱朴子内篇》《抱朴子外篇》七十卷，《神仙传》十卷，《金匮要方》一百卷，《肘后备急方》八卷；又有碑诔诗赋百卷、军书檄移章表笺记三十卷。

葛洪在政治上并无突出表现，但在思想、学术上取得了多方面的成就，《晋书》本传称其“博闻深洽，江左绝伦。著述篇章富于班马，又精辩玄赜，析理入微”“紬奇册府，总百代之遗编；纪化仙都，穷九丹之秘术”[②]。葛洪最为突出的思想成就在于哲学和神仙道教的理论建设方面。哲学方面，葛洪具有鲜明的客观本体观念，即最高本体为“玄”，乃“自然之始祖、万物之大宗”；“玄”虽“来焉莫见，往焉莫追”（《抱朴子内篇·畅玄》）[③]，但“胞胎元一，范铸两仪”而生成“道”，“道”是客观本体的规律和本质；“玄”与“道”犹“无”与“有”，两位一体，辩证统

① 葛洪：《抱朴子外篇·自叙》，杨明照：《抱朴子外篇校笺》，第697、710页。

② 房玄龄等：《晋书》，第1913页。

③ 王明：《抱朴子内篇校释》（增订本），第1页。

一；天地万物无知无为，感于元气依道而成。葛洪的这一本体论观念，在两汉自然本体观的基础上又有所发展，增加了“神秘主义”的色彩，而淡漠了“天人感应”的道德伦理意味。葛洪的本体论特别强调生命的地位，认为生命具有独立的客观自性，与天地万物具有同等的地位；正如客观世界可以依循自然天道而无始无终，人之生命亦可以通过对本身自性的掌握而获得永存，这成为其长生不死学说的哲学基础。[①] 葛洪哲学思想中最为闪光的部分是其认识论。在魏晋以来持续旺盛的探索精神和玄学热情的影响下，加之以其本身的好学以及对经验知识的偏好，葛洪发展出一种客观理性的认识方式，不仅主张客观世界可以认知，而且非常强调依据事实、遵循逻辑。因此，他视追求长生之道为一种客观探索，而不是一种宗教信仰。葛洪的这一认识论观念，同样决定了他实质上并不是一位虔诚的宗教家，而是一位孜孜不倦的技术探索者。神仙道教方面，葛洪继承并系统总结了魏晋以前的神仙学说，在此基础之上，对神仙的存在、修仙的必要性和可能性、修仙的道德规范进行了深入的阐发，理论上达到了一个极高的程度。

二、《神仙传》的文献及流传情况

《晋书》葛洪本传载葛洪撰《神仙传》十卷。《隋书·经籍志》杂传类著录为十卷，《旧唐书·经籍志》《新唐书·艺文志》道家类、《郡斋读书志》传记类、《宋史·艺文志》道家类均同。《日本国见在书目》杂传类著录为二十卷，未知何据。《崇文总目》

① 参阅胡孚琛：《魏晋神仙道教——抱朴子内篇研究》，人民出版社，1989年。

道书类仅著录一卷本，当为节录本，《通志·艺文略》、明焦竑《国史经籍志》等汇录性书目同。

《神仙传》的文献及流传方面有两个重要的问题：

第一是原本是否失传。《神仙传》明《道藏》本未收，且《道藏阙经目录》就已注明阙失，表明在正统、万历纂修《道藏》时，无论是前有藏本和世本《神仙传》都已难觅见。现存《神仙传》有两大系统：

一是宋代类书所引，主要是《太平广记》载六十一人，《太平御览》载七十八人，《仙苑编珠》节录四十条，《云笈七签》节录二十一人。其他如《三洞珠囊》《三洞群仙录》等宋元道教类书亦有不少佚文，但均较零散。

二是明代以来的几种十卷本刊本系统，主要是有以下三种。

1.《广汉魏丛书》本

明何允中编《广汉魏丛书》(1592) 收录本，十卷，凡九十二人。此本流传较广，是其后《龙威秘书》本、《增订汉魏丛书》本、《说库》本和《艺苑捃华》多种十卷本的源头。[①]《广汉魏丛书》本所收，《四库全书总目》提要谓“核其篇第，盖从《太平广记》所引钞合而成”，基本属实。

2.《四库全书》本

《四库全书总目》注其为“两淮盐政采进本”，实即明末毛晋(1599—1659) 汲古阁刊本。毛晋本并非源自古本，而实际是一种汇辑本，除采录类书者外，也使用了一些其他并不出于《神仙传》

① 裴凝 (Benjamin Penny)：《神仙传之作者与版本考》，卞东波译，载程章灿主编：《古典文献研究》第十辑，凤凰出版社，2007 年。

的材料。[①] 毛晋原本今不存，赖《四库全书》采入而成为当代最为流行的版本。书前有葛洪原序，凡八十四人。《四库全书》本与《广汉魏丛书》本相比差异较大，《四库全书》本有《广汉魏丛书》本无者七人，《广汉魏丛书》本有《四库全书》本无者十五人，相重者七十七人（分析合并不计），且文字详略异同所在多有。[②]

3.《道藏精华录》本

丁福保（1874—1952）编《道藏精华录》时所收本，十卷。当取自《增订汉魏丛书》本，多出若士与华子期两传，凡九十四人。

另外尚有《夷门广牍》及《说郛》等三种一卷本和《类说》《绀珠集》等摘录本，因均为节录，不出上述两大系统之外。

尽管明《文渊阁书目》及陈第《世善堂书目》均有著录，但并无确切证据可证明末有《神仙传》古本流传。而无论是《四库全书》本（毛晋本）还是《广汉魏丛书》本等“今本”，都明显经过了重组与编辑[③]，所以《神仙传》原本很大可能未能保存下来，或者说至少原本经过不同的编辑重组而改变了面貌。

第二是《神仙传》原本究竟收有多少仙传，原始情形如何。唐梁肃云：“予尝览葛洪所记，以为神仙之道，昭昭焉足征

---

① 这样的情形很多，比较典型的例子是“焦先”条。《太平广记》卷九引《神仙传》“焦先”条，内容、文字与《四库》本完全不同；而《四库》本文字明显出自《三国志·魏志·胡昭传》裴注引《魏略》。此据葛洪：《神仙传校释》，胡守为校释，中华书局，2010年，第235页。

② 李剑国：《唐前志怪小说史（修订本）》，第401页。

③ 裴凝（Benjamin Penny）通过比对各本得出结论：一、《四库》本源于明代广泛流传的一组相关版本；二、传记排序可追溯到北宋甚至晚唐，可能保存了隋唐本的部分内容（《神仙传之作者与版本考》）。

已。……按《神仙传》凡一百九十人……”[①] 如梁肃所云无误，唐人所见《神仙传》人物数量是现存的两倍。五代天台道士王松年《仙苑编珠》序云：“葛洪更撰《神仙传》，有一百一十七人。”[②] 亦较今本多出不少。如此则有两个可能：一是《神仙传》代有散逸；二是葛洪之后《神仙传》屡经增添。这两个可能都是存在的。不仅是人物数量，在内容、文字方面，今存两大系统及诸本之间也有重大差异。如张道陵传，《太平广记》所录近一千三百字，包括“七试赵升”一段极其细密的故事叙述；而《四库全书》本仅四百五十字左右，但同时也增添了一些其他版本没有的内容。

三、葛洪的神仙思想与《神仙传》的主旨

葛洪《抱朴子外篇》自叙云：“至建武中，乃定。凡著《内篇》二十卷、《外篇》五十卷……又撰俗所不列者，为《神仙传》十卷。”[③] 建武为东晋元帝年号（317—318），《抱朴子外篇·自叙》撰于元帝大兴四年（321）左右，故《神仙传》或撰于建武至大兴年间（318—321），时葛洪在三十五岁至三十九岁之间，已修道有年，并且完成了其主要著作《抱朴子》内、外篇。

《神仙传》原序曰：

> 洪著《内篇》论神仙之事凡二十卷，弟子滕升问曰：“先生曰神仙可得，不死可学，古之得仙者，岂有其人

---

① 梁肃：《神仙传论》，《全唐文》卷五一九，中华书局，1983 年，第 5277—5278 页。

② 《道藏》第 11 册，第 21 页。

③ 葛洪：《抱朴子外篇·自叙》，载杨明照：《抱朴子外篇校笺》，第 697—698 页。

乎?”答曰：“昔秦大夫阮仓所记有数百人，刘向所撰又七十一人。盖神仙幽隐，与世异流，世之所闻者，犹千不及一者也。故宁子入火而凌烟，马皇见迎以获龙。方回咀嚼以云母，赤将茹葩以随风。涓子饵术以著经，啸父烈火以无穷。务光游渊以脯薤，仇生却老以食松。邛疏服石以炼形，琴高乘鲤于砀中。桂父改色以龟脑，女丸七十以增容。陵阳吞五脂以登高，商丘咀菖蒲以不终。雨师炼五色以厉天，子光辔虬雷于玄途。周晋跨素禽于缑氏，轩辕控飞龙于鼎湖。葛由策木羊于绥山，陆通匝遐纪于黄庐。萧史乘凤而轻举，东方飘衣于京都。犊子灵化以沦神，主柱飞行于丹砂。阮丘长存于睢岭，英氏乘鱼以登遐。脩羊陷石于西岳，马丹回风以电徂。鹿翁陟险而流泉，园客蝉蜕于五华。余今复抄集古之仙者，见于仙经、服食方及百家之书，先师所说，耆儒所论，以为十卷，以传知真识远之士。其系俗之徒，思不经微者，亦不强以示之矣。则知刘向所述殊甚简要，美事不举。此传虽深妙奇异，不可尽载，犹存大体，窃谓有愈于向多所遗弃也。”①

序文以师弟问答的形式交代了《神仙传》的写作缘起：第一，为了宣扬神仙可学的信仰；第二，因不满于刘向《列仙传》过于简略且“美事不举”，从而广搜仙经道书、百家论说及当世传说以“有愈于向多所遗弃”。《神仙传》成书于《抱朴子》内、外篇之

① 葛洪：《神仙传校释》，胡守为校释，第1—2页。

后，二书之间存在着有机的联系。[1] 这种联系可以归为两点：一是建构神仙理论，常以仙真传说为例证，借以增强说服力；二是叙述仙真事迹，乃基于自成体系的神仙传说，并非只是零散的仙真传闻的汇集而已。[2] 也就是《抱朴子》内、外篇中体系化的神仙理论、典型的修仙事例及具体的实践方法，与《神仙传》的种种神仙个案，一以贯之，相辅相成。总之，无论是从葛洪的自述，还是从《神仙传》与其根本著作《抱朴子》内、外篇的关系来看，《神仙传》的编撰具有鲜明的旨趣——为其神仙理论和实践方法服务。

葛洪神仙思想的核心是“长生可致，仙道不诬，神仙可求”。《抱朴子内篇》序曰：

> 世儒徒知服膺周孔，桎梏皆死。莫信神仙之事，谓为妖妄之说，见余此书，不特大笑之。又将谤毁真正，故不以合于所著子书之数，而别为此一部，名曰内篇，凡二十卷，与外篇各起次第也。虽不足以藏名山石室，且欲缄之金匮，以示识者。其不可与言者，不令见也。贵使来世好长生者，有以释其惑，岂求信于不信者乎![3]

两晋之交，尽管佛教影响愈趋深广、求仙风气方兴未艾，但士大夫精英阶层中儒家思想仍居主流，一味贪求长生、追逐不死

① 如小南一郎即认为：“如果把魏晋神仙思想专门作为一种思想来考察，当然必须以葛洪的《抱朴子·内篇》为中心……为了探求比思想更深一层的因素，就要注意到传说中的神仙事迹。”小南一郎：《中国的神话传说与古小说》，孙昌武译，中华书局，2006年，第184页。

② 参李丰楙：《六朝隋唐仙道类小说研究》，学生书局，1986年，第4页。

③ 王明：《抱朴子内篇校释》（增订本），第368页。

的做法不仅受到价值观意义上的批判，也受到具体实践层面上的直接否定。葛洪的理论，正是直接针对这种精英观念而发的。

葛洪论证“长生可致、神仙可求”，是从认识论的高度着眼，从逻辑上而不是价值立场上解决问题。虽然论证的对象——“神仙”，是一种暂时无法验证的超验事物，但论证本身使用的却是理性的和经验的方法。葛洪首先指出，有限的经验或常识，不足以否定无限的未知世界：

> 虽有至明，而有形者不可毕见焉。虽禀极聪，而有声者不可尽闻焉。虽有大章竖亥之足，而所常履者，未若所不履之多。虽有禹益齐谐之智，而所尝识者未若所不识之众也。万物云云，何所不有？（《抱朴子内篇·论仙》）①

然后阐述部分不能取代全体，个别不能概括一般，极其复杂的客观世界更不存在直观朴素的简单真理等这样一些客观原则：

> 夫存亡终始，诚是大体。其异同参差，或然或否，变化万品，奇怪无方，物是事非，本钧末乖，未可一也。夫言始者必有终者多矣，混而齐之，非通理矣。谓夏必长，而荠麦枯焉。谓冬必凋，而竹柏茂焉。谓始必终，而天地无穷焉。谓生必死，而龟鹤长存焉。盛阳宜暑，而夏天未必无凉日也。极阴宜寒，而严冬未必无暂温也。百川东注，而有北流之浩浩。坤道至静，而或震动而崩弛。水性纯冷，而有温谷之汤泉；火体宜炽，而有萧丘

① 王明：《抱朴子内篇校释》（增订本），第12页。

之寒焰；重类应沉，而南海有浮石之山；轻物当浮，而牂柯有沉羽之流。万殊之类，不可以一概断之，正如此也久矣。(《抱朴子内篇·论仙》)①

毫无疑问，这些原则一旦拈出便具有击破直觉、常识的力量。但神仙毕竟不存，道理之外仍需要显著的事实。因此，《神仙传》不得不借助于标榜帝王、大人故事，如“左慈”条：

左慈者……能变化万端，不可胜纪。曹公闻而召之，闭一室中，使人守视，断其谷食，日与二升水，期年乃出之，颜色如故。曹公曰：“吾自谓天下无不食之人。”曹公乃欲从学道。(《四库全书》本《神仙传》卷八)②

此以强权者曹操亲身实验后的自我否定来说明仙术的存在，借以指出盲目不信的弊端。而宣扬这类故事的最好法宝就是精彩的叙事和丰富的细节，如“刘根”条：

后太守史祈以根为妖妄，欲杀之，遣使呼根，举郡皆谏，以为不可，祈殊不肯止……根即诣郡。时宾客盈坐，祈令根前，使庭下五十余人，将绳索鞭杖立于根后，祈厉声问曰：“君有道耶?”根曰：“有道。”祈曰：“有道能召鬼使我见乎?若不见，即当戮汝。”根曰：“甚易耳。”遂借祈前笔砚，书作符，扣阶锋，铮然作铜声。因

① 王明：《抱朴子内篇校释》(增订本)，第13—14页。
② 葛洪：《神仙传校释》，胡守为校释，第275页。

长啸，啸音非常清亮，闻于城外，闻者莫不肃然，众宾客悉恐。须臾，厅前南壁忽开数丈，见四赤衣吏传呼避道，赤衣兵数十人，操持刀剑，将一科车直从坏壁中入到厅前。根敕下车上鬼，赤衣兵发车上乌被，上有一老公一老姥，反缚囚系，大绳的头，熟视之，乃祈亡父母也。祈惊愕怆然流涕，父母亦泣，责骂祈："我生时汝仕宦未达，不得汝禄养，我死后汝何为犯忤神仙尊官，使我被收束囚辱如此，汝亦何面目立于人间！"祈下阶叩头，向根乞放赦先人。根乃敕赤衣兵将囚出去，厅前南壁复开，车过，寻失车所在。根亦隐去。祈恍惚若狂，其妻暴卒，良久乃苏，云"见君家先被捉者，大怒云：'何以犯触大仙，使我被罪，当来杀汝。'"后月余，祈及妻儿并卒。（《四库全书》本《神仙传》卷八）[①]

此已近乎报应故事。[②]《四库全书》本《神仙传》文字与《太平广记》引《神仙传》迥异，所述史祈事与《搜神记》《后汉书》同源，但情节之跌宕、场景之鲜活、细节描写之生动均大过之。

当然，葛洪坚信神仙可成，除了认识论上的逻辑认知外，更主要的是具有强烈的"技术性"思维，认为"技术"力量比如金丹之道可以凭借对自然奥秘的掌握夺造化之功，达成长生不死的目标。由此，葛洪在炼丹术、医药、养生等方面进行了一系列的探索。正是由于葛洪所秉持的客观本体论和理性认识论观念，所

① 葛洪：《神仙传校释》，胡守为校释，第298—299页。

② 参阅孙昌武：《从〈列仙传〉到〈神仙传〉》，载孙昌武：《诗苑仙踪：诗歌与神仙信仰》，南开大学出版社，2005年，第82页。

以获得的很多成果中往往具有前科学的因素。以炼丹术为例，葛洪先后涉及的化合物有铜青、丹砂、水银、雄黄、矾石、戎盐、牡蛎、赤石脂、滑石、胡粉、赤盐、曾青、慈石、雌黄、石流黄、太乙余粮、黄铜、珊瑚、云母、铅丹、丹阳铜、淳苦酒等数十种之多，并在操作过程中，记录了如硫化汞积变、铅的变化等化学现象。① 在医药上，葛洪撰有《金匮要方》一百卷（今佚）、《肘后备急方》八卷等，也包含了很多朴素的科学认知。

葛洪的客观理性观念和“技术性”主张，并不意味着他的神仙理论不具备道德信条的建构，相反，葛洪“长生可致，仙道不诬，神仙可求”的理论始终是站在儒家思想原则的立场上而言的，最鲜明的一点体现在他坚决否定了帝王学仙的可能性：

夫求长生，修至道，诀在于志，不在于富贵也。苟非其人，则高位厚货，乃所以为重累耳。何者？学仙之法，欲得恬愉澹泊，涤除嗜欲，内视反听，尸居无心，而帝王任天下之重责，治鞅掌之政务，思劳于万幾，神驰于宇宙，一介失所，则王道为亏，百姓有过，则谓之在予……

仙法欲静寂无为，忘其形骸，而人君撞千石之钟，伐雷霆之鼓，砰磕嘈嚈，惊魂荡心，百技万变，丧精塞耳，飞轻走迅，钓潜戈高。仙法欲令爱逮蠢蠕，不害含气，而人君有赫斯之怒，芟夷之诛，黄钺一挥，齐斧暂

① 参阅胡孚琛：《魏晋神仙道教——抱朴子内篇研究》，人民出版社，1989年。

授，则伏尸千里，流血滂沱，斩断之刑，不绝于市。仙法欲止绝臭腥，休粮清肠，而人君烹肥宰腯，屠割群生，八珍百和，方丈于前，煎熬勺药，旨嘉餍饫。仙法欲溥爱八荒，视人如己，而人君兼弱攻昧，取乱推亡，辟地拓疆，泯人社稷，驱合生人，投之死地，孤魂绝域，暴骸腐野，五岭有血刃之师，北阙悬大宛之首，坑生煞伏，动数十万，京观封尸，仰干云霄，暴骸如莽，弥山填谷。秦皇使十室之中，思乱者九。汉武使天下嗷然，户口减半。祝其有益，诅亦有损。结草知德，则虚祭必怨。众烦攻其膏肓，人鬼齐其毒恨。彼二主徒有好仙之名，而无修道之实，所知浅事，不能悉行。要妙深秘，又不得闻。又不得有道之士，为合成仙药以与之，不得长生，无所怪也。（《抱朴子内篇·论仙》）①

在这里，葛洪重点指出的是长生修道与帝王治理天下的矛盾关系：仙道需要清静无为、绝念息欲，而人君则“烹肥宰腯”，杀伐不仁。所以，秦皇汉武虽有好仙之志，但仍不能求得神仙之道。葛洪内心显然认为，神仙思想之所以在汉以来即受到正统思想的批判，原因就是人主过分信从。如果神仙之说常为人君所溺，从而给天下造成损害，那么这种学说在儒士阶层那里就失去了价值基础。从这一点出发，葛洪第一次给“长生可致，仙道不诬，神仙可求”赋予了道德内涵，从而使之成为某种意义上的宗教信条。

从根本上否定帝王学仙可能性的观念，在《神仙传》中，可谓比比皆是：

---

① 王明：《抱朴子内篇校释》（增订本），第 17—18 页。

彭祖曰："欲举形登天，上补仙官者，当用金丹，此元君太一所服，白日升天也。然此道至大，非君王所为。"（《四库全书》本《神仙传》卷一"彭祖"）①

叔卿曰："吾前为太上所遣，欲戒帝以灾厄之期，及救危厄之法，国祚可延，而帝（汉武帝）强梁自贵，不识道真，反欲臣我，不足告语，是以弃去。"（《四库全书》本《神仙传》卷二"卫叔卿"）②

少君称疾，上表云："……而陛下（汉武帝）不能绝奢侈，远声色，杀伐不止，喜怒不除，万里有不归之魂，市朝有流血之刑，神丹大道，未可得成。"（《四库全书》本《神仙传》卷六"李少君"）③

曹公（曹操）乃欲从学道，慈曰："学道当得清静无为，非尊贵所宜。"（《四库全书》本《神仙传》卷八"左慈"）④

葛洪对帝王成仙的彻底否定，与汉以来儒家知识阶层的价值观念是极相一致的。《神仙传》《抱朴子内篇》本身，正意味着以葛洪的观念为代表的一种建立在知识阶层伦理价值观上的新神仙思想，在这个时代的发展与繁荣。⑤

---

① 葛洪：《神仙传校释》，胡守为校释，第 16 页。
② 葛洪：《神仙传校释》，胡守为校释，第 58 页。
③ 葛洪：《神仙传校释》，胡守为校释，第 207 页。
④ 葛洪：《神仙传校释》，胡守为校释，第 175 页。
⑤ 小南一郎：《中国的神话传说与古小说》，孙昌武译，第 215—216 页。

在求仙的实践方法上，葛洪以其客观理性态度和“技术性”主张，尊奉汉魏以来持续未断的金丹之道为最高途径，激烈反对民间“鬼道”，同样也反映了他的道德伦理倾向。葛洪认为，“夫神不歆非族，鬼不享淫祀，皂隶之巷，不能纡金根之轩，布衣之门，不能动六轡之驾，同为人类，而尊卑两绝，况于天神，缅邈清高，其伦异矣，贵亦极矣。盖非臭鼠之酒肴，庸民之曲躬，所能感降，亦已明矣”（《抱朴子内篇·道意》）①。故在《神仙传》中，也多有“土符不法，服药行道无益也”（《四库全书》本《神仙传》卷一“沈文泰”）②、“功业不修，大药不合”（《四库全书》本《神仙传》卷四“太阳子”）③ 的批判。

总体而言，葛洪的神仙理论，是以儒家现世理性精神为基础对神仙说所进行的修正，解决了“神仙说”的现世伦理问题，使之成为儒家思想的补充。《神仙传》以此思想为原则，通过丰富的仙人事例说明“不死可征”，同时也形象地、深入地发扬了“神仙可学，仙道可成”的理论。具体来说，《神仙传》的发扬主要包括三个方面：

一是证明神仙不死之存在，阐述脱世求仙之高尚。这可以说是《神仙传》最核心、最一贯的主题，全部《神仙传》的内容基本上都是在孜孜不倦地阐述神仙的真理性和美妙性。在“彭祖”中，葛洪特别指出“成仙”与“得道”“不死”的不同：

得道者耳，非仙人也。仙人者，或竦身入云，无翅

① 王明：《抱朴子内篇校释》（增订本），第 171 页。
② 葛洪：《神仙传校释》，胡守为校释，第 12 页。
③ 葛洪：《神仙传校释》，胡守为校释，第 153 页。

> 而飞。或驾龙乘云，上造太阶。或化为鸟兽，浮游青云。或潜行江海，翱翔名山。或食元气，或茹芝草，或出入人间，则不可识，或隐其身草野之间。面生异骨，体有奇毛，恋好深僻，不交流俗。然有此等虽有不亡之寿，皆去人情，离荣乐，有若雀之化蛤，雉之为蜃，失其本真，更守异器。
>
> 今之愚心，未之愿也。人道当食甘旨，服轻丽，通阴阳，处官秩。耳目聪明，骨节坚强，颜色和泽，老而不衰，延年久视，长在世间，寒温风湿不能伤，鬼神众精莫敢犯，五兵百虫不能近，忧喜毁誉不为累，乃可贵耳。人之受气，虽不知方术，但养之得宜，当至百二十岁，不及此者，皆伤之也。小复晓道，可得二百四十岁，能加之，可至四百八十岁。尽其理者，可以不死，但不成仙人耳。(《四库全书》本《神仙传》卷一“彭祖”)[①]

它们的区别是：仙人已彻底摒除一切“人情”而实现了本质的转化，而“养生得宜”“小复晓道”虽可延年乃至不死，但仍然不脱“人之受气”。这一观念与《抱朴子内篇》所总结的早期南方神仙道教“天仙—地仙—尸解仙”仙人等秩思想大致相同。[②]《神仙传》中所记仙人，虽有“天仙”，但更多的是“地仙”，如“年数百岁，犹有少容”的黄山君（《四库全书》本《神仙传》卷一

---

① 葛洪：《神仙传校释》，胡守为校释，第16—17页。

② 《抱朴子内篇》卷二《论仙》云：“按《仙经》云：上士举形升虚，谓之天仙。中士游于名山，谓之地仙。下士先死后蜕，谓之尸解仙。”王明：《抱朴子内篇校释》（增订本），第20页。

"黄山君")[1]、"不乐升天"，服药半剂而成地仙的马鸣生（《四库全书》本《神仙传》卷五"马鸣生")[2]、入抱犊山的赵瞿（《四库全书》本《神仙传》卷七"赵瞿")[3] 等。极端者则有两千余岁仍不肯修升天之道的白石生，更直言"天上无复能乐于此间耶！但莫能使老死耳。天上多有至尊相奉事，更苦人间耳"（《四库全书》本《神仙传》卷一"白石生")[4]。这实际是从反面证明了等级观念的存在及其强大的影响力。

二是宣扬学仙可成的理念。这是葛洪毕生恪守不渝的信仰，在《神仙传》中得到了充分的发扬。葛洪一方面通过各种各样的仙真事迹的叙事描写进行形象的传达，如皇初平随道士入金华山修道，其兄初起入山寻之，目睹初平化羊的神通后曰："弟独得神通如此，吾可学否?"初平曰："唯好道便得耳。"（《四库全书》本《神仙传》卷二"皇初平")[5] 另一方面也直接根据例证进行教谕，如在阴长生传后，葛洪加了一段很长的按语进行理论阐发：

> 洪闻谚书有之曰：子不夜行，不知道上有夜行人。故不得仙者，亦安知天下山林间有学道得仙者耶！阴君已服神丹，虽未升天，然方以类聚，同声相应，便自与仙人相寻索闻见，故知此近世诸仙人之数尔。而俗民谓为不然，以己所不闻，则谓无有，不亦悲哉！夫草泽间士，以隐逸得志，以经籍自娱，不耀文彩，不扬声名，

① 葛洪：《神仙传校释》，胡守为校释，第 38 页。
② 葛洪：《神仙传校释》，胡守为校释，第 167 页。
③ 葛洪：《神仙传校释》，胡守为校释，第 253 页。
④ 葛洪：《神仙传校释》，胡守为校释，第 34 页。
⑤ 葛洪：《神仙传校释》，胡守为校释，第 41 页。

不循求进，不营闻达，人犹不识之，岂况仙人！亦何急急令闻达朝阙之徒，知其所云为哉！（《四库全书》本《神仙传》卷五“阴长生”）①

此段文字秉承《抱朴子内篇》仙道可成的基本思想，借用阴长生之事，对不信仙道的世俗无知之徒予以严厉批判。

三是间接强调修炼实践方法。这是宗教传记一般都蕴含的内容。如“彭祖”中借传主之口，扼要揭出“养寿之道，但莫伤之而已”的总纲，并逐一叙述彭祖一派的修真途径以及房中术的基本要点；“王真”中记有“炼形胎息”之秘术；“栾巴”中则点明导气贵于自然流通的道理。另外，为了使修炼方法更具操作性，往往在传记中征引道经的内容，提供理论依据。如“天门子”中，有“故其经曰……”一段内容，此经当即《抱朴子内篇》卷十九《遐览》中所记载的《天门子经》；“绝洞子”中的“经曰”云云，应即绝洞子李修所著《道源》四十篇中的内容。其他诸如九灵子、北极子各传中，也都有征引道经的内容。

可以认为，《神仙传》具有明显的“喻道故事”（parable）和“劝谕性故事”（exemplum）的属性。“喻道故事”是关于人类自身的短篇叙事故事，它通过含蓄的比拟和对比，使人从故事情节中领悟出寓言所要阐明的普遍性主题或训诫。在宗教教诲中，设喻极为重要，因为它能把艰深的道理，用形象生动的简短故事述说出来。劝谕性故事是通过一个具体实例来阐述一个宗教主题，

---

① 葛洪：《神仙传校释》，胡守为校释，第171—172页。

同样是宗教布道文学的重要方法。①《神仙传》正是以这两种形式，形象生动地传述其神仙可征的思想意旨。

四、《神仙传》的文学性及其影响

尽管先秦时即已存在“街谈巷语、道听途说”的小说家言，汉魏以后志人、志怪小说以及仙传、僧传、杂传亦渐次兴盛，但直承神话遗存和民间传说而来，经过文士加工的典型化的神仙叙事，仍以《神仙传》为典型。

《神仙传》的文学性，突出表现在三个方面：

第一是文体、故事类型、母题的继承、开拓与强化。在文体方面，《神仙传》主要是继承从《史记》到魏晋杂传的史传传统，以人物为中心叙述主要事迹、当时及身后评价及历史地位等，并同时记录核心言论。神仙道教非常重视“神迹”亦即神仙的存在和非凡作为，《神仙传》的特色即是相对集中于此类事迹的记叙和评价，同时因为需要突出神仙的特色、力量和作为以夺人耳目、劝人修仙，故而特别注重叙事，并且常借神仙之口阐释义理或方法，以达到谕教的目的。在故事类型方面，《神仙传》因为主题的专门性，类型并不参差多样，主要以“神仙由来—事迹—教谕”“求仙—遇仙—修仙—成仙”这两大类型组成，且多有交叉。在这个方面，《神仙传》奠定了后世仙传的基本类型范式。

《神仙传》最为突出的是在“母题”（motif）亦即“最小情节

---

① 以上据M. H. 艾布拉姆斯（Abrams，M. H.）：《文学术语词典》（第7版），吴松江等译，北京大学出版社，2009年，第15—16页。

单元”方面的继承、开拓与强化。①

首先是“遇师（仙）”或“仙、人遇合”。神仙道教特别强调“明师”的作用，宗主和先知一度称为“天师”，这既是源于宗教神人交流必由媒介的本质性规定，也与神仙道教强调天启、密契和技术方法的特性有关。无论向道者的资质如何，仙师总是很难寻觅而得，因为只有种民才有资格获得拯救。在神仙传记和一些经典中，仙师与凡人之间的交流主要以“误入”与“降真”两种方式进行：或是凡人误入神仙的世界并与神仙交往，或是神仙因各种原因降临人间而与人相遇。② 二者可以合并为“遇师（仙）”母题。“误入”在《神仙传》中多为“入山求道”“山中遇仙”等，如介象、皇初平、吕恭、乐子长、李少君、赵瞿等都有此类经历。而他们所遇见者，都是暂在人间或游行世间的仙人。“降真”起源于南方萨满教遗存，是神仙道教的基本表现形态之一。因此在神仙传记中，“降真”成为一种基本要素而被大量创制。“卫叔卿”条中，武帝闲居，忽有一人，“乘白云驾白鹿集于殿前”；“沈羲”条，沈羲道逢仙官乘青龙白虎车来迎；“葛玄”条中，太上老君与太极真人降于天台山，授《灵宝》等经三十六卷，复又再降，出《洞玄》《大洞》等经三十六卷及上清二斋法。此类描写，不胜

① 案：此所谓“母题”，乃采用较宽的定义。“类型”与“母题”必须区分，但很多情况下也是相对而言的。比如下文所要论述的：“考验”是一种母题［斯蒂·汤普森：《世间民间故事分类学》，郑海等译，上海文艺出版社，1991 年，第 592 页］，“仙人考验门徒”则为一种类型［艾伯华：《中国民间故事类型》，王燕生、周祖生译，商务印书馆，1999 年，第 180—182 页］。但当“神仙传”成为一种大的类型的时候，“仙人考验门徒”就可以成为一种相对性的“母题”。

② 李丰楙：《误入与谪降：六朝隋唐道教文学论集》，台湾学生书局，1996 年，第 143—189 页。将“降真”全部归纳为“谪降”并不完全准确，因为贬谪只是一种类型，还有很多其他类型如教谕、引导及救度式的降临。

枚举，在后世上清诸真传中，更有着详尽的描摹与记录。“遇师（仙）”母题的核心意义是“汝有仙骨，故得见我”，反映出创生宗教关于解脱的“种民”观念。

其次是“察试”，亦即“灵真下试”——仙师以各种各样的形式来试验入门弟子或志愿求道的人。灵真下试也是构成《神仙传》故事的重要母题之一。[①] 仙人、神人考验门徒，在中国民间文学中是一种常见的类型[②]，而在宗教中则是多种教义如“挚诚信仰”“忠贞恒久”“勤奋以求”“种民资格”的综合象征。《神仙传》中的“察试”内容甚多，以张道陵、陈安世、李八伯等传较为典型，如《太平广记》引《神仙传》“张道陵”条“七试赵升”之第七试：

> 陵将诸弟子，登云台绝岩之上，下有一桃树，如人臂，傍生石壁，下临不测之渊，桃大有实。陵谓诸弟子曰：“有人能得此桃实，当告以道要。”于时伏而窥之者三百余人，股战流汗，无敢久临视之者，莫不却退而还，谢不能得。升一人乃曰：“神之所护，何险之有！圣师在此，终不使吾死于谷中耳。师有教者，必是此桃有可得之理故耳。”乃从上自掷，投树上，足不蹉跌，取桃实满怀。而石壁险峻，无所攀缘，不能得返，于是乃以桃一一掷上，正得二百二颗。陵得而分赐诸弟子各一。陵自食，留一以待升。陵乃以手引升，众视之，见陵臂加长三二丈，引升，升忽然来还，乃以向所留桃与之。升食桃毕，陵乃临谷上，戏笑而言曰：“赵升心自正，能投树

① 参阅小南一郎：《中国的神话传说与古小说》，孙昌武译，第225页。
② 艾伯华：《中国民间故事类型》，王燕生等译，第180—182页。

上，足不蹉跌，吾今欲自试投下，当应得大桃也。”众人皆谏，唯升与王长嘿然。陵遂投空，不落桃上。失陵所在，四方皆仰，上则连天，下则无底，往无道路，莫不惊叹悲涕。唯升、长二人，良久乃相谓曰：“师则父也，自投于不测之崖，吾何以自安？”乃俱投身而下，正堕陵前，见陵坐局脚床斗帐中，见升、长二人笑曰：“吾知汝来。”乃授二人道毕，三日乃还。归治旧舍，诸弟子惊悲不息。后陵与升、长三人，皆白日冲天而去，众弟子仰视之，久而乃没于云霄也。（《太平广记》卷八）[①]

又如李八百屡用己身之疮病来试察唐公昉慕道之坚：

……后八伯乃伪作病，危困欲死，公昉为迎医合药，费数十万，不以为损，忧念之意，形于颜色。八伯又转作恶疮，周身匝体，浓血臭恶，不可近视，人皆不忍近之。公昉为之流涕，曰：“卿为吾家勤苦累年而得笃病，吾趣欲令卿得愈，无所吝惜，而犹不愈，当如卿何！”八伯曰：“吾疮可愈，然须得人舐之。”公昉乃使三婢为舐之，八伯曰：“婢舐之不能使愈，若得君舐之乃当愈耳。”公昉即为舐之。八伯又言：“君舐之复不能使吾愈，得君妇为舐之当愈也。”公昉乃使妇舐之。八伯曰：“疮乃欲差，然须得三十斛美酒以浴之，乃都愈耳。”公昉即为具酒三十斛著大器中，八伯乃起入酒中洗浴，疮则尽愈，体如凝脂，亦无余痕，乃告公昉曰：“吾是仙人，君有至

① 李昉等：《太平广记》，中华书局排印本，1961年，第57—58页。

心，故来相试，子定可教。今当相授度世之诀矣。”（《四库全书》本《神仙传》卷三“李八伯”）[①]

最后是“时空多样性”如“空间相对”和“时间相对”母题。前者之典型见“壶公”条：

壶公者，不知其姓名……汝南费长房为市掾时，忽见公从远方来，入市卖药，人莫识之。其卖药口不二价，治百病皆愈，语卖药者曰，服此药必吐出某物，某日当愈，皆如其言。得钱日收数万，而随施与市道贫乏饥冻者，所留者甚少。常悬一空壶于坐上，日入之后，公辙转足跳入壶中，人莫知所在，唯长房于楼上见之，知其非常人也。长房乃日日自扫除公座前地，及供馔物，公受而不谢。如此积久，长房不懈，亦不敢有所求，公知长房笃信，语长房曰：“至暮无人时更来。”长房如其言而往，公语长房曰：“卿见我跳入壶中时，卿便随我跳，自当得入。”长房承公言，为试展足，不觉已入。既入之后，不复见壶，但见楼观五色重门阁道，见公左右侍者数十人，公语长房曰：“我仙人也，忝天曹职，所统供事不勤，以此见谪，暂还人间耳。卿可教，故得见我。”

① 葛洪：《神仙传校释》，胡守为校释，第81页。

（《四库全书》本《神仙传》卷九“壶公”）①

后者由著名的“沧海桑田”故事所表现，见“王远”条：

……麻姑再拜，比不相见，忽已五百余年……当案行蓬莱，今便暂往，如是当还……麻姑至……自说：“接待以来，已见东海三为桑田，向到蓬莱，水又浅于往昔，会时略半也，岂将复还为陵陆乎？”方平笑曰：“圣人皆言，海中行复扬尘也。”（《四库全书》本《神仙传》卷三“王远”）②

所谓“空间相对”，即是不同的空间如“壶”“洞”“山”“天地”“宇宙”，其大小、内外都是相对的。此一观念在根本上出自早期哲学家对“有限（小一）”—“无限（大一）”及其相互关系的思考，惠子“天与地卑，山与泽平”（《庄子·天下篇》）③ 及庄子“计四海之在天地之间也，不似礨空之在大泽乎？计中国之在海内，不似稊米之在大仓乎”（《庄子·秋水篇》）④ 为典型。这种相对观念某种程度上基于列维－布留尔（Lucién Lévy－Brühl）所

① 葛洪：《神仙传校释》，第307—308页。《后汉书·方术传下·费长房》亦有此内容，文字较简，然大体相同。按撰作时间，葛洪《神仙传》要早于范晔《后汉书》，但今本此条出于《四库全书》本《神仙传》而不见《太平广记》等引，很难说是葛洪旧文。又北魏郦道元《水经注·汝水》：“昔费长房为市吏，见王壶公悬壶于市，长房从之，因而自远，同入此壶，隐沦仙路”，与《后汉书》《神仙传》基本一致。另一种说法则见《云笈七签》卷二八《二十四治》和《真诰》卷十四，内容有所不同，但“空间相对”母题则无二致。

② 葛洪：《神仙传校释》，第94页。

③ 郭庆藩：《庄子集释》，王孝鱼点校，中华书局，2012年，第1095页。

④ 郭庆藩：《庄子集释》，王孝鱼点校，第563页。

拈出的某种原始思维，这种思维相信两个实在体系或两个实体世界：一个是可见、可触，服从于一些必然的运动定律的实在体系；另一个是不可见、不可触的，“精神的”实在体系。后一个体系以一种神秘的氛围包围着前一个体系。[①]《神仙传》的“壶天”和同时的“洞天”观念实际上就是神仙道教的“另一个体系”，亦即“另一种空间”——宗教意义上的“彼岸”。最重要的是，宗教的“彼岸”同样不存在内外大小的有限性区别，在这一点上，“壶天”观念与佛教“纳须弥于芥子”观念谊属同类。[②]

所谓“时间相对”是人间与仙界既构成了两个不同的空间，因为空间是相对的，所以时间也是相对的，即“现实空间”和“另一种空间”的时间存在着种种的不同。在“王远”条中，五百年的时间在人世是极漫长的，但在仙人的感觉中，不过是倏忽而已，即麻姑所谓“接待以来，已见东海三为桑田”。又“沈羲”条中，沈羲得仙人接引升天面见天尊不过一日夜，而人世已过四百年，子孙已绵延十数代。这样一种“山中七日，世上千年”的主题，在后世的小说中得到了更加多样性的展现。

第二是叙事性的增强。相比《列仙传》，《神仙传》的文字显见增长[③]，诸仙行事大都比较完备，着笔比较细致，很大程度上克服了《列仙传》“殊甚简略”的毛病。[④] 更重要的是，故事情节得到丰富，叙事水平显著提高，《神仙传》中文字较多的“沈羲”

① 列维-布留尔：《原始思维》，丁由译，商务印书馆，2004年，第61页。

② 王青：《中国小说中相对性时空观念的建立》，载《南京师范大学学报》（社会科学版）2004年第4期。

③ 今本中有些条目文字极短，其绝大多数为残缺之故，而非《神仙传》原文如此。

④ 参李剑国：《唐前志怪小说史》（修订本），第413页。

“王远”“阴长生”“茅君”“张道陵”“蓟子训”“左慈”“刘根”“壶公”“介象”“董奉”等传均为例证。即使是相对稍短一些的“皇初平”“魏伯阳”“陈安世”“李八伯”“伯山甫”“樊夫人”“程伟妻”等，构思之精妙、叙事之完美、情节描写之生动细密，亦堪为典范。

故事性方面，如“介象”一传：

> 介象者，字元则，会稽人也……闻九丹之经，周游数千里求之，不值明师，乃入山精思，冀遇神仙。疲极卧石上，有一虎往舐象，象睡寤见虎，乃谓之曰：“天使汝来侍卫我者，汝且停。若山神使汝来试我，汝疾去。”虎乃去。象入山，见谷中有石子，紫色光彩，大如鸡子，不可称数，乃取两枚而游。谷深不得度，乃还，于山中见一美女，年十五六许，颜色非常，衣服五彩，盖仙人也。象叩头乞长生之方。女曰：“汝急送手中物还故处，乃来，吾故于此待汝。”象即以石送于谷中而还，见女子在旧处，象复叩头。女曰：“汝血养之气未尽，断谷三年更来，吾止此。”象归，断谷三年，乃复往见。此女故在前处，乃以丹方一（日）［首］授象，告曰：“得此便仙，勿他为也。”象未得合作此药。常住弟子骆延雅合，帷下平床中，有书生数人，共论《书》《传》事云云，不判。象傍闻之，不能忍，乃为决解之。书生知象非凡人，密表奏象于其主。象知之欲去，曰：“恐官事拘束我耳。”延雅固留，吴王召征象到武昌，甚敬重之，称为介君……与先主共论鲙鱼何者最上，象曰：“鲻鱼为上。”

先主曰：“此鱼乃在海中，安可得乎？”象曰：“可得耳，但令人于殿中庭方埳，（者）［著］水满之。”象即索钓饵起钓之，垂纶于埳中，不食顷，得鲻鱼。先主惊喜，问象曰：“可食否？”象曰：“故为陛下取作鲙，安不可食！”仍使厨人切之。先主问曰：“蜀使不来，得姜作鲙至美，此间姜不及也，何由得乎？”象曰：“易得耳。愿差一人，并以钱五千文付之，象书一符，以著竹杖中，令其人闭目骑杖，杖止便买姜。买姜毕，复闭目。”此人如言骑杖，须臾，已到成都，不知何处，问人，言是蜀中也。乃买姜。于时吴使张温在蜀，从人恰与买姜人相见，于是甚惊，作书寄家。此人买姜还，厨中鲙始就矣。（《四库全书》本《神仙传》卷九“介象”）①

此传共记述了介象六件神奇事迹，叙事细密而又富于对话及场景描写，使故事极为生动，人物形象亦颇丰满。第一件去虎故事是宗教传记中关于得道高人描写的常见母题。第二件遇女仙授得道之法则是关于进阶的喻示，也是《神仙传》借神人之口阐发义理的常例。第三件和第四件为吴王取鲙鱼及蜀姜故事，是全篇中故事性最强的一节，其中关于作术之法，吴王使从人得见买姜人而寄书还家等细节描写，都大大增强了故事的可读性。值得注意的是，奇术故事在《神仙传》出现较多，与介象于中庭方埳著水满处钓得鲻鱼相似的，还有左慈在曹操面前从铜盘贮水中钓出一条鲈鱼等。有学者认为：“《神仙传》里对神仙事迹记录得最生

① 葛洪：《神仙传校释》，第 324—325 页。

动的，从一定意义上说正是他们行幻术的场面。”[1] 我们当然不能排除修仙者借助幻术自神其道这样一类事情的存在，但将神仙传记的相关描写完全定性为幻术表演的实况记录，无视神仙传记对仙人事迹的虚构与夸饰，显然是不符合实际的。

情节展现方面，以“魏伯阳”一传中描述的察试弟子的故事最为突出：

> ……后与弟子三人入山作神丹，丹成，知弟子心不尽，乃试之曰：“此丹今虽成，当先试之。今试饴犬，犬即飞者，可服之；若犬死者，则不可服也。”伯阳入山，特将一白犬自随。又有毒丹，转数未足，合和未至，服之暂死。故伯阳便以毒丹与白犬食之，即死。伯阳乃问弟子曰：“作丹惟恐不成，丹既成，而犬食之即死，恐未合神明之意，服之恐复如犬，为之奈何？”弟子曰：“先生当服之否？”伯阳曰：“吾背违世俗，委家入山，不得仙道，亦不复归，死之与生，吾当服之耳。”伯阳乃服丹，丹入口即死。弟子顾相谓曰：“作丹欲长生，而服之即死，当奈何？”独有一弟子曰：“吾师非凡人也，服丹而死，将无有意耶？”亦乃服丹，即复死。余二弟子乃相谓曰：“所以作丹者，欲求长生，今服即死，焉用此为！若不服此，自可数十年在世间活也。”遂不服，乃共出山，欲为伯阳及死弟子求市棺木。二人去后，伯阳即起，将所服丹内死弟子及白犬口中，皆起。弟子姓虞，遂皆仙去。因逢人入山伐木，乃作书与乡里，寄谢二弟子，

① 小南一郎：《中国的神话传说与古小说》，孙昌武译，第202页。

弟子方乃懊恨。（卷二“魏伯阳”）①

此段情节构思、描写之生动细密，堪为典范，叙事水平已不亚于后来之成熟小说。前引“刘根传”中刘根与颍川太守的相斗，场景描写和气氛渲染也极为精彩。

总之，《神仙传》叙事性的增强和叙事水平的提高，使情节丰富、故事生动，神仙的形象跃然纸上，读之如在目前，也就大大增强了喻示教旨的说服力。

第三是细节描绘进一步增多。叙事作品的文学性中不可缺少的因素是细节的展现，如果缺乏细节描绘，即使叙事性非常突出，它也只能是某种高妙的“历史叙述”而无法成为杰出的文学典范。《神仙传》以叙事性、世俗性突破了旧有史传的框架，必然就会产生结构上的创新，遂带来细节描写的增多。而这些细节的行为主体虽然是仙人，但细节本身却无一例外地出自对现实生活的提炼。在《神仙传》中世俗性内容较多的条目中，这种细节上的描写已经非常生动，如孔元方持酒倒饮：

> 道家或请元方会同饮酒，次至元方，元方作一令，以杖拄地，乃手把杖倒竖，头在下，足向上，以一手持杯倒饮，人莫能为也。（《太平广记》卷九引《神仙传》“孔元方”）②

又如刘纲与夫人互较神术：

---

① 葛洪：《神仙传校释》，第63页。
② 李昉等：《太平广记》，第61页。

> 暇日与夫人较其术，用俱坐堂上，纲作火烧客碓舍，从东而起，夫人禁之，火即便灭。庭中两株桃，夫妻各咒一株，使之相斗击，良久，纲所咒者不胜，数走出于篱外。纲唾盘中即成鲫鱼，夫人唾盘中成獭，食其鱼。纲与夫人入四明山，路值虎，以面向地，不敢仰视。夫人以绳缚虎，牵归系于床脚下。纲每共试术，事事不胜。将升天，县厅侧先有大皂荚树，纲升树数丈，力能飞举。夫人即平坐床上，冉冉如云炁之举，同升天而去矣。（《四库全书》本《神仙传》卷六“樊夫人”）①

夫妻二人斗法固极神异，但客碓舍、庭中桃树、獭食鱼、野外遇虎等，都是生活中习见的场景。将这些细节加入叙事，更能使斗法的故事性、生动性得到呈现。再如茅盈被其父杖责：

> 茅君十八岁入恒山学道，积二十年，道成而归，父母尚存，见之怒曰：“为子不孝，不亲供养，而寻逐妖妄，流走四方。”举杖欲击之，君跪谢曰：“某受天命，应当得道，事不两济，违远供养，虽无旦夕之益，而使父母寿老，家门平安。某道已成，不可鞭辱，恐非小故。”父怒不已，操杖击之，杖即摧折而成数十段，皆飞扬如弓激矢，中壁穿柱，壁柱俱陷。父惊，即止。（《四库全书》本《神仙传》卷五“茅君”）②

---

① 葛洪：《神仙传校释》，第 225 页。
② 葛洪：《神仙传校释》，第 182 页。

再如前文已经举例的“张道陵七试赵升”，数段中细节展现尤其细腻入微。在《神仙传》中，人物仪态和环境场景的刻画也达到了很高的水平，“若士传”中描写若士：“其为人也，深目而玄准，鸢肩而修颈，丰上而杀下，欣欣然方迎风轩轾而舞……”（《四库全书》本《神仙传》卷一）[①]；沈羲传中描述老君所居地之环境及其威仪“宫殿郁郁如云气，五色玄黄，不可名状。侍者数百人，多女少男。庭中有珠玉之树，众芝丛生，龙虎成群，游戏其间。闻琅琅如铜铁之声，不知何等。四壁熠熠，有符书着之。老君身形略长一丈，披发文衣，身体有光耀”（《太平广记》卷五引《神仙传》“沈羲”）[②]，均为其中代表。

《神仙传》的影响是全方位的。从道教史上看，《神仙传》上承《列仙传》，下启一批道教神仙传记的创撰，如其后的《洞仙传》《桂阳列仙传》《后仙传》《仙传拾遗》《墉城集仙录》等无不受到《神仙传》的影响，从而使道教形成了一个完善的仙传体系[③]；同时又与《抱朴子内篇》相结合，丰富了神仙道教的理论、方法。从文学上看，《神仙传》所继承和创撰的丰富的类型、模式、母题等，以其具有强烈的原型意义而成为后世仙传、志怪小说的资源。其所塑造的大量人物、事迹、语汇，更是后世诗文、戏曲创作的典故渊薮和情节宝库。

第二节　东晋前后诸真传的构造及其特色

从宗教的本质可知，无论是一神教还是多神教，至上神和万

---

① 葛洪：《神仙传校释》，第 5 页。

② 李昉等：《太平广记》，第 61 页。

③ 参李剑国：《唐前志怪小说史》（修订本），第 417 页。

神殿中的众多神灵之外，还有很多遵循神的启示并达到神的要求的修炼得道者。传述神灵圣迹之文可称为“圣传”，传述得道者事迹之文则为“圣徒传”。道教是各种具有历史渊源的本土创生宗教的整合结果，其不仅属于多神教，而且还是一种整合型的多神教，因此形成了数量较丰并具有较多宗教内涵的“圣徒传”，即“真传”。与当时佛教出现的“僧传”相同，“真传”是宗教形成特别是义理化教派成立以后的产物。在东晋南方新神仙道教兴起以及此后道教“整合—形成”的意义上，“真传”是“仙传”的专门化。

前引《隋书·经籍志》杂传类中，属于此类真传的有：《太玄真人东乡司命茅君内传》《清虚真人王君内传》《清虚真人裴君内传》《正一真人三天法师张君内传》《太极左仙公葛君内传》《仙人马君阴君内传》《仙人许远游传》《灵人辛玄子传》《刘君内记》《陆先生传》《王乔传》《关令内传》《南岳夫人内传》《苏君记》《嵩高寇天师传》《太上真人内传》。以上大部分在宋以后亡佚，佚文散见于唐宋道教文献及类书中。《云笈七签》卷一百〇四卷至一百六十三载录有十五种：

《玄洲上卿苏君传》（周季通集）

《太和真人传》（元阳子附）

《太极真人传》

《太清真人传》

《太元真人东岳上卿司命真君传》（弟子中候仙人李道安字安林撰）

《清灵真人裴君传》（弟子邓云子撰）

《清虚真人王君内传》（弟子南岳夫人魏华存撰）

《紫阳真人周君内传》

《马明生真人传》

《阴真君传》（阴真君自叙附）

《吴猛真人传》

《许逊真人传》

《许迈真人传》

《杨羲真人传》

《鲍靓真人传》

与《隋书·经籍志》著录重合者八种（另《隋志》所录《南岳夫人内传》，《真诰》等上清内史托为清虚真人王褒弟子范邈所撰，此后两《唐志》均题范邈为撰者。又《新唐志》另著录有项宗《紫虚元君魏夫人内传》一卷，项宗为唐人。范邈本已佚，今存明《顾氏文房小说》所收《南岳魏夫人传》，即为唐人项宗所撰之本。[1]《太平御览》《太平广记》所引，乃兼采二者[2]，已失旧貌，不属于魏晋南北朝文献，此姑从略）。此十五种中除了一些例外（尹轨、杜冲、宋伦三人似为楼观派拟托先师[3]，《云笈七签》所录《太和真人传》《太极真人传》《太清真人传》三传或出于

---

① 以上详见陈国符：《道藏源流考》，第 13 页。

② 今有学者认为《太平御览》所引与《太平广记》所引不同，乃出于范邈本。详见罗宁：《〈南岳夫人内传〉、〈南岳魏夫人传〉考》，载罗宁、武丽霞：《汉唐小说与传记论考》，巴蜀书社，2016 年。

③ 案：《太极真人传》云杜冲"感真人李君授以《太上素灵洞玄大有妙经》、《太清真人传》"，云仙童授宋伦"《灵飞六甲素奏丹符》"，表明二人与东晋新神仙道教亦不无关系。尹轨，《神仙传》有传，云为尹喜后人，《无上秘要》载为东晋时仙真；《云笈七签》所载此《太和真人传》则云为尹喜从弟，又曾与杜冲"同于（文始）先生宅修学"，"绝粒行气，专修上法，太上哀之，赐任太和真人"，同样与南方神仙道教颇有关联。

《楼观内传》或出于《楼观本行传》。[1]《吴猛真人传》《许逊真人传》二传，其传主吴猛、许逊二人为师弟，是东晋时豫章南昌郡的两位地方得道者，虽然被后世新兴教派拟托为教主，但在当时并没有被南方新神仙道教吸纳进传法世系。两篇传文的撰写时代恐亦晚至南朝)，绝大部分属于上清系，且出于东晋。[2] 上清系乃晋室南渡之后，南北各种道教因素在南方得到义理化重构而新生的一个创生型宗教派别，其初创可追溯到两晋之交的魏华存等，其定型则在东晋中后期的句容茅山“杨羲—许氏”修道团体，最后在陆修静的整理和陶弘景的发扬下，成为南朝中后期引领道教形成整合的主导力量之一。这个新兴的道派除了充分体现出道教整合、新变的历史特性之外，更是因为有了众多精英阶层文士的参与而体现出一种义理化的整理与新创[3]，故而在继承、新创大量经典（“上清经”）之外，多有科范、真传之作。其仙真传记，是当时道教“圣徒传”的典型代表。

一、上清诸真传的内容与意义

现存明确出自东晋南朝且多属上清系的诸真传，可以分为两大部分：

第一部分是《玄洲上卿苏君传》《马明生真人传》《阴真君

---

① 陈国符：《道藏源流考》，第235—237页。

② 陈国符：《道藏源流考》，第7页；李丰楙：《六朝隋唐仙道类小说研究》，第3页。这个结论可能稍许有些绝对，但主要真传的主体内容形成于造经运动蓬勃兴起以前，应无疑问。六朝古道经在不同程度上存在层累的现象，早期真传既不能免于后人的增添，而后期的新撰如唐人项宗之《南岳夫人传》，也不能排除其对前有基础的承继。

③ 陶弘景：《真诰》，“前言”第4页。

传》。其传主苏林（《玄洲上卿苏君传》）乃早期传说中的人物①，南方《神弦歌》“宿阿曲”曰“苏林开天门，赵尊闭地户，神灵亦道同，真官今来下”（《乐府诗集》卷四十七）颇有萨满降真的意味②，后为上清系所拟托（见《上清源统经目注序》，《云笈七签》卷四）。马明生与阴长生俱见《神仙传》，阴长生师从马明生并得授《太清金液神丹》，又曾授葛洪岳父鲍靓仙术；《神仙传》“阴长生”条末尾又附有葛洪一段题识，说明马、阴均为东晋南方神仙道教中早期重要仙真。

以上诸传之传主虽均属早期传说人物，但《云笈七签》所录文本的撰作时间可能很晚，大约形成于东晋以后，《马明生真人传》《阴真君传》或直接出自对《神仙传》的敷衍。

第二部分是与上清系具有直接关系的《太元真人东岳上卿司命真君传》《清虚真人王君内传》《清灵真人裴君传》《紫阳真人周君内传》《许迈真人传》《杨羲真人传》。

《太元真人东岳上卿司命真君传》为茅盈传。上清经系的发源地就在茅山，茅盈、茅衷、茅固“三茅”在上清世系中占据极高地位。《真诰》陶弘景注提及有《茅三君传》《茅传》《三茅传》，云“李中候名遵，即撰茅三君传者”（卷八），《史记》裴骃集解亦云“太原真人茅盈内纪”，可证茅传之作由来已久，杨羲、许谧

① 关于苏林，李丰楙有简明的考证，见李丰楙：《六朝乐府与仙道传说》，载李丰楙：《忧与游：六朝隋唐仙道文学》，中华书局，2010 年，第 146—147 页。

② 李丰楙：《六朝乐府与仙道传说》，载李丰楙：《忧与游：六朝隋唐仙道文学》，第 153 页。

等人也有可能是三茅传最初文本的编撰者。[①] 此本《隋志》著录曰“《太玄真人东乡司命茅君内传》一卷，弟子李遵撰”，《云笈七签》所录题“弟子中候仙人李道字安林撰”；两《唐志》《宋史·艺文志》均有著录，《新唐志》《宋志》并作“李遵《三茅君内传》一卷”，则《云笈七签》“道”为“遵”字之讹。

《清虚真人王君内传》为王褒传记。《隋志》著录“《清虚真人王君内传》一卷，弟子华存撰”，两《唐志》同，然不著撰人；《宋史·艺文志》著录“南岳夫人《清虚玉君内传》”，“玉”当为“王”字之误。唐代道书《三洞珠囊》《上清道类事相》及宋《太平御览》等有所引用，宋以后佚，仅见《云笈七签》节录。据《真诰》及各种东晋早期上清经，以及《云笈七签》卷四《上清源统经目注序》《上清经述》，王褒字子登，“以正月一日辞二亲，欲寻神仙，求不死之道。乃入华阴山精思一十八年，遂感上圣太极真人西梁子下降，授《飿饭方》、并《服云牙法》。复五年，太极真人王总真复降，以《上清经》三十一卷付子登。并将子登游五岳，观名山，备受上法”（《云笈七签》卷四《上清经述》）[②]，又为南岳夫人魏华存之师，“出《太上宝文》《八素隐书》《大洞真经》《灵书紫文八道》《紫度炎光》《石精玉马》《神虎真文》《高仙羽玄》等经三十一卷”[③]（《云笈七签》卷四《上清经述》），为上清传法之核心人物。

---

① 陈国符据《真诰》卷十一陶弘景注“凡此后紫书大字者，并《茅三君传》所记也，传既以宝秘，见之者稀；今谨抄取说山事，共相证显”，“吾有传记者，即是《三茅传》也”，认为三茅传记出自长史（许谧）之手。见《道藏源流考》“三洞四辅经之渊源及传授”之“诸真传考证”，第10页。又王家葵《陶弘景丛考》（齐鲁书社，2003年）亦主此说。

② 张君房：《云笈七签》，第53页。

③ 张君房：《云笈七签》，第56页。

《紫阳真人周君内传》，《隋志》不载，两《唐志》及《宋史·艺文志》均有著录。《云笈七签》节录本外，《正统道藏》洞真部记传类收有完本，题《紫阳真人内传》。据《真诰》陶弘景注及《紫阳真人内传》末附“周裴二真叙”，紫阳真人周义山为早期上清经法的重要人物，其传记出现亦早，似为最早的灵媒华侨所撰。①

《清灵真人裴君传》，《隋志》著录《清虚真人裴君内传》，“虚”字误，当作“灵”。新旧《唐志》并有著录，分题“郑子云”“郑云千”撰。清灵真人裴玄仁与紫阳真人周义山地位相侔，《紫阳真人内传》末附“周裴二真叙”有曰：“（华侨）奉道数年，忽梦见二人年可五十，容仪衣服非常。后遂二人见，或一月三十日时时往来侨家靖室中。唯侨得见。一人姓周，一人姓裴。裴雅重才理，非侨所申。周似不如。此二人先后教授侨经书，书皆与《五千文》相参，多说道家诫行养性事，亦有谶纬。所受二人经书，皆隐秘不宣。周自作传，裴作未成。”② 据此，此传撰作时代稍晚。原传久佚，仅见《云笈七签》载录，题“弟子邓云子撰”。“邓云子”与新旧《唐志》著录“郑子云”“郑云千”，均乃辗转为讹，未知孰是。

《许迈真人传》传主许迈，字叔玄，小名映，后改名玄，字远游，《晋书》亦有传。上清系的重要创始者丹阳二许（许谧、许翙）即为其弟、侄。许迈是丹阳许氏家族中最早向道并被传为羽化登仙者，为郭璞、晋简文帝及其朝臣所重，又与王羲之等人友

① 参阅陈国符：《道藏源流考》，第8页。

② 《道藏》第5册，第548页。

善，“共修服食，采药石不远千里”（《晋书·王羲之传》）[①]，故在当时享有高名，上清系创教以后，尤所尊崇。但《云笈七签》所收《许迈真人传》与《晋书》多有类似，成文应较晚。

《杨羲真人传》传主杨羲，乃是上清经法中的关键人物。上清系之创教，具有较为明显的萨满风格，即所有的真人降诰都是由通灵者（萨满）的代言实现的。据《真诰》及陶弘景所撰“叙录”，早期的通灵者可能不止一人（如升平三年就有仙女愕绿华降羊权），后来则是华侨，因不能遵守隐秘原则而被逐出，“幼有通灵之鉴”的杨羲遂起而代之，成为仙真与向道者许氏父子之间的唯一的灵媒。根据《真诰》及其他上清内史，原始上清经典就是由杨羲以“隶字写出”的。陶弘景《真胄世谱》（见《真诰叙录》）最早纂录杨羲生平，唐代又出现有《侍帝晨东华上佐司命杨君传记》。《云笈七签》所收此传文字极简，又曰“不知何许人也”，疑辑录自《洞仙传》之类集传。

上清诸真传可以说是较为典型的“圣徒传记”，是仙传发展的必然归宿，已成为早期宗教文本的重要类型之一。其撰作宗旨乃在谕教，通过对“先知”得道经历的描述，阐发教义，喻示方法，说明传经规范和传经科仪。撰作“真传”和创教、造经、传经相互配合，在上清系内部特别显著。可以发现，当时真传中多有题“内传”者:《隋志》载有十种（《汉武内传》《太元真人东乡司命茅君内传》《清虚真人王君内传》《清虚真人裴君内传》《正一真人三天法师张君内传》《太极左仙公葛君内传》《仙人马君阴君内传》《关令内传》《南岳夫人内传》《太上真人内记》），不载一种（华侨《紫阳真人周君内传》），其中多数为上清系真传，今存《云

① 房玄龄等:《晋书》，第2101页。

笈七签》所录者即为其属；另外，《真诰》记录的茅山降真传记，亦多题"内传"。很多学者认为，"内传"显然已经成为一种文体，不仅仅记录仙真修行得道历程，也含有修行指南的意义[①]；"内传"原本的构成要素中就包括经典和传经目录[②]；在上清系中，"内传"与经同等重要。[③] 综合而论，上清诸真传显然是南方神仙道教义理化的产物，具有极强的教派内涵。从与葛洪《神仙传》的比较中可以更加具体地看出这一点：如葛洪《神仙传》中的《茅君传》仅记载茅君学道还家后父亲击杖杖折，使亡人复生，辞别亲族而遐举等事；最后结局是当地人"为立庙而奉事之"，人有疾病则往与祈之，并为太上指派"主吴越生死之籍"，这表示茅君已成为当地民众祭祀的对象，具有民俗化的祠庙信仰的特质。而《太元真人东岳上卿司命真君传》在保留了上述事件的同时，还增添了如茅君得西王母真言相授的情节：

> 于是口告盈以玉珮金珰之道、太极玄真之经……又告盈曰："夫金珰者，上清之华盖，阴景之内真；玉珮者，太上之隐玄，洞飞之宝章。得其道者，皆上陟霄霞，登遨太极，寝晏高空，游行紫虚也。向说原始天王太帝君言，是《太霄二景隐书玉珮金珰》之文章也。又有《阴阳二景内真符》，与本文相随。太上法惟令授诸司命。

① 小南一郎《漢武帝內伝の成立》（《東方學報（京都）》第五三册，1981年）、《中国的神话与古小说》第四章《〈汉武帝内传〉的形成》（孙昌武译，中华书局，2006）。

② 麥谷邦夫：《黃庭內景經試論》，《東洋文化》第六二號（東京大學東洋文化研究所，1982年）。

③ 神塚淑子：《六朝道経の形成とその文體——上清経の場合——》，《東洋文化研究所紀要》，第一百二十九册。

子玉札玄挺，录字刊金，黄映内曜，素书上清，似当为上卿之君，司命之任矣。此道后别当付于子也。然不先闻明堂玄真之道，亦无由得《太霄隐书》也。(《云笈七签》卷一百〇四)[①]

其中“太极玄真之经”“太上之隐玄”“洞飞之宝真”等云云，都是上清系义理化的内容，可知茅君传记乃为上清经的编撰者们在原始的传说基础上，增加了上清道法的相关内容；茅君亦由较为粗糙的“治于句曲山”的一方祠神，增饰为“治赤城玉洞之府”的具有洞府传说的仙真。毫无疑问，这样的传记因此具有鲜明的教派色彩。

这一教派特性规定了上清诸真传的内容和深层结构。除却较早的《汉武帝内传》和较短的《许迈真人传》《杨羲真人传》外，其内容一般有四个方面：①生平出身、求道、修道历程；②修仙总体论述；③经典目录及传经规范和传经科仪；④实践方法、修道禁忌和进阶事项。而其结构，则是以传主人物修道历程或其“游观洞天”“巡行名山”及“访真寻仙”为线索，以上清高上仙真为中心，铺叙教义喻示、经箓目录、方法步骤、科仪规范等内容。《清虚真人王君内传》《紫阳真人周君内传》《清灵真人裴君传》三传最为典型，但具体侧重又有所不同。

二、上清诸真传的叙事与修辞

与其撰作宗旨、功能、内容和结构相对应，上清诸真传在叙事方式上，已逐渐从早期仙传的简短描述传主得道升仙或仙人故

---

① 张君房：《云笈七签》，第 2257 页。

事的模式，发展为越来越注重修道历程、“游观洞天”“巡行名山”及“访真寻仙”的细致描述。兹以《清虚真人王君内传》《紫阳真人周君内传》《清灵真人裴君传》三传说明之。

家世叙述是上清真传的共同要素，因为此一内容是先知们觉悟向道的基本铺垫。在此方面，真传均采用传统史传的叙事方法，如《紫阳真人周君内传》之“紫阳真人本姓周，讳义山，字季通，汝阴人也。汉丞相勃七世之孙，以冠族播流，世居贵官。祖父玄，元凤元年为青州刺史。父秘为范阳令时，君始生焉。父后积秩累迁，官至陈留史……”①，《清虚真人王君内传》之“安国侯七世之孙……君父讳楷……举茂才，除议郎，转中垒大夫、上党太守、黄门侍郎、侍中、左将军、雁门太守”②。在此方面，《太元真人东岳上卿司命真君传》是最详细的，因为需要交代从周至秦的数代先祖，才能引起茅盈的“继世而往”。

对传主的某些异于常人的品质与行为的描述，也是真传着力描述的内容。如紫阳真人“为人沉重，少于言笑，喜怒不形于色。好独坐静处，不结名好，然精思微密，所存必感。常以平旦之后，日出之前，正东向立，漱口咽液，服气百数，向日再拜。旦旦如此，为之经年”③；清灵真人裴玄仁“为人清明，颜仪整素，善于言笑。目有精光，垂臂下膝，声气高彻，呼如钟鸣”④；杨羲“少好道，服食精思，遂能进灵接真，屡降玄人”⑤ 之类云云。

传主通玄遇仙并由此得见明师是真传叙述的重点，往往非常

① 《道藏》第5册，第542页。
② 张君房：《云笈七签》，第2288页。
③ 《道藏》第5册，第542页。
④ 张君房：《云笈七签》，第2263页。
⑤ 张君房：《云笈七签》，第2317页。

重视细节，如清灵真人裴玄仁：

尝于四月八日，与冯翊赵康子、上党皓季成共载诣佛图。时天阴雨，忽有贱人著故布单衣，巾黄巾，诣君车后索载，君礼而问之，不答，君下车以载之。康子、季成并大怒，呵问："何等人而上吾车乎？"君乃陈谕，遂听具载。君自徒行在后，颜无变色，寄载人自若，亦不以为惭也。将至佛图，乃曰："吾家近在此。"乃下车，奄然失之。佛图中道人支子元者亦颇知道，宿旧人传之云，已年一百七十岁。见君而叹曰："吾从少至老，见人多矣！而未尝见如子者。"乃延君入曲室之中，幽静之房，大设丰馔。①

清虚真人王褒则是：

一日夜半，忽闻林泽中有人马之声，箫鼓之音，须臾之间，渐近此山，仰而望之……神人暂停驾而言曰："吾太极真人西梁子文也。闻子好道，劬劳山林，未该真要，诚可愍也。勤企长生，实为至矣。"……真人曰："夫学道无师，无缘自解。我太极真人，神仙之司主，试校学者，领举正真尔。子玄录上清，金书东华，名编清虚，位登小有，必当掌括宝籍，为天王之任尔。但注心四景，勤慕上业，道自成也。"后隐阳洛山中，感南极夫人、西城真人并降。南极夫人乃指西城曰："君当为王子

① 张君房：《云笈七签》，第2263—2264页。

登之师，子登亦佳弟子也。”①

诸真传中，高上仙真的教义喻示和方法指导为核心内容，因此其陈述也非常详细，甚至于娓娓而谈。如中岳仙人指示周义山去除“三虫”：

子少知还阳，精髓不泄。又知导引服气，吞景咽浆，不复须阴丹内术补胎之益也。然犹三虫未坏，三尸未死，故导引服气，不得其理。可先服制虫细丸，以杀谷虫。虫有三名：一名青古，二名白姑，三名血尸，谓之三虫。在内令心烦满，意志不开，所思不固，失食则饥，悲愁感动，精志不至，仍以饮食不节断也。虽复断谷，人体重滞，奄奄淡闷，所梦非真，颠倒翻错，邪俗不除，皆由于虫在其内，摇动五藏故也。（《紫阳真人内传》）②

又示“杀虫之方”：

附子五两、麻子七升、地黄六两、茱萸根大者七寸、术七两、桂四两、云芝英五两。凡七种，先取菖蒲根煮醲作酒，使清淳重美一斗半，以七种药㕮咀内器中渍之，亦可不用㕮咀，三宿乃出，暴之令燥。又取前酒汁渍之三宿，又出暴之，须酒尽乃止。暴令燥，内铁臼中捣之，下细簁，令成粉。取白蜜和之，令可丸。以平旦东向，

① 张君房：《云笈七签》，第2289页。
② 《道藏》第5册，第543页。

初服二丸如小豆，渐益一丸，乃可至十余丸也。治腹内疢实上气，心胸结塞，益肌肤，令体轻有光华。尽一剂则谷虫死，虫死则三尸枯，三尸枯则自然落矣。（《紫阳真人内传》）①

又如西城真人指出王褒不得修真法门之害：

子求生虽笃，而未见其涯。慕道虽勤，而未启其门。……是故子心疲于导引，而朱宫为之丧溃。肺弊于理炁，故神华为之凋落。肝劳于视盼，而魂精为之辽索。脾竭于守神，而丹田为之阂滞。肾困于经纬，而津液为之不泽。胆锐于趣竞，故四肢为之乱作。五脏相攻，六府颠覆。三焦滞而不泻，八关绝而无续。（《云笈七签》卷一百〇六《清虚真人王君内传》）②

至于《清灵真人裴君传》中支子元口授《神诀》五首，所述五种修持方法之明晓具体，完全不同于绝大多数经典文本之奥涩襞积。

上清系诸真传的叙述，颇具有“千态万状，层见叠出”“吐无不畅，畅无或竭”的赋体特征，铺张扬厉、夸饰藻绘，无所不用其极。这突出表现在两个方面：一是描绘仙真下降、宴乐的情节，如《清虚真人王君内传》述仙人来降：“一日夜半，忽闻林泽中有人马之声，箫鼓之音，须臾之间，渐近此山。仰而望之，见千骑

① 《道藏》第5册，第543页。
② 张君房：《云笈七签》，第2290页。

万乘，浮虚空而至。神人乘三素云辇，手把虎符，朱钺启途，握节执旄，曲晨倾荫，锦旍蔽虚。”① 描绘太上丈人设宴场面：“乃设厨膳，呼吸立具，灵肴千种，丹醴湛溢，燔烟震檀，飞节玄香，陈钧天之大乐，击金璈于七芒，崆峒启音，彻朗天丘。于是龙腾云崖，飞凤鸣啸，山阜洪鲸，涌波凌涛，云起太虚，风生广辽，灵歌九真，雅吟空无，玉华作唱，西妃折腰。尔乃众仙挥袂，万神迁延，羽童拊节，庆云缠绵。”② 凡此，均展示出一派仙乐缥缈的和美境界。马明生入东岳岱宗山峭壁石室中谒见太真夫人，传中描述夫人所住石室“玉床之上，有紫锦被褥，绯罗之帐，中有服玩之物，瑰金函英，玄黄册列，非世所有，不能一一知其名也”。③ 二是关于巡行名山、寻索仙师并授受经典的描述，以《清虚真人王君内传》和《紫阳真人周君内传》为最。二传在这方面排比铺陈，不厌其烦，乃至于近乎神仙名簿和符箓目录。无论如何，铺叙的大量出现既是叙事重点转向的结果，也是叙事水平提高的反映。正因如此，上清诸真传篇幅都很长，与早期《列仙传》《神仙传》等已不可同日而语。

在修辞方面，上清真传的显著特色之一就是其独有的上清式语言风格：绮丽、瑰奇。正如有学者所总结的：“新创的上清仙真所采用的内传文体，叙述的事迹交织着真实与想象，其奇诡的趣味在于采用特多的仙言仙语，既与当时六朝诗文的语言风格有相

① 张君房：《云笈七签》，第 2289 页。

② 张君房：《云笈七签》，第 2291 页。

③ 张君房：《云笈七签》，第 2302—2303 页。

应处，也表现宗教文学在语言修辞上特有的趣味。”① 举例而言，如述说游观寻师：

君再拜，服此神芝，读神经，十旬之间，视见万里之外，能日步千里，能隐能彰，役使鬼神。乃游行天下，东到青丘，遇谷希子青帝君，授以青精日水，饮食青芝。还到太山，遇司命君，授以《上皇金箓》。乃西到流沙，滨白水岸，遇太素真人，乘龙云軿，建紫晨巾，以紫羽为盖，仗七色之节，侍从神童玉女各二百许人，在白水沙洲空山之上，方游观金城，鸣玉钟，舞华幢，望在空山之上，往而不至。君乃身投长渊，浮白水，冒洪波，越沙岸，崄巇沉溺，遂登空山，见而拜焉，顿头稽颡，乞请真诀。②（《云笈七签》卷一百〇五《清灵真人裴君传》）

乃将君观玄洲，须臾而至，四面大海，悬涛十丈，洲上宫阙，朱阁楼观，琼室瑶房，不可称记。（《云笈七签》卷一百〇六《清虚真人王君内传》）③

描写神山之境：

---

① 李丰楙：《游观内景：二至四世纪江南道教的内向超越》，载刘苑如：《游观——作为身体技艺的中古文学与宗教》，“中研院”中国文哲研究所，2009年，第222页。

② 张君房：《云笈七签》，第2270页。

③ 张君房：《云笈七签》，第2290—2291页。

> 西玄者，葛衍山之别名。葛衍有三山相连，西为西玄，东为郁绝根山，中央名葛衍山。三山有三府，名曰三宫。西玄山为清灵宫，葛衍山为紫阳宫，郁绝根山为极真宫。三山缠固万三千里，高二千七百里，下有洞庭，潜行地中，通玄洲昆仑府也。西玄山下有洞台，方圆千里，金城九重，有玉堂兰室，东西宫殿，中有四百二十真人处焉。其树则绛碧，草则芝英，其鸟兽则麒麟凤凰。距昆仑七万里，其间有高晖山，上有洞光如日，葛衍、西玄、郁绝根三山也。(《云笈七签》卷一百〇五《清灵真人裴君传》)①

用词精粹，行文典雅，句子对仗，排比有序，确有独特的味道。

与佛教僧传相类似，诸真传记中的仙真为了喻教，非常擅长运用譬喻，即用“托此比彼，寄浅训深”的方法来开示修道者。②如支子元告诫裴君“养生者有如水火之交尔，得其益则白日升天，犯戒律则身没三泉也”(《清灵真人裴君传》)③；西城真人谓王褒修道虽勤却未得法门的情况，如“求生虽笃，而未见其涯。慕道虽勤，而未启其门。殆犹沿涌波以索鸟巢，寻长木而访渊鳞尔”(《清虚真人王君内传》)④；相似的譬喻还见于定箓君对许玉斧所言：“学道当如穿井，井愈深，土愈难出。若不坚心正行，岂得见

① 张君房：《云笈七签》，第2271页。

② 陈允吉：《汉译佛典偈颂中的文学短章》，载陈允吉：《佛教与中国文学论稿》，上海古籍出版社，2010年，第23页。

③ 张君房：《云笈七签》，第2275页。

④ 张君房：《云笈七签》，第2290页。

泉源耶”（《许迈真人传》）① 等。这些形象化的譬喻文字，显然也是上清真传文学特性中不可或缺的组成因素。

第三节 《洞仙传》与神仙道教的神灵业位

晋南北朝时期道教的仙真传记，除了上清系列的诸真传外，尚有南朝的《洞仙传》《道学传》及北朝韦节的《楼观内传》。后者是关于楼观一派的祖、师内传，见于上一节讨论。前两者是隋一统前南方道教最后的神仙专集。二书原帙均佚，其中《洞仙传》为《云笈七签》节录，稍存旧貌；《道学传》虽有今人陈国符辑录，但多为断篇零章且文字简略。总体上，《洞仙传》更具代表性。

一、《洞仙传》及其材料来源

《洞仙传》，《隋书·经籍志》著录为十卷，不著撰人；《旧唐书·经籍志》《新唐书·艺文志》及《宋史·艺文志》《通志·艺文略》并云为“见素子”撰。据陈国符考证，此人乃南朝梁陈间人。② 十卷本《洞仙传》宋时尚存，《玉海》卷八十五著录为十卷，凡二百九十二人。今所能见者，为《云笈七签》卷一百一十至卷一百一十一所录，从“元君”至“姜伯真”，共计七十七人，仅为原书的四分之一。李丰楙认为，元道士赵道一撰《历世真仙体道通鉴》之相关部分，可能依据的就是《洞仙传》原本，故原书并非亡于宋季，元初当尚有流传。③ 无论如何，此书不见于明《道藏》，而为《道藏阙经目录》所载，可证明代纂集道藏时已经佚失。

---

① 张君房：《云笈七签》，第 2315 页。

② 陈国符：《道藏源流考》附录一《引用传记提要》，第 239 页。

③ 李丰楙：《六朝隋唐仙道类小说研究》，第 188 页。

《云笈七签》所录《洞仙传》凡七十七人，尽为男真。其节录文字呈现出一种繁简不一的状态：多则数百字，少则数十字。《洞仙传》原书编纂成书的具体时间，不能详证。李丰楙研究认为，《洞仙传》在材料上直接袭自陶弘景所编《真诰》，如徐季道、赵叔期、毛伯道、刘道恭、谢稚坚、张兆期、庄伯微、刘道伟、傅先生、姜伯真十人，散见于《真诰》卷五《甄命授第一》；青谷先生（附刘文饶）、夏馥、杜契、范幼冲、展上公、周太宾、郭四朝、张玄宾、赵威伯、乐长治、戴孟、刘讽十三人，散见于《真诰》卷十二《稽神枢第二》、卷十三《稽神枢第三》、卷十四《稽神枢第四》。其编次次序与《真诰》所列也大致相同，唯文字则有所删削或改异。李丰楙进一步考察认为，《洞仙传》除采录《真诰》材料外，也多抄录自六朝仙传如《十洲记》《汉武帝内传》等，唯很多不易确指而已。[①] 这些结论虽然大致可以成立，但也有一些疑问，试举一些例子如下表：

《洞仙传》	《真诰》
庄伯微者，汉时人。少好道，不知求道之方，惟以日入时，正西北向闭目握固，想昆仑山。积三十年，后见昆仑山人，授以金液方，合服得道。（《云笈七签》卷一百一十《洞仙传·庄伯微》）[②]	庄伯微，汉时人也。少时好长生道，常以日入时正西北向，闭目握固，想见昆仑，积二十一年。后服食，入中山学道，犹存此法。当复十许年后，闭目乃奄见昆仑。存之不止，遂见仙人，授以金汋之方，遂以得道。犹是精感道应使之然也，非此术之妙也。（《真诰》卷之五《甄命授第一》）[③]

① 李丰楙：《六朝隋唐仙道类小说研究》，第189—202页。

② 张君房：《云笈七签》，第2398页。

③ 陶弘景：《真诰》，第84页。

续表

《洞仙传》	《真诰》
杜契字广平，京兆人也。建安初，渡江依孙策，后孙权用为立信校尉。黄武二年起学道，师介琰受玄白术，久久能隐形遁迹。后居茅山之东，时与弟子采伐，货易山场市里，而人不能知之。数入洞中得仙。(《云笈七签》卷一百一十一《洞仙传·杜契》)①	杜契［契］者，字广平，京兆杜陵人。建安之初，来渡江东，依孙策。入会稽，尝从之。后为孙权作立信校尉。黄武二年，渐学道，遇介琰先生，授之以玄白术，隐居大茅山之东面也。守玄白者，能隐形，亦数现身出此市里。契与徐宗度、晏贤生合三人，俱在茅山之中，时得入洞耳。或自采伐，贸易衣粮于虚曲，而人不知之耳。(《真诰》卷之十三《稽神枢第三》)②
夏馥者，不知何许人也。少好道，常服术和云母。后入吴山，遇赤须先生传之要法。又遇桐栢真人授之黄水云浆法，行之得道。馥少时被公府辟召，悬辟书于桑树乃去，当时咸服其高迈。(《云笈七签》卷一百一十一《洞仙传·夏馥》)③	明晨侍郎夏馥，字子治，陈留人也。少好道，服术饵和云母，后入吴山，从赤须先生受炼魂法。又遇桐柏真人，授之以黄水云浆法，得道，今在洞中。馥少时被公府辟召，悬辟书著桑树乃去，其用怀高迈如此。(《真诰》卷之十二《稽神枢第二》)④
刘讽字伟惠，颍川人也。师季主，服日月精华得道。后归乡里，托形杖履而去。(《云笈七签》卷一百一十一《洞仙传·刘讽》)⑤	颍川刘玮惠，汉景帝时公车司马刘讽也。后事季主，晚服日月炁，为入室弟子。道成，晚归乡里，托形杖履，身死桑树之下。今墓在汝南安城县西山。(《真诰》卷之十四《稽神枢第四》)⑥

① 张君房：《云笈七签》，第2416—2417页。

② 陶弘景：《真诰》，第236页。

③ 张君房：《云笈七签》，第2419页。

④ 陶弘景：《真诰》，第219页。

⑤ 张君房：《云笈七签》，第2419页。

⑥ 陶弘景：《真诰》，第256页。

续表

《洞仙传》	《真诰》
乐长治者，不知何许人也。仕汉桓帝至中书侍郎，后师中岳李先生，受步七元法，修之得道。(《云笈七签》卷一百一十一《洞仙传·乐长治》)①	咸阳乐长治，东卿司命君乡里人也，为小君所举用。汉桓帝中书郎。晚从中岳李先生受道，行七元法得仙。(《真诰》卷之十三《稽神枢第三》)②

从上表中之画线文字看，《洞仙传》如确为删录《真诰》成篇，不应在这些关键点上存在如此差异。总之，《云笈七签》如何节录的具体情况不明，《洞仙传》的原貌已很难确证，再加上《真诰》开始流行较晚 ，《洞仙传》究竟是直接采录《真诰》等，还是与之有共同的材料来源，尚有不能完全确定之处。

二、《洞仙传》的编纂与神仙道教的“洞天”学说及神系整合

当代学者李丰楙总结《洞仙传》的神仙道教思想，约有三端：一是继承六朝时期的三品仙说，特别注重成仙的方法和仙真的品级；二是强调仙道神力，重视法术修炼；三是仍然带有秘传、隐语等萨满降真式特征。③ 所论均是。其中值得特别拈出详论的有两点：第一是《洞仙传》的编纂与神仙道教的“洞天”学说紧密相关，第二是《洞仙传》与当时道教的神系整合彼此印合。

《洞仙传》一书的题名，当出自神仙道教“洞天”学说。如第三节所论述的，“洞天”观念在本质上是宗教关于彼岸世界的建

---

① 张君房：《云笈七签》，第 2423 页。

② 陶弘景：《真诰》，第 235 页。

③ 李丰楙：《六朝隋唐仙道类小说研究》，第 208—215 页。

构。原始时期的万物有灵观就相信，人死后的灵魂进入冥府或极乐世界，而这个世界或是山巅、海岛，或是云霄、地下，不仅有某种洞口及道路导入①，而且还有着山、河，以及其他与地面上相同的东西。② 古人入山修行，往往居于洞中，如《神仙传》中广成子居崆峒石室，皇初平入金华山石室，刘根则在嵩山石室苦修。这些修道者幽居洞府，在黑暗中自绝人寰、炼丹化金、冥修接神，久而久之，宗教的渴望带来了幻想，“洞”的深暗幽绝之处在想象中发生了质变：岩穴深处可以訇然洞开，别生天地，出现一个仙乐飘飘的极乐世界，而“洞”从可体察的物质构造一变而成了“虚空”之物，亦即所谓的“洞天”，于是“洞”这样一种相对封闭的空间成为彼岸世界的代表。《列仙传》“邗子”条是关于“洞天”建构的较早之例：“邗子者，自言蜀人也。好放犬子，时有犬走入山穴，邗子随入，十余宿，行度数百里，上出山头，上有台殿宫府，青松树森然，仙吏侍卫甚严……”③，到了《真诰》便有了句曲洞天的具体营造：

> 大天之内有地中之洞天三十六所，其第八是句曲山之洞，周回一百五十里，名曰金坛华阳之天。洞墟四郭，上下皆石也。上平处，在土下正当十三、四里而出上地耳。东西四十五里，南北三十五里，正方平，其内虚空之处一百七十丈，下处一百丈，下墌犹有原阜垄偃，上

① 爱德华·泰勒：《人类学：人及其文化的研究》，连树声译，广西师范大学出版社，2004 年，第 327 页。

② 爱德华·泰勒：《原始文化：神话、哲学、宗教、语言、艺术和习俗发展之研究》，连树声译，广西师范大学出版社，2005 年，第 447 页。

③ 《道藏》第 5 册，第 75 页。

> 盖正平也。其内有阴晖夜光，日精之根，照此空内，明并日月矣。阴晖主夜，日精主昼，形如日月之圆，飞在玄空之中。①

从“句曲洞天”中可以得出“洞天”作为彼岸世界的形式特征：一是自然形貌与世间相同。“虚空之内皆有石阶，曲出以承门口，令得往来上下也。人卒行出入者，都不觉是洞天之中，故自谓是外之道路也。日月之光既不自异，草木水泽，又与外无别，飞鸟交横，风云蓊郁，亦不知所以疑之矣。所谓洞天神宫，灵妙无方，不可得而议，不可得而罔也。”（《真诰》卷十一《嵇神枢第一》）② 宗教创生以后所营造的彼岸世界，虽然是一种臻致极端的美丽之境，但日、月、山、河本身与此岸世界则无二致，因为神仙世界的面貌归根结底也是人们根据已知的世间生活揣摩得出的。③ 二是空间无限、彼此贯通，为一有机整体。“句曲洞天，东通林屋，北通岱宗，西通峨眉，南通罗浮，皆大道也。其间有小径杂路，阡陌抄会，非一处也。”（《真诰》卷十一《稽神枢第一》）④“正如现世地域为神山圣川等自然神物所界定一样，内部的彼岸世界也被分隔成诸多洞天，而由地道、隧道等相连接。借助此类通道，神仙便可漫步于诸洞天之中，就像是道士在冥想中成为星际的神游者一样。”⑤“洞天”的根本内涵，傅飞岚（Franciscus Verellen）总

---

① 陶弘景：《真诰》，第 195 页。

② 陶弘景：《真诰》，第 196 页。

③ 蒲慕州：《墓葬与生死：中国古代宗教之省思》，中华书局，2008 年，第 199 页。

④ 陶弘景：《真诰》，第 196 页。

⑤ 傅飞岚：《超越的内在性：道教仪式与宇宙论中的洞天》，程薇译，载《法国汉学》第二辑，清华大学出版社，1997 年，第 53 页。

结曰："通观洞天概念，尽管最终它们都极为相似，但仍可以区分出三个神话主题，它们是：①孕育之洞；②墓葬之洞；③天堂之洞。"[①] 其中"孕育之洞"与"墓葬之洞"包含了"超越""过渡""再生"的因素。六朝时期的南方早期神仙道教在此基础上构造出"神谕之所""藏宝之洞"，上清道教又新建了一个"度灾之府"的主题，进一步丰富了洞天的含义。[②] 此后，"洞天"观念持续发展，"洞"甚至成为道教经藏形成、义理整合的基本形式概念之一。至唐形成"洞天福地"体系，成为混合神圣空间、经验地理知识的一套以整体宗教宇宙建构为载体的彼岸世界信仰。

《洞仙传》以"洞仙"为名，从大的方面说，不仅体现出"洞天"观念的成熟，更重要的是反映了以"三洞"经藏体系成为标志的道教整合和最终的"形成"。从小的方面说，"洞仙"既是洞天仙真，也就反映出其所收仙真与当时的神系整合存在关联。

南方神仙道教经南朝陆修静的整理与改造，至梁陶弘景达到了一个高峰。除了在思想体系化方面的贡献外，陶弘景最重要的具体创建之一就是完成道教神谱的整合式建构——编修《真灵位业图》。[③] 所

---

① 傅飞岚：《超越的内在性：道教仪式与宇宙论中的洞天》，程薇译，载《法国汉学》第二辑，第 63 页。

② 参阅赵益《六朝隋唐道教文献研究》第三章第一节。

③ 参石井昌子：《道教的神》，载福井康顺等监修：《道教》第 1 卷，上海古籍出版社，1990 年，第 106—108 页。案：《真灵位业图》的真正编纂者并不能完全确定。今本《真灵位业图》或许经过唐末闾丘方远的整理，但主体部分在唐前编成，内容时代为东晋至南朝，应无疑义。《真灵位业图》或来自对更早的《真灵位业经》的提炼，或与《真灵位业经》即为一书而来自对前有材料的编辑。参阅王家葵：《真灵位业图蠡测》，载陶弘景：《真灵位业图校理》卷首，中华书局，2013 年；Kristofer Schipper and Franciscus Verellen edited, *The Taoist Canon: A Historical Companion to the Daozang*, The University of Chicago Press, 2004, pp. 109 – 111.

谓“位业”，唐孟安排《道教义枢》的解释为：“位业者，登仙学道，阶业不同；证果成真，高卑有别。三乘七号，从此可明；十转九宫，因兹用辩。此其致也。《本际经》云：神官位序，真圣阶梯。《灵宝经》云：位登仙王；又云：功业无巨细也。”（卷一《位业义第四》）① 即根据修道的进阶与成果，安排其在神祇体系中的位置。《真灵位业图》可以说是道教神祇体系的最初整合，它和道经的整合即“三洞四辅”的形成，共同构成了从东晋末到南朝末道教“形成”的重要内容。

由于《真灵位业图》的整合性特质，因此其不仅在内容上具有多元性，而且在体系逻辑上也相当混杂。尽管如此，《真灵位业图》由最上的“玉清”到最下的“鬼官”共分七级，仍然在大体上能够反映出原始上清系“高上帝君—天仙—地仙—地下主者/鬼官”这一吸收旧有神仙观念和民间信仰而形成的“仙—鬼”等级观念。② 可以发现，《洞仙传》与《真诰》关系密切，其仙真有不少都能在《真灵位业图》中找到对应的阶位③：

《洞仙传》	《真灵位业图》中的位置
龚仲阳	第三 左位 朱火丹灵宫龚仲阳、幼阳（兄弟二人，受道于青童君）
长存子	第三 左位 玄洲仙伯

① 《道藏》第24册，第808页。

② 参阅赵益：《六朝隋唐道教文献研究》第三章第二节的相关讨论。

③ 见李丰楙编“《洞仙传》与《真诰》《位业图》对照表”（《〈洞仙传〉研究——〈洞仙传〉的著成及其思想》，载李丰楙：《仙境与游历——神仙世界的想象》，中华书局，2010年，第345—346页）。其表对应于《真灵位业图》共得二十九人，下表增补共得三十六人。

续表

《洞仙传》	《真灵位业图》中的位置
苏耽①	第三 右位 玄洲上卿太极中候大夫苏君（名林，字子玄，涓子弟子，周君师）
长桑公子	第三 右位 长桑公子（庄子师）
茅濛	第四 左位 茅初成
姜叔茂	第四 左位 蓬莱左卿姜叔茂
周太宾	第四 左位 周大宾
毛伯道	第四 左位 毛伯道（王屋山得道）
刘道恭	第四 左位 刘道恭（王屋山得道）
庄伯微	第四 左位 庄伯微（汉时人）
傅先生	第四 右位 南岳真人傅先生
赵叔期	第四 右位 赵升期（在王屋山）
刘道伟	第四 右位 刘伟道（汉时人）
徐道季	第四 右位 徐季道（鹄鸣山）
张巨君	第四 右位 张巨君
徐福	第四 右位（除）［徐］福
元君	第四 右位 太一元君
郭四朝	第五 左位 左仙公郭四朝兼玉台执盖郎
展上公	第五 右位 右保司展上公
张玄宾	第六 右位 理禁张玄宾（主雨水之官，亦保命书）

① 案：苏林是上清系拟托的传法世系中的重要人物，上清真传中即有《玄洲上卿苏君传》。苏林传说渊源较早，《太平广记》《太平御览》均引有《神仙传》苏林事迹，内容不尽相同。《玄洲上卿苏君传》内容与《太平御览》卷六百六十二引《神仙传》相近；《洞仙传》此处内容与《太平广记》卷十三引《神仙传》“苏仙公”相近，名称则作“苏耽”。《太平广记》卷十三同处附有“一说云”之苏耽传，文字与《洞仙传》略同，唯载出处为“《洞神传》”，“神”显为“仙”字之讹。总之，《洞仙传》之“苏耽”事迹，大约是与上清系不同的关于苏林的另一传说系统。

续表

《洞仙传》	《真灵位业图》中的位置
刘文饶（“青谷先生”条附）	第六 右位 童初府师上侯刘宽（即保命府）
赵威伯	第六 右位 童初府丞赵威伯（主仙籍，并暴雨水）
乐长治	第六 右位 童初府丞乐长治（主灾害）
夏馥	第六 右位 明晨侍郎 夏馥，字子恬，陈留人，桐柏真人弟子
范幼冲	第六 右位 童初监 范幽冲（辽西人，汉尚书郎）
姜伯真	第六 地仙散位 姜伯真（一云在猛山学道采药。映之俦侣）
郑思远	第六 地仙散位 郑思远（葛玄弟子）
戴孟	第六 地仙散位 戴孟（本姓燕，名济，字仲微，裴君弟子）
张兆期	第六 地仙散位 张兆期（费长房之师）
刘讽	第六 地仙散位 刘伟惠（师西灵子都）
李先生	第六 地仙散位 中岳李先生
赤须先生	第六 地仙散位 赤须子（夏明晨之师）
青谷先生	第六 地仙散位 青谷先生（刘上蕴之师）
介琰	第六 地仙散位 介琰（白羊弟子）
杜契	第六 地仙散位 山外其东者 杜契
谢稚坚	第六 地仙散位 谢稚坚（在鹿迹洞）

由上表可见，现存《洞仙传》中的仙真超过半数位列于《真灵位业图》中，且分布于第三至第六阶位（大多集中在第四、五、六三个阶位中），既无最高层级的至上神及辅神，亦无鬼官①，与

① 《云笈七签》节录《洞仙传》所收“王嘉”字子年，陇西安阳人，为姚苌所杀，非《真灵位业图》第七中位之北帝侍晨王嘉。

其标榜“洞仙”的宗旨极其印合。所不见《真灵位业图》的三十几人，多为“不知何许人也”者或事迹简略者，或者是近期北方的人物。另外，还有一些在疑似之间，如“九源丈人”与九炁丈人相似、“石坦”与石长生相似、“卢耽”即为秦皇求仙之卢生、“谷希子”见于《真诰》卷五等。考虑到现存《洞仙传》与《真灵位业图》均已非原帙，如此之高的重叠度还是颇能说明问题的。

李丰楙认为，“《洞仙传》虽然取材于《真诰》，却未列出仙真阶位，当未参用《位业图》。所以编撰《洞仙传》者，当为梁朝末，熟谙上清经的道门中人。因而袭取洞天之中仙真所在的观念，但并不将仙真配于固定的阶位，仍采史传体例叙述”[①]。此论固是。但无论如何，《洞仙传》与当时神仙道教整合完成的神祇系统契合一致，并无疑义。

总之，《洞仙传》和《道学传》性质相同，乃是一种“集传”，即按照已经整合形成并开始流行的神祇谱系，根据相关材料，采录成文。它们不是各个经系的“内传”，并不呈现浓厚的教派旨趣，也不寓含具体的宗教义理，其所真正反映的乃是道教的“整合”，代表着圣徒传记由“内传”到集合式仙传的转变的完成。

三、《洞仙传》《道学传》的文学性

《洞仙传》《道学传》是一种“集传”，旨在网罗得道仙人，重视神迹、方术的表揭而不重叙事，故文学性并不甚高。再加上现存本《洞仙传》为节录，《道学传》为辑佚，其文本恐非旧貌，

---

① 李丰楙：《六朝隋唐仙道类小说研究》，第193页。

因此也很难据以分析文学叙述的水平。尽管如此，一些篇章的主题、叙事及行文也有值得称道之处，如《洞仙传》之“扈谦”：

扈谦者，魏郡人也。性纵诞，不耻恶衣食，好饮酒，不择精粗。常吟曰：“风从牖中入，酒在杯中摇。手握四十九，灵光在上照。巍峨蘩蓍下，独向冥理笑。”又曰：“进不登龙门，退不求名位。无以消天日，常作巍峨醉。”精于《易》占，常在建康后巷许新妇店前筮，一卦一百钱，日限钱五百止。次卦千钱不为也。谦母住尚方门外路西，有养女三四人自料理。谦日日送钱三百供养母，余钱二百，谦以饮酒，乞与贫寒……明年秋，桓温北讨败绩……还镇石头，废海西，立简文。温妾产息玄，至艰难。谦筮曰：“公第西北六间马厂坏竟便产，是男儿，声炁雄烈，当震动四海。”温赐谦钱三十万。谦云：“谦用筮钱，常患不尽，且（交）［家］无容钱处，请还公库。”温不听，许氏以空檻借谦贮钱，俄而夫人复送钱三十万。谦从得温钱后，日筮三卦，以供养母。以温钱饮酒，求能酣客，不问识与不识，群聚极饮。于是远近嗜饮客随谦者众，许氏常以贤人礼待谦，不计求酒之多少。谦后断不复诣，许氏寻觅经年，忽于谯沟遇谦，曰：“家中欲得檻用，先生随还家，取先所寄钱。”谦笑曰：“三年饮酒数千斗，唯四十者才足相补，正余一百半许有耳，大夫不复足顾矣。吾以爪刻壁记之，写筭便知也。”许氏试依自言筭，不差一文。后谦母夜亡，谦旦还云“因缘尽矣”而去，不知所之。数日，许氏家人于落星路边见谦卧地，始谓其醉，捉手牵引，唯空衣无尸也。[①]

纪言丰富，叙事细密，人物形象亦颇生动。又《洞仙传》“昌季”条：

昌季者，不知何许人也。入山担柴，崖崩堕山下，尚有微气。妇来见之，涕泣哀恸。仙人尹仙闻之怆然，谓妇曰：“吾是仙人，能治汝婿。”即以角煎赐之，并付其方，药尽未差，可随合作也。能长服之，令人神仙。妇以药治季即愈，季合药服之千日，忽然飞升。妇流涕追之，顾谓妇曰：“道与世殊，卿善自爱敬。”妇慨然复合药，服之三年，便复飞去。至蓬莱山见季，季曰：“知卿当来尔。”[②]

故事亦颇奇异，特别是昌季先自飞升时故意诀别其妇的“考验”情节，表现得非常突出。

“杜昺”条是《洞仙传》中文字最多的传记，纪事较多，是关于“五斗米道—正一盟威之道”传播于南方的重要材料：

杜昺，字叔恭，吴国钱塘人也。年七八岁，与时辈北郭戏，有父老召昺曰：“此童子有不凡之相，惜吾已老，不及见之。”昺早孤，事后母至孝，有闻乡郡，三礼命仕不就。叹曰：“方当人鬼殽乱，非正一之炁无以镇

① 张君房：《云笈七签》，第2425—2426页。

② 张君房：《云笈七签》，第2416—2417页。

之。”于是师余杭陈文子，受治为正一弟子，救治有效，百姓咸附焉。后夜中有神人降云：“我张镇南也。汝应传吾道法，故来相授诸秘要方，典阳平治。”昺每入静烧香，能见百姓三五世祸福，说之了然。章书符水，应手即验。远近道俗，归化如云。十年之内，操米户数万。

晋太傅谢安时为吴兴太守，见黄白光，以问昺。昺曰：“君先世有阴德于物，庆流后嗣，君当位极人臣。”尚书令陆纳，世世临终而并患侵淫疮。纳时年始出三十，忽得此疮。昺为奏章，云：“令君大厄得过。”授纳灵飞散方，纳服之，云年可至七十。大司马桓温北伐，问以捷不，昺云：“公明年三月专征，当挫其锋。”温至枋头，石门不开，水涸粮尽，为鲜卑所摄。谓弟子桃叶云：“恨不从杜先生言，遂至此败。”苻坚未至寿春，车骑将军谢玄领兵伐坚，问以胜负。昺云：“我不可往，往必无功；彼不可来，来必覆败，是将军效命之秋也。”坚果散败。卢竦自称先生，常从弟子三百余人。昺以白桓温，竦乃协东治老木之精，衒惑百姓，比当逼揬宫阙，然后乃死耳。咸安中，竦夜半从男女数百人直入宫，称海西复位，一时间官军诛剿，温方叹伏。

后桓冲欲引昺息该为从事，昺辞曰：“吾儿孙并短命，不欲令进仕，至曾玄孙方得吾福耳。”昺曰：“吾去世后，当以假吾法以破大道者，亦是小驱除也，与黄巾相似，少时消灭。”素书此言，函封付妻冯氏，若有灾异，可开示子侄，勤修德自守。隆安中，琅琊孙泰以妖惑陷，咎及祸延者众。昺忽弥日聚集，纵乐无度。敕书吏崇桃生市凶具，令家作衣衾云："吾至三月二十六日中当行。"体寻小恶，至期于寝不觉，尸柔炁洁。诸道民弟子为之立碑，谥曰明师矣。①

《道学传》，《隋志》史部杂传类著录二十卷，不署撰人；《旧唐志》著录"《学道传》二十卷，马枢撰"，《新唐志》为"马枢《学道传》十二卷"。原书宋以后佚，《三洞珠囊》《上清道类事相》《仙苑编珠》《三洞群仙录》等道书并《初学记》《太平御览》等数有引用，今人陈国符有辑本（载其《道藏源流考》）。据佚文来看，《道学传》不仅收有较后的南朝人物，而且包罗的范围也更广。

兹以《洞仙传》《道学传》"范豺"条比较说明如下：

《洞仙传》	《道学传》
范豺者，巴西阆中人也。或作侪字。久住支江百里洲，修太平无为之道。临目嘘潄，项有五色光起，冬夏惟单布衣。而桓温时，头已斑白，至宋元嘉中，状貌不变。其占吉凶，虽万里外事，皆如指掌。或问："先生是谪仙邪?"云："东方朔乃黠我，我小儿时，数与之狡狯。"又云："我见周武王伐纣，洛城头战，前歌后舞。"宋文帝召见，豺答诏称我，或称吾。元凶初为太子，豺从东宫过，指宫门曰："此中有博	范豺，巴西阆中人也。或作侪字。白皙而美发，秀眉明目，容止都雅。不言先见，不说禨祥，闲恬无欲，终日默然。结络败布，以绳为网，披苫才得蔽形。冬夏徒跣，脚不皴裂。四时无寝，肌若处子。美姿颜，应接恒笑，众咸敬而安之。又以宋太元十四年到荆州，居于南郡枝江县之富城洲尾巴芒中，亦有屋宇，不障风霜。以桑柴为床，束稿插其间。有一空箪、一瓦瓶装檐枕，倚以卧。或有十日荷担乞食，口绝粳粱醪醴，滋味果实，唯粗粟饭，菜羹。食一升许，便过旬日

① 张君房：《云笈七签》，第2423—2425页。

续表

《洞仙传》	《道学传》
劳鸟，奈何养贼不知？”文帝恶之，敕豺自尽。江夏王使埋于新亭赤岸冈。文帝令发其棺，看柩无尸，乃悔之。越明年，豺弟子陈忠夜起，忽见光明如昼，而见豺入门就榻坐。又一老翁后至，豺起迎之。忠问是谁，豺笑而不答。须臾俱出门。豺问忠，比复还东乡，善护我宅，即百里洲也。(《云笈七签》卷一百一十)①	也。行甚驶。语甚急，自非精意听受，略不可解。恒小坐恭敬，不以高卑易心。不与俗中荣贵人语。恒闭眼不听声乐。恒卧而独语。人问之，辄云王建武来。俄又作余端，应对不可寻检也。 生资一毫悉无，箪瓶悉空也。 遥视其衣服杂色，败布帽又数十年故物，殊觉不净。既至，甚香洁也。(《三洞珠囊》卷二《贫俭品》引)②

可以看出，《道学传》叙述方式和行文风格与《洞仙传》虽颇相似，但侧重不同，取材也有差异；且《道学传》文字较多、内容亦较丰富，表现出南朝末期仙传事迹的进一步增益和“集传”的后来居上。

① 张君房：《云笈七签》，第2399—2400页。

② 此据陈国符：《道藏源流考》附录七《道学传辑佚》，第459—460页。

第四章　寻仙度脱与洲岛洞天：神仙小说的兴起及其意义

魏晋南北朝是小说兴盛的时代。其原因可从外部和内部两方面来认识：外部方面，第一是此一大变动时期社会上各种原生巫术宗教较为活跃，再加上创生道教和外来佛教的发展，造成神鬼怪之说的空前昌炽；第二是南方的开发、中外交流频繁、知识积累及博物学的发达，进一步催动了对殊方异物、奇人怪事的探究兴趣；第三是精英阶层谈风的盛行，促成了杂传体或“志人小说”创作的热潮；第四是总体上文学创作的活跃与进步，也带动了各种“琐屑言谈”“小道短书”的写作水平的提高。内部方面，自古以来民间神话、传说、故事等本即发达，战国秦汉之际开始形成的文人“街谈巷语、道听途说”的小说创作也始终不绝，文人创作之“小说”本身存在着一条不断发展、成熟并趋于分化的内在理路。外因和内因共同发挥作用，才能使魏晋南北朝成为古代小说的奠定时期。由此可以看到，神鬼怪及神仙道教与小说所存在的天然关系：前者影响、刺激了后者的撰作，后者则反映并在某种程度上建构了前者。

魏晋南北朝小说一般可分为“志怪”“志人”两大类型，前者是大宗，包括所有的涉及神鬼怪、佛道教及其他超现实内容的作品。“志怪”与“仙传”来自不同的传统，“志怪”中主要反映神仙道教或受其影响而撰作，并且明显有别于其他神怪内容的篇目，为数亦复不少。因此有的学者提出了“仙道类小说”的概念，并定义为“一为纪录、传述有关仙真传说的笔记小说；另一则指道教思想影响下所形成的作品”①。但此概念的具体涵盖范围如何，学者意见并不一致，具体作品的归类理由也不充分。重要的是，仙道小说固然是存在的，但像《搜神记》《拾遗记》之类基本上全都是文人的作品（王嘉虽可称入道，但绝非宗教徒），并不属于宗教内部的撰作。而当代观念认为属于小说的一些作品如《神仙传》《洞仙传》等，尽管它们在今天被认为具备虚构性、文学性，但根本上还是属于宗教史传，在当时的创作者和阅读者心目中都具有神圣的意义。我们可以论述其作为宗教史传的文学性，但不可视其为纯粹的文学创作如小说。由此，今人归入仙道类小说的很多作品，或必然排除在严格意义上的宗教内部文学范畴——“道教文学”之外，或不属于“小说”范畴。

宗教内部是否存在具备叙事性、虚构性甚至是世俗性的“小说”呢？答案是肯定的。民间世俗故事，典型环境中的典型人物、情节作为一种隐喻，往往既为宗教神圣文本所采用，也会形成独立的篇帙。神仙道教也不例外，同样拥有自身的小说——姑名其为“神仙小说”，而且还具有非常显著的特色。

这样的“小说”可以确定的有两部：《汉武帝内传》和《十洲记》。分别代表“汉武帝求仙”和“神山仙岛”两大故事类型。这两部作品即使不是纯粹的宗教徒的创作，也无疑属于神仙道教内部的作品，从而始终为后世道藏所收入。同时，尽管《汉武帝内传》对上清信仰、仪式都有重要贡献，《十洲记》则对后世道教神圣空间构造发生重大作用，但它们仍然不是以“正典”的身份实

① 李丰楙：《六朝隋唐仙道类小说研究》，第1页。

现这种义理建设的，而恰恰是通过秉承神仙说之传统，以奇幻缥缈、光怪陆离的虚构、夸饰、铺陈对神仙世界予以生动形象的烘托而达成的。

第一节　汉武帝求仙故事与《汉武帝内传》

在魏晋南北朝志怪众多的题材中，有一部分是关于汉武帝求仙的内容类型。缘于武功广大及行事独特，尤其是绍继秦皇而大有过之的求仙之举，使汉武帝相关传说一直播在人口，特别是为文士杂记所热衷渲染、夸饰。刘向《列仙传》就已有涉及汉武帝求仙的故事，魏晋六朝志怪小说对此更是辗转增益，单是以汉武题名的就有三种，即《汉武故事》《汉武洞冥记》《汉武帝内传》，而零星记述在《神异经》《十洲记》《博物志》《拾遗记》等书中也往往不一而足。

《汉武故事》，或称《汉武帝故事》，《隋书·经籍志》、两《唐志》《日本国见在书目》《郡斋读书志》著录为二卷，不题撰人；《崇文总目》及《宋史·艺文志》著录为五卷，疑误。作者不详，宋晁载之《续谈助》引唐张柬之《书洞冥记后》称王俭所造，《崇文总目》《宋史·艺文志》著录为班固撰，清孙诒让《札迻》卷一认为出自葛洪之手。诸说均乏确证。原本不存，明人所辑皆不全，今人新辑者有鲁迅《古小说钩沉》本。

《汉武洞冥记》，或称《汉别国洞冥记》、《洞冥记》，《隋志》著录为一卷，题“郭氏撰”，《旧唐书·经籍志》著录为四卷，题“郭宪撰”，《新唐书·艺文志》《宋史·艺文志》《文献通考》同；《崇文总目》为一卷，《郡斋读书志》《直斋书录解题》合“拾遗”作五卷。作者除《隋志》“郭氏”及《旧唐志》以下“郭宪”说之外，《续谈助》卷一《洞冥记跋》据张柬之言称为梁元帝萧绎，明胡应麟《四部正讹》卷下、《四库全书总目》“汉洞冥记”提要谓为六朝人伪托。四说迄无定论。今存本有清刻宋《续谈助》录本及明《顾氏文房小说》本，后者为最早刻本，他本皆从此出。

综合考察，《汉武故事》《汉武洞冥记》二书均为六朝人所撰，并且都属于“汉武帝故事”类型的杂传小说。其内容特点是述说仙人神迹，铺陈武帝所建池苑台观，详叙遐方异物之神奇怪诞，等等。虽以汉武帝求仙为引子，但并不局限于与汉武帝直接相关，显然是以其为名炫人耳目，助其夸言之旨。刘知幾《史通·杂述》谓《汉武洞冥记》《拾遗记》二书“全构虚辞，用惊愚俗”，精辟地指出了其小说特色。

《汉武故事》《汉武洞冥记》虽然作者难详，但内容意旨及特色则很鲜明，都无一例外属于文士的创作。《汉武帝内传》则不同，尽管其同样属于“汉武帝求仙”的类型范围，但却是神仙道教内部的作品。

一、《汉武帝内传》的性质及其宗教意义

《汉武帝内传》（古代著录，引书多作“《汉武内传》”，明《道藏》收入时作“《汉武帝内传》”），最早《隋书·经籍志》著录为三卷。《旧唐书·经籍志》《新唐书·艺文志》著录“《汉武帝传》二卷”，亦即此书。此后《郡斋读书志》《玉海》引《中兴书目》《宋史·艺文志》均著录为二卷。综合来看，《隋志》之“三卷”，或为“二卷”之讹。张华《博物志》、葛洪《神仙传》、郭璞《游仙诗》、徐陵《玉台新咏序》均已暗引其文；唐初以降如《开元占经》《艺文类聚》《初学记》《北堂书钞》等各种类书，《后汉书》李贤注、《文选》李善注等旧注，以及道教类书《上清

道类事相》等，则有明确引录（有时与《汉武故事》等混同）。《汉武帝内传》之流传渊源有绪，殆无疑义。明《道藏》收入《汉武帝内传》时，又分其一部分为《汉武帝外传》，内容是稷丘君、淮南王、李少翁、公孙卿、鲁女生、李少君、东郭延、尹轨、刘辽、王真、刘京十一人成仙事迹，为南朝末以后人的增衍。[①]

《汉武帝内传》的成书时代与作者属性，现当代已有很多学者进行了研究，李丰楙《汉武内传研究》一文最为详核精要。[②] 目前学术界的主流观点大多同于李丰楙的说法，即：《汉武帝内传》形成于上清经典流行于世之后，或即由王灵期一辈敷衍成文。施舟人（Kristofer Schipper）定在公元六世纪，与古人"齐梁之际"之说基本一致。[③] 但此类观点并非确凿无疑，相反则有更多的证据表明《汉武帝内传》文本内容之定型反在上清系经典大出于世之前[④]，《汉武帝内传》综合了早期道教传说的内容，而成为后来上清系构拟真传的基础，并在客观上使其他上清诸传应运而生。[⑤]

《汉武帝内传》与《汉武故事》后世引用时往往混而不辨。从文献原理上说，《汉武帝内传》渊源有绪，引文多与今本相合；而《汉武故事》不存完帙，引文多有混乱，所以唐宋引文与《汉武帝内传》相合者，原属《汉武帝内传》的可能性很大。《汉武帝内

---

① 赵益：《六朝南方神仙道教与文学》，上海古籍出版社，2006 年，第 362—366 页。

② 李丰楙：《六朝隋唐仙道类小说研究》第二章。

③ Kristofer Schipper and Franciscus Verellen edited, *The Taoist Canon: A Historical Companion to the Daozang*, The University of Chicago Press, 2004, pp. 115 - 116.

④ 赵益《六朝南方神仙道教与文学》（上海古籍出版社，2006 年）。具体地说，《汉武帝内传》的形成时代与东晋兴宁二年（364）至太元十一年（386）杨许受经时期同时或稍前。

⑤ 赵益：《六朝隋唐道教文献研究》，凤凰出版社，2012 年。

传》与《汉武洞冥记》除了都提到汉武帝和西王母外，两书文本没有其他联系。最重要的是，两书的性质完全不同。

《汉武帝内传》的具体作者已不能考。综合来看，《汉武帝内传》的作者虽然不一定是上清系教内之人，但却是东晋时期崇奉神仙信仰，熟悉南方神仙道教早期渊源的人士。葛洪以后，神仙信仰已经逐步完成了成仙理论和方法技术的构建。同时，南方原始萨满巫道遗存、民间信仰与神仙信仰结合，并接受北方民间宗教运动和天师正一系的影响，在士人的参与和义理化提升下，酝酿、产生了新神仙道教的典型——上清系，《汉武帝内传》就是这一过程中的产物。因此，它在内容和宗旨上与当时前后出现的关于汉武帝的种种创作如《汉武故事》《汉武洞冥记》有显著的不同：不是像文士所撰作的对汉武帝求神问仙事迹的猎奇式故事，而是具有明确的宗教主题和宗教性内容，同时明显体现出当时神仙道教的宗教性共相的有意识构造，作者的个相仅仅体现在此一文本的文学方面，而不是思想方面。一言以蔽之，《汉武帝内传》是依据南方神仙道教的义理主旨而进行的有意识创作，反映了宗教内容，表现了宗教特性，是东晋以来南方新神仙道教酝酿、生成过程中的一篇文学解说式教谕。

《汉武帝内传》全文近万字，描写的是元封元年七月七日武帝迎降西王母并聆受西王母、上元夫人教诲、传授但终不能得度成仙的故事。除了开头和结尾必要的交代外，全部以戏剧场景式的描写展开。其根本主题是一种特殊的“度脱”——一位显赫的世间帝王汉武帝度化与成仙的可能性与方法性，而不是一般意义上的关于普通种民的救度宣谕。所谓“度脱”，就是神的使者降临世间，引导、教谕符合神的要求的“种民”最终实现解脱。在神仙道教来说，就是仙真游行世间点化名在仙籍之人。然而世间帝王不是普通的“种民”，也不是一般的“身登仙籍”的修道者，他们是一种特殊的存在，其度化与成仙具有一种独特的宗教性内涵：宗教与世俗政治的关系。南方神仙道教酝酿生成过程中的集体意识之所以关心并处理这个问题，乃是其创生宗教的禀性及其义理化发展所必然导致的结果。文明以后的创生型宗教首先面临的重要问题就是如何处理自身与世俗社会，特别是与政治——中央集权式王朝和君主统治的关系。在阶级社会中，统治理论必然极力崇尚帝王的权威性，无论是“敬天法祖”还是“神道设教”，以儒家思想为主导的精英观念均强调帝王对任何宗教信仰的主宰作用。由此，帝王必然具有某种神性，“长生不死”具有充分的可能性。而就“功烈勋著”的帝王本身而言，长生不死又是其与生俱来的追求目标。所以创生宗教需要处理的与政治关系的核心问题，就是解决世俗世界中的君王在神圣世界中的地位问题：伟大的帝王是否天生就具有神性？或者，至少具备成仙的优先性？“穆天子”、秦始皇、汉武帝依次进入神仙学说的相关讨论中，正是这一问题越来越迫切的反映。

神仙学说的集大成者葛洪已经清楚地认识到这个问题的重要性，《抱朴子内篇·论仙》中对世间帝王能否成仙有十分详细的阐述。《汉武帝内传》则以此主题为全文中心，通过王母和上元夫人的降授，对以汉武帝为代表的世间帝王是否能够得到度脱的问题，予以解说和回答。

葛洪注重技术性方法，同时坚持传统道德论立场，所以坚决地否定帝王成仙的任何可能性。这应该是东晋以后逐渐形成的理论化、技术化的新神仙学说的基本主张。早期道教的情况则有些复杂，三张正一系统和其他一些“师巫”之教多源于民间宗教运动，对世俗政治本有一种天然的反叛倾向。而南方新道教特别是上清系有所不同，它是以士人为主导并始终进行义理化提升的新宗教，一直欲图摆脱“淫祀”的地位并得到政治的承认。但尽管如此，它仍然发展出独立教团的倾向：接受政治管理的同时，保持与政治的距离。《汉武帝内传》显然秉承这样的宗旨，一方面，它同样否定汉武帝的种民资质。文本以王母之语道：

> 形慢神秽，脑血淫漏，五藏不淳，关胃彭勃，骨无津液，浮反外内，肉多精少，瞳子不夷，三尸狡乱，玄白失时，语之至道，殆恐非仙才。①

更重要的是，文本借上元夫人之口指出其终难得成仙的缘由，是在于帝王的本性：

> 女胎性暴，胎性奢，胎性淫，胎性酷，胎性贼，五者恒舍于荣卫之中、五藏之内，虽锋铓良针，固难愈矣。暴则使炁奔而神攻，是故神扰而炁竭；淫则使精漏而魂疲，是故精竭而魂销；奢则使真离而魂秽，是故本游而灵臭；酷则使丧仁而自攻，是故失仁而服乱；贼则使心斗而口干，是故内战而外绝。五者皆是截身之刀锯，刳命之斧钺，虽复疲好于长生，而不能遣兹五难，亦何为

① 《道藏》第5册，第50页。此处所据《汉武帝内传》以明正统修、万历续修《道藏》（文物出版社等三家出版社影印本）为主，兼取《中华道藏》尹志华点校本（载《中华道藏》第46册，华夏出版社，2004年）校勘成果，以“〔〕”注明。

损性而自劳乎?①

这就和葛洪《抱朴子内篇》一样，从根本上否定了汉武帝成仙的可能性与合理性。而且《汉武帝内传》在这里所展开的对汉武帝的批判，点名道姓，直溯本原，大大超过了葛洪泛泛而论的程度。文本最后也交代了普遍公认的汉武帝结局："帝自受书已来，出入六年，意旨自畅，高韵自许，云以为神真见降，必当度世。强悍气力，不修至诚。乃兴起台馆，劳弊百姓，坑杀降卒，远征夷狄，路盈怨叹，流血皋城，每事不从王母之深言、上元夫人之妙诫，王母遂不复来也。到太初元年十一月乙丑，天火烧栢梁台，于是《真形图》者凡四卷，共函烧失。王母尝以武帝不能从训，故以火灾之耳……帝既失书，悔不行德，自知道丧。其后东方朔一旦乘云龙飞去，同时众人见从西北上，再仰望，大雾覆之，不知所在。帝愈懊恼，其年禅蒿里，祠后土，东临渤海，望祠蓬莱，仰天自誓，重要灵应，而终无感……"② 在这一点上，《汉武帝内传》近乎终审式判决。从此以后，汉武帝不得成为高上真仙成为教内外的定论。

但问题并非如此简单，另一方面，《汉武帝内传》也强烈地表现出某种妥协。首先是赞许汉武帝向道。文本中王母作为降授的主要角色，始终坚持度化汉武帝的立场而和上元夫人成为某种对立面，就是这种态度的最好表现。王母得以降临的根本原因，是听闻汉武帝"轻四海之尊，寻道求生，降帝王之位而屡祷山岳。

① 《道藏》第5册，第50—51页。
② 《道藏》第5册，第56页。

勤哉，有似可教者也”[1]，这已经充分表明了对帝王向道崇道的赞许态度。而王母在降授过程中屡屡表达的“女能贱荣乐卑，耽虚味道，自复佳耳”[2]“女虽不正，然数访山泽，叩求之志，不忘于道”[3]“直以孜孜之心，数请川岳，勤修斋戒，以求神仙之应，志在度世，不遭明师，故吾等有以下眄之耳”[4]等等，则是更加鲜明的观点。这种观念，在《抱朴子内篇》中无一出现。因为葛洪既明确指出秦皇、汉武二主“徒有好仙之名，而无修道之实”，就不可能承认他们向道的真实性。其次是《汉武帝内传》指出，汉武帝仍可以根据仙真的指引，通过克服贼性，运用合理的方法而获得成为低级仙位（地仙）。由此，作者为汉武帝“举行”了一场庄严宏伟的传授仪式，由王母和上元夫人针对汉武帝的资质，传授循序渐进的具体方法和重要经箓，提示禁忌规范，并予以细致的讲解“一一手指所施用节度”。最后，作者虽未明言汉武帝是否尸解得成地仙，但仍然给出了一个暗示“按《九郁龙真经》云：得仙之下者，皆先死，过太阴中练尸骸，度地户，然后乃得尸解去耳。按武帝箱杖、杂书，先并随身入椁，乃从无间忽然显出，货杖于市，书见山室。自非神变幽妙，孰有如此者乎？明武帝之死，尚未可知，应运灵化”[5]。这种妥协，实际就是新神仙道教所采取的迎合政治的原则，代表着他们在世俗中生存的解决之道。

《汉武帝内传》文本表现出一种“冲突—妥协”的矛盾运动过程，是魏晋南北朝风起云涌的创生宗教运动继续发展的某种反映。

---

① 《道藏》第5册，第47页。
② 《道藏》第5册，第48页。
③ 《道藏》第5册，第51页。
④ 《道藏》第5册，第52页。
⑤ 《道藏》第5册，第57页。

“汉武帝求仙”此一类型化故事之于南方新道教的全部意义，尽皆在此。正是因为处理这样一个极为关键的问题，《汉武帝内传》才成为一篇真正的宗教文本。

宗教文本是受“宗教性”制约的，所有历史上的宗教文本，都不是简单的信仰陈述和主题发言，否则就是哲学而不是宗教作品。一言以蔽之，宗教文本是“仪式”而不是“信仰”的文本化。因此，《汉武帝内传》的“度脱”主题，决定了它必然是一个“度脱仪式”的文本。

创生宗教早期均极强调“传授”的重要性，代表天神的仙真的降授和“师”的接引，是种民能够解脱的充要条件。所以“度脱”的主题——无论是世间帝王还是世间众生的度脱——都必然涉及具体的传授。南方神仙道教特别是上清系尤其重视传经，因为经典的传授代表了种民的资质和最终结果。而关于传授的信仰观念，也是通过仪式予以表现的，“度脱仪式”遂表现为“传授仪式”。传授仪式在性质上属于创生宗教式“启悟仪式”或“入会仪式”，可以归入“通过仪式”（rite of passage）的范围。当然，《汉武帝内传》并不是具体的“科范”，而是一种仪式的文学化想象，重在描画从清斋、迎神、仙真降授到受经、祝咒等仪式场景，通过强调传授仪式本身，传达仪式规范特别是传经规范意识。正如道教研究者都已注意到的，诸如“传必其人，授必知真”之则、“不得轻泄”之禁和“至诚洁斋”之仪等重要的仪式规范意识，在《汉武帝内传》中已有充分的展现。此类原则均以科禁出现，违者致祸。按照西王母的简单总结就是：“泄闭轻慢，四者取死之刀斧，延祸之车乘也。泄之者身死道路，受土形而骸裂。闭则目盲耳聋于来生，命凋枉而卒没。轻则钟祸于父母，诣玄都而考罚。

慢则暴终而堕恶道，生弃疾于后世。复有愈兹罪者，则宗断而族灭。同道谓之天亲，同心谓之地爱。为道者当相亲授，共均荣辱，营守真一，珍惜精液，恭养和气。气全神归，必齐灵会。如其不尔，天降尔疠。此皆道之科禁，今故相诫，不可不慎。”[①] 由此，《汉武帝内传》已经充分实现了关于仪范的宣喻和强调。虽然它没有列出具体的条文，也不像后来纯粹的科范文本那样包罗万象，但其所构造的科范理念已经显露无遗。

早期道教因素多源于原始巫术宗教遗存和民间宗教救世运动，其本质在于方法、技术、实践和仪式。[②] 经过义理化提升的南方新神仙道教，仍然保持着这一核心特色，而且越来越加重了仪式的成分。仪式的凸显，必然导致仪式文本的出现，并在仪式程序之外，更多地展现仪式规范，而仪式规范又逐渐发展成为包括行为规范乃至道德信条在内的“科范”体系，实际蕴含着关于拯救原则、种民资质、修行实践方法等宗教义旨的内容。上清系的传经规范在杨、许创教之初就已经出现，《汉武帝内传》所体现的传经规范意识正是这样一个历史过程的反映。

但是，必须着重指出，《汉武帝内传》当然不是当时仪式的实际描述，而是通过对一个流传已久的神话故事的推衍而创造的一个虚拟的仪式。尽管它所传述的仪式规范意识乃至仪式程序都存在继承实有的一面[③]，但总体上仍然是一种想象式的“营造”和一

---

① 《道藏》第5册，第55页。

② 参阅索安（Anna Seidel）：《西方道教研究编年史》，第62页。

③ 仪式本具有沿续性的特点，通过神话传说及实际表演代代传承；另外，早在道教创生运动兴起的魏晋时期，就已经出现关于仪式程序的文本，如《千二百官章仪》等；南方新道教酝酿形成之初，则开始汇纂仪式规范类的经典，如《明真科》《四极明科》等。凡此均是《汉武帝内传》进行构造的基础。

种艺术化的“再现”。《汉武帝内传》和同时前后出现的其他仪式文本的根本不同在于——后者只是关于仪式的叙述、记录和规范性指导，而前者则是艺术化的再现、肯定和喻示。

二、《汉武帝内传》的文学特色

《汉武帝内传》同时具有较强的文学性。对此，古今评论略无异辞，比如结构完整、层次清楚，辞采华丽、叙述流畅，场景铺排和细节描写均颇生动，叙事技巧甚高，等等。这些总结当然是没有疑问的。但是，如果采取更广阔的视野并予以更深入的探讨，可以发现《汉武帝内传》的典型性文学成就并不仅限于此，而是更多地表现在一个特殊的方面。同时，这个特殊的方面也可以更加印证它的结构设置、描写和叙事的水平。

仪式是表达信仰的行为，“是一种再现或预现，是一种重演或预演，是生活的复本或模拟”[①]，所以仪式本身就是一场“表演”，神圣的或宗教的仪式尤然。大至一场祭祀或庆典，小至一次祷告、一支娱神的歌舞、一首赞美诗的吟唱乃至一个神灵附体的启示，都无非是一种表演出来的象征性行为。[②] 克利福德·格尔茨(C. Geertz)精辟地指出：作为更加周密的，通常也是更公开的宗教仪式，无不涉及生活准则和世界观的融合，都是情绪、动机和形而上概念缠绕的合体。这些仪式是一种“文化表演”，“所显示的不仅仅对信仰者来说，是宗教生活的气质和概念方面聚集的点，

---

① 简·艾伦·哈里森：《古代艺术与仪式》，刘宗迪译，三联书店，2008年，第87页。

② 关于道教仪式特别是法术实施中的表演特征，参见刘仲宇：《简论道教法术科仪的表演特征》，载《世界宗教研究》2002年第2期。

而且还是一个独立的观察者最便捷地检验的互动点"[①]。于是，仪式天生就具有戏剧的特性，比如一种特殊的时间秩序、一个特殊的地点、一种由人扮演的模仿式行为等。所以，仪式在某种意义上是一种文化的"戏剧"，只不过它的目的是传达信仰而不是娱乐。[②] 实际上，戏剧即起源于原始宗教仪式，中国亦不例外。[③] 从中国戏剧历史来看，"仪式戏剧"一直在民间宗教生活和娱乐生活中存在[④]；同时，很多仪式本身已经成为中国古代宗教戏剧的重要原型，如度脱仪式即直接演化成后世戏曲"道释剧"中的"度脱剧"类型。[⑤]

宗教仪式是一种表演，有意再现这一仪式——无论是想象中的还是现实宗教生活中的仪式，就必然是对表演的再现。也就是说，西王母、上元夫人降授汉武帝的传授仪式既然是一场"宗教戏剧"，而《汉武帝内传》必然就是这一"戏剧"的文本化，即以"戏剧化"的手段再现南方神仙道教集体想象中的一种特殊的度脱、传授仪式。

---

① 克利福德·格尔茨：《文化的解释》，韩莉译，译林出版社，2008 年，第 120 页。

② 菲奥纳·鲍伊：《宗教人类学导论》，金泽、何其敏译，中国人民大学出版社，2004 年，第 182 页。

③ 参阅田仲一成：《中国祭祀戏剧研究》，布和译，吴真校译，北京大学出版社，2008 年。关于中国戏剧的发生及早期形态，自王国维、闻一多之后，现当代研究已颇深入，参阅王小盾的综述（《中国戏剧的早期形态·序》，载王胜华：《中国戏剧的早期形态》，云南大学出版社，2005 年）。总体来看，中国戏剧发生于古代原始"巫术—宗教"仪式，是绝大部分学者的共识。

④ 详见田仲一成《中国戏剧史》（布和译，吴真校译，北京大学出版社，2011 年）和倪彩霞《道教仪式与戏剧表演形态研究》（广东高等教育出版社，2005 年）的相关论述。

⑤ 参阅容世诚：《戏曲人类学初探：仪式、剧场与社群》，广西师范大学出版社，2003 年，第 156—157 页。

《汉武帝内传》的戏剧化手段，首先是构造一种在特定场景和时间段中所发生的以人物为情节中心的表演。

这场“戏剧”的表演舞台是承华殿，“以紫罗荐地，燔百和之香，张云锦之帐，然九光之灯，设玉门之枣、蒲桃之酒”，舞台场景美轮美奂；中心时间是七月七日夜二更至次日天明；表演人物中，主角是汉武帝、西王母、上元夫人，他们可划分为“被度者”和“度人者”两种角色。在后世的“度脱剧”中，这两类角色同样也是一种基本要素。[①] 主角以外还有一些配角，如有东方朔和王母诸侍女，他们承担了功能性角色的作用。可以说，在人物和角色方面，《汉武帝内传》符合了戏剧的全部要求。

结构上，这一场传授仪式是一出四场剧：第一场是序幕：

孝武皇帝好长生之术……至四月戊辰，帝夜闲居承华殿，东方朔、董仲舒侍，忽见一女子，着青衣，美丽非常。

帝愕然问之，女对曰：“我墉宫玉女王子登也，向为王母所使，从昆山来。”语帝曰：“闻子轻四海之尊，寻道求生，降帝王之位而屡祷山岳。勤哉，有似可教者也。从今百日清斋，不闲人事，至七月七日，王母暂来也。”

帝下席跪诺。言讫，女忽然不知所在。

帝问东方朔：“此何人？”

朔曰：“是西王母紫兰室玉女，常传使命，往来榑桑，出入灵州，交关常阳，传言玄都。阿母昔以出配北烛仙人，近又召还，使领命录，真灵官也。”

---

① 容世诚：《戏曲人类学初探：仪式、剧场与社群》，第156—157页。

帝于是登延灵之台，盛斋存道，其四方之事权委于冢宰焉。①

第二场从七月七日夜二更开始，武帝“洒修除宫掖之内，设座殿上，以紫罗荐地，燔百和之香，张云锦之帐，然九光之灯，设玉门之枣、蒲桃之酒，躬监肴物，为天官之馔”，并盛服立于殿上以候王母。王母在盛大的仪仗中，从天而降：

忽天西南如白云起，郁然直来，遥趋宫庭间。云中有箫鼓之声、人马之响。复半食顷，王母至也。悬投殿前，有似鸟集。或驾龙虎，或乘狮子，或御白虎，或骑白麐，或控白鹤，或乘科车，群仙数万，光耀庭宇。

既至，从官不复所在，唯见王母乘紫云之辇，驾九色斑龙，别有五十天仙侧近鸾舆，皆身长一丈，同执彩毛之节、金刚灵玺，带天策，咸住殿前。王母唯扶二侍女上殿，侍女年可十六七，服青绫之袿，容眸流眄，神姿清发，真美人也。王母上殿，东向坐，着黄锦袷襹，文采鲜明，光仪淑穆；带灵飞大绶，腰分头之剑，头上大华结，戴太真晨婴之冠，履玄璚凤文之舄，视之可年卅许，修短得中，天姿菴蔼，云颜绝世，真灵人也。

下车登床，帝拜跪，问寒温，毕，立如也。

因呼帝共坐。帝南面向王母。②

---

① 《道藏》第5册，第47页。
② 《道藏》第5册，第48页。

王母自陈仙膳，并赐食桃，又命侍女奏曲，然后阐明来意：有感汉武帝求仙挚诚，欲授仙法。汉武帝跪请，王母为言仙法大要。此篇仙法大要文字甚多，从戏剧的角度上看，是一段很长的独白。

第二场的转折处在王母结束授法后“啸命灵官，使驾龙严车，欲去”①，而汉武帝叩头请留，王母乃止，并派侍女转请上元夫人。侍女须臾即还，报曰：上元夫人已应允前来。王母告诉汉武帝：上元夫人乃“三天上元之官，统领十方玉女之名录者”。

第三场，两个时辰后，上元夫人降临。王母先传汉武帝《五岳真形图》，又请上元夫人传“六甲灵飞”等，上元夫人初不同意，王母与之争论并予严厉责备，终使上元夫人传予汉武帝。传授结束后，上元夫人为歌《步云之曲》。天明，上元夫人与王母同乘而去。

第二场和第三场虽然场景不变，但时间的连贯性被打破，中间有一个停顿。这一结构在形式上是引入上元夫人这一角色的需要，在本质上则是这一场传授仪式进程分为两个阶段的反映。第四场是尾声：若干年后，汉武帝终不得仙而崩；殡后不久，汉武帝棺椁中的玉箱、玉杖突然出现在世间，二物被送到汉武帝时侍臣典书郎冉登那里验证，冉登证实它们正是已故孝武皇帝殡殓之物。显然，《汉武帝内传》所“演出”的这一戏剧，不自觉地应合了“三一律”的构建。原因在于，“信以为真”不仅是作者所期望达到的效果，也是他内心原本就存在的潜意识。尽管这类事件实际上出于想象和虚构，但却是作者心目中深信不疑的真实存在。至少，作者笔下的一切，都是他所认为的能够达成的行为。作者

① 《道藏》第5册，第50页。

并不觉得他添加了什么，不过是予以文本化——写成演出的“实录”而已。

其次是通过对话和动作来表现情景或情节。

这一场传授仪式的中心表演就是王母和上元夫人的口授，全部传授内容都由两位“度人者”的指导、告诫和具体交代而传达给“被度者”汉武帝，每一段口授都是一篇内涵丰富的教谕。同时，汉武帝又在不断地恳请，并提出问题，双方的问答带动了整个传授的依次推进，由一般性的方法讲解逐渐上升到《五岳真形图》、六甲灵飞“十二事”成仙要法的授予。

因为度人者的角色有两位（西王母、上元夫人），所以在后半段有不少是三人的对话：

> 王母敕帝曰：此真元之母，尊贵之神，女当起拜。
>
> 帝〔拜〕问寒温，还坐。
>
> 夫人笑曰：五浊之人，耽湎荣利，嗜味淫色，固其常也。且彻以天子之贵，其乱目者倍于常人焉……
>
> 王母曰：所谓有心哉。
>
> 上元夫人谓帝曰：女好道乎……吾言之毕矣，子厉之哉。若不能尔，无所言矣。
>
> 帝下席跪谢曰：臣受性凶顽……唯垂哀护，愿赐元元。
>
> 夫人使帝还坐。
>
> 王母谓夫人曰：卿之戒言，言甚急切，更使未解之人畏于至意。
>
> 夫人曰：若其志道，将以身投饿虎……阿母既有念，

必当赐以尸解之方耳。

王母曰：此子勤心已久，而不遇良师……如其回改，吾方数来。

王母因抚帝背曰：女用上元夫人至言，必得长生，可不勖勉？

帝跪曰：彻书之金简，以身模之焉。①

这些对话已经完全能够达到叙事的目的，而不需要另做交代以使情节得到生动的展现。除了最后结果是以史传体的全知全能叙事方法进行表述以外，《汉武帝内传》的中心情节都是以人物对话展开的，甚至一些辅助性的情节也是如此，如“食桃”一段：

（王母）又命侍女索桃。

须臾以盘盛桃七枚，大如鸭子，形〔圆〕色青，以呈王母。

母以四枚与帝，自食三桃。桃之甘美，口有盈味。

帝食辄录核。母曰：何谓？

帝曰：欲种之耳。

母曰：此桃三千岁一生实耳。中夏地薄，种之不生，如何？

帝乃止。②

而王母与上元夫人的意见冲突，则是一种责问与答辩，双方

① 《道藏》第5册，第50—51页。
② 《道藏》第5册，第48页。

直面而语，针锋相对。仪式的参与者（汉武帝）和仪式的旁观者（读者），均成为听众。人物对话使这一场仪式真正成为一场戏剧"表演"。

戏剧中的语言不仅在于叙述情节，更重要的是表露人物的情感。就参与者而言，神圣仪式实质性建构了对神的敬畏和对神的向往两种不同的情感，"因此仪式参与者的体验特征中的二重性变得很明显：恐怖而又被吸引，否定而又肯定，禁忌的态度和维持与保护的态度并存"[①]。汉武帝正是这样一种参与者，特别呈现出既自惭形秽同时又渴求成仙的二重情感，《汉武帝内传》以汉武帝不断的自述进行表现：

> 歌毕，帝乃下地叩头，自陈曰：彻受质不才，沉沦流俗……然少好道，仰慕灵仙，……不图天颜顿集今日，下臣有幸，得瞻上圣。是臣宿命合得度世，愿垂哀怜，赐诸不悟，得以奉承切己之教。[②]

> 帝跪曰：彻小丑贱生，枯骨之余……岂图今日遭遇光会，一睹圣姿，而精神飞扬，恍惚大梦。如以涉世千年，救护死归之日。乞愿垂哀，诰赐彻元元。[③]

> 帝下席跪谢曰：臣受性凶顽，生长乱浊，面墙不启，

---

① 马利亚苏塞·达瓦马尼：《宗教现象学》，高秉江译，人民出版社，2006年，第190页。

② 《道藏》第5册，第48页。

③ 《道藏》第5册，第49页。

无由开达。然贪生畏死，奉灵敬神。今日受教，此乃天也。[①]

在这样的自陈话语中，汉武帝的内心世界业已展露无遗。显然，单纯的第三人称叙事无法达成这样的艺术功效。

王母、上元夫人和汉武帝的话语以骈偶为主，文辞精粹，风格典雅，明显是作者有意为之并深加雕琢的结果。在神仙道教中，仙法要旨均极神圣而深奥，即使书写成文也是“三元八会之书”“云篆光明之章”，非凡俗所能理解，其宗旨大义、施用节度更需要仙师的口授指点。而仙真的口授自然也是辞约义丰的高上华彩之语，喻示着方法的秘密和道体的神圣。这种“再现”式的象征行为，也只有富有文学水平的士人才能够完成。

同样的，《汉武帝内传》的行动描写非常丰富，如王母驾临“下车登床，帝拜跪，问寒温，毕，立如也”“王母言粗毕，啸命灵官，使驾龙严车，欲去。帝叩头，请留殷勤，王母乃止”，上元夫人“离席起立，手执八色玉笈凤文之蕴，仰天向帝而祝”等等，皆颇细致生动。更重要的是，《汉武帝内传》在每一处关键节点都着重强调了人物动作，如王母“因抚帝背”、上元夫人面有“惭色”、武帝“下席跪谢”“叩头流血”等，无不加强了戏剧效果，同时深化了主题。

最根本的戏剧化特征，是矛盾与冲突的展现。各种意义上的“冲突”不仅是一种达成娱乐的手段，也是一种价值的体现形式，

① 《道藏》第5册，第51页。

所以成为戏剧的最主要特性之一。[1] 前已论述，整体《汉武帝内传》的度脱仪式始终呈现出一种“冲突—妥协”的内在张力，这本身就是一种戏剧冲突要素。《汉武帝内传》作为仪式的再现，也就必然意味着冲突的再现。作者通过西王母和上元夫人两位度人者的态度对立与行为冲突，相当成功地达成了这一再现。

《汉武帝内传》中存在着两位度人者：西王母和上元夫人。上元夫人的引入是神仙道教“师授”原则的体现，即向道者仅仅得到天神的垂青固然是入道的根本基础，但还不是最终的实现条件。因为一般的向道者并不具备由天神如西王母直接度化的资质，成仙必须经过“明师”的具体提点。同时，传授必须依级进行，不同层次的求道者需由不同阶位的仙真担任导师。就汉武帝而言，西王母始终只是一位最高意义上的天神，上元夫人才是真正的“明师”。所以，当西王母粗授已毕而汉武帝又固请再传之时，西王母便要指派上元夫人具体负责。

在属于上清内史系统的今本《茅君内传》和唐杜光庭改编的女仙传记《墉城集仙录》中，上元夫人都是毫无障碍地成为茅盈和汉武帝之师。然而，《汉武帝内传》的描写却完全不同。首先是上元夫人并未立即奉命，而是借口“先被大帝君敕使诣玄洲，校

---

① 当然，“冲突”作为戏剧本质的观点，现代以来开始遭受到越来越多的批判（参阅谭霈生：《戏剧本体论》，北京大学出版社，2009 年）。不过，“戏剧性”作为对戏剧本质反思的结果，必然随着认识的发展而不断趋向于深入，因此近现代以来出现了多种不同的理论极为正常。诸如“模仿”“冲突”“激变”“情境”等不同理论之间的歧异，可能是由于不同观照角度所导致的，而并不意味着对“戏剧性”反思存在是非错误；它们都可以作为戏剧本质的一种存在，可以互补而不一定是互相矛盾。

定天元”[①]，表示“正尔暂往，如是当还。还便束带，须臾少留”[②]。其次是上元夫人降临之后，对汉武帝的批判态度非常激烈，而西王母无法同意：“卿之戒言，言甚急切，更使未解之人畏于至意。”[③] 上元夫人紧接着又进行了辩解。至此，西王母和上元夫人的意见对立已经非常明显，冲突初步呈现。当汉武帝固请以至于叩头流血时，冲突达至高潮——“王母色不平”，对上元夫人进行了相当严厉的责备：

> 若天禁漏泄，犯违明科，传必其人，授必知真者，何缘夫人向下才而说《灵飞》之篇目乎?！妄言则漏，妄说则泄，说而不传，是谓衔天道，此禁岂轻于传也?！别敕三官司直，推夫人之轻泄也。吾之《五岳真形文》，乃太上天皇所出，其文宝妙，而为天仙之信，岂复应下授之于刘彻也邪?！直以孜孜之心，数请川岳，勤修斋戒，以求神仙之应，志在度世，不遭明师，故吾等有以下眄之耳。至于教仙之术，不复限惜而弗传。夫人但有致灵[之方，能独执之乎？吾今所以授彻“真形”文者，非谓其必能得道，欲使其精诚有验，求仙之不惑，可以诱进向化之徒。又欲令悠悠者知天地间有此]真之事，足以却不信之狂夫耳。吾意在是矣。然此子性气淫暴，服精不纯，何能得成真仙，浮空参差十方乎？勤而行之，适足以不死耳。明科所云，非长生难也，闻道难；非闻道

① 《道藏》第5册，第50页。
② 《道藏》第5册，第50页。
③ 《道藏》第5册，第51页。

难也，行之难；非行之难也，终之难。良匠能与人规矩，不能使人必巧；明师能授人妙术，不能使人必为。何足其隐之也？夫人不尝忆［向］为长桑公子请吾，求八光挥疾药、玉树方乎？[①]

以上一大段“台词”谈因述果以阐发理由，连续反诘，一气呵成。而上元夫人“有惭色”，竟至跪下，委婉自陈，解释缘故，但同时也隐隐进行了反驳。最后，冲突虽然在上元夫人的让步和王母的谅解中结束，但王母略带反讽的答话“先失，自可恕乎”，表明这种冲突只是得到某种妥协，并未得到彻底的解决。所以汉武帝最后的结局，仍然是一个“悬念”。

“冲突”的最高境界就是“悲剧”，但《汉武帝内传》所带有的必然妥协性使其无法达至这种高度。不过，后世文学通过重塑而展现的“刘郎已恨蓬山远，更隔蓬山一万重”的悲剧效应，却是由《汉武帝内传》再现的“意志冲突”所奠定的。

《汉武帝内传》中的歌舞描写也值得重视。宗教仪式必然伴随着歌舞表演，尤其是萨满仪式，“偃蹇以象神”之外，尤多“婆娑以乐神”的歌舞，本身都属于戏剧的萌芽因素。[②] 不过，南方神仙道教一方面深受萨满巫道的影响，另一方面则有意识地摒弃了那种在他们看来属于“淫祀”的迷狂沉醉的原始信仰因素，从而逐渐发展出既带有强烈的仪式表演色彩，又富于典雅化、义理化内容的“仙乐灵章”和人神感会之诗。此一内容尽管受到佛教方面

① 《道藏》第5册，第52—53页。

② 王国维：《宋元戏曲史》，叶长海导读，上海古籍出版社，1998年，第3页。

的强烈影响，但总体上仍然是南方神仙道教在继承基础上的新创造。[1]《汉武帝内传》中的歌乐，在传达宗教体验方面尚不及《真诰》中所记录的仙乐歌诗那样深刻，但在渲染戏剧化场景，赋予它所再现的仪式以高尚华美的基调方面，效果应该是基本类同的。

第二节　从“山海、神异、博物”到《十洲记》

长生之说及神仙道教均极重视“遐方异物”，其因有三：一是神话和宗教不外以追求“乐园”“彼岸”为旨归，而自古以来的原生宗教观念都将此类“乐园”“彼岸”建立在天上云间或高山、大海深处，或是缥缈而不可知的远方。二是巫术思维所决定的服食之物必为凝聚时间、浓缩自然精华的奇异之物，而奇异之物必产自凡人所不能及的天上乐园或仙山海岛，与“遐方”成为逻辑上的整体。三是神仙是一种超越经验的存在，凡世既不可常见，则必生活在另一个自然世界的“乐园”之中。因此，对“遐方异物”的构建就意味着对神仙解脱的向往。叙述“遐方异物”的最早成文作品是《山海经》，虽不一定受长生之说的影响，但其书在方仙道及神仙道教盛行的汉末至六朝引起普遍的模仿和新撰热潮，则无疑是事实。

受《山海经》及神仙道教影响而创撰的“山海、神异、博物”类小说，现存较早者有《括地图》《神异经》《十洲记》，前者唯存三十余条，后二者今存，托名于东方朔。鲁迅《中国小说史略》曰：“现存之所谓汉人小说，盖无一真出于汉人，晋以来，文人方

---

① 李丰楙：《仙诗、仙歌与颂赞灵章——“道藏中的六朝诗歌史料及研究”绪论》，载东海大学中文系：《第三届魏晋南北朝文学国际学术研讨会论文集》，文史哲出版社，1998 年。

士，皆有伪作，至宋明尚不绝。文人好逞狡狯，或欲夸示异书，方士则意在自神其教，故往往托古籍以衒人；晋以后人之托汉，亦犹汉人之依托黄帝伊尹矣。此群书中，有称东方朔班固撰各二，郭宪刘歆撰各一，大抵言荒外之事则云东方朔，关涉汉事则云刘歆班固，而大旨不离乎言神仙。"[①] 概括甚是。《括地图》时代难以详考，《神异经》《十洲记》则有众说，一般皆认为乃晋以后人托作，但其内容则颇有更早渊源。今存另有张华《博物志》，成书在晋代，是当时汇存旧说的集大成者，所谓"捃采天下遗逸，自书契之始，考验神怪，及世间闾里之说"[②]（《四库全书总目》"博物志"提要），惜今本并非完帙，阙佚甚多。[③] 此外尚有题郭璞《玄中记》亦属此类，鲁迅《中国小说史略》谓："六朝人虚造神仙家言，每好称郭氏，殆以影射郭璞，故有《郭氏玄中记》，有《郭氏洞冥记》。"[④] 其书早佚，鲁迅《古小说钩沉》有辑本。

此类撰作总体上都属于"博物洽闻""考验神怪及世间闾里之说"，像《神异经》《博物志》等则属于文人之作。《十洲记》明显特殊，作者虽不可考，但在很大可能上身处于神仙道教内部，其内容则是六朝时期吸收两汉以来多种观念，综合"山海、神异、博物"之说而进行的一种宗教神圣空间构造。

一、《十洲记》的宗教性及其影响

《十洲记》，或作《十洲三岛记》、《海内十洲记》，《隋书·经籍志》最早著录为一卷，此后历代目录均同。《云笈七签》录有全

---

① 鲁迅：《中国小说史略》，人民文学出版社，1958 年，第 18 页。
② 永瑢等：《四库全书总目》，中华书局影印本，1965 年，第 1213 页。
③ 参阅李剑国：《唐前志怪小说史》，第 256—260 页。
④ 鲁迅：《中国小说史略》，第 24 页。

文，明清多有刻本，明《道藏》亦有收入。《十洲记》何时始入道藏无从可考，但《云笈七签》既录，且宋王洙有曰“道书中有《十洲记》”（见《九家集注杜诗》卷二十五），则最晚北宋时已在道藏之中。

《十洲记》以汉武帝为引子，内容为东方朔所述“八方巨海”中“十洲”（祖洲、瀛洲、玄洲、炎洲、长洲、元洲、流洲、生洲、凤麟洲、聚窟洲）之所在、所有之物及相关风貌。“十洲”之外，又有沧海岛、方丈洲、扶桑、蓬丘（蓬莱山）、昆仑、钟山。《云笈七签》收录于“十洲三岛”下，乃是据其所处时代的道教神圣空间观念，而非谓《十洲记》除“十洲”外仅有“三岛”。[①] 因为《汉武帝内传》提及《五岳真形图》，《汉武帝外传》开头一段与《十洲记》全同且又有“神仙十洲真形”云云，今人多认为《十洲记》与《汉武帝内传》相关[②]，甚至是《汉武帝内、外传》的一部分。[③] 前一观点颇为有据，但也存在一定问题：《十洲记》虽与上清系关系密切，可并不一定就是上清中人的创制；后一观点则似有错误，因为所谓《汉武帝外传》乃是明编《道藏》者据南朝末以后人附于《汉武帝内传》的一些内容分帙而成[④]，其开头一段毫无疑问应袭自《十洲记》，“十洲真形”也是据《十洲记》申发而来。

根据当代学者李丰楙的研究，《十洲记》综合了早期神话、两

---

① 详见王国良：《海内十洲记研究》，文史哲出版社，1993 年，第10 页。

② 李丰楙：《六朝隋唐仙道类小说研究》第三章“十洲记研究”，台湾学生书局，1986 年。

③ Kristofer Schipper 所撰《十洲记》提要，*The Taoist Canon: A Historical Companion to the Daozang*, Edited by Kristofer Schipper and Franciscus Verellen. University of Chicago Press, 2004 (2005), p. 115.

④ 参阅本章第一节的相关论述。

汉纬书、魏晋宇宙观、地理博物知识及新神仙道教的观念，包括圣山神话、圆轮模式传统、灵宝经禹图世界范式及上清系玄观真形说等，又吸收、借鉴、取材于当时如《神异经》《博物志》《抱朴子》等典籍所述，可能在一种早已存在的条例十洲三岛等洲岛名山的原本上加以损益，在东晋末期创制了一套整饬有序的体系。[①]《十洲记》固然存在着极其丰富的观念和材料来源，但它的新创性亦不可忽视，最重要的是《十洲记》既不像纬书那样仅着重于神圣空间，也不似《神异经》《博物志》那样单纯记录“遐方异物”或神仙事迹，而是将前有“十洲三岛”之神圣世界与具体的神仙道教联系起来：

洲岛	神仙内容
祖洲	上有不死之草，草形如菰，苗长三四尺。人已死三日者，以草覆之，皆当时活也。服之令人长生
瀛洲	上生神芝仙草，又有玉石，高且千丈，出泉如酒味甘，名之为玉醴泉，饮之数升辄醉，令人长生。洲上多仙家，风俗似吴人，山川如中国也
玄洲	上有太玄都仙伯真公……对天西北门，上多太玄仙官，仙官宫室各异，饶金芝玉草。又是三天君下治之处，甚肃肃也
炎洲	亦多仙家
长洲	有紫府宫，天真仙女游于此地
元洲	上有五芝玄涧，涧水如蜜浆，饮之长生，与天地相毕。服此五芝，亦得长生不死。亦多仙家
流洲	亦多仙家
生洲	上有仙家数万

① 李丰楙：《六朝隋唐仙道类小说研究》第三章“十洲记研究”。

续表

洲岛	神仙内容
凤麟洲	亦多仙家
聚窟洲	上多真仙灵官，宫第比门不可胜数
沧海岛	岛中有紫石宫室，九老仙都所治，仙官数万人居焉
方丈洲	……三天司命所治之处，群仙不欲升天者，皆往此洲受太玄生箓。仙家数十万，耕田种芝草，课计顷亩，如种稻状
扶桑	真仙灵官变化万端，盖无常形，亦有能分形为百身十丈者也
蓬丘	上有九老丈人九天真王宫，盖太上真人所居，唯飞仙有能到其处耳
昆仑	西王母之所治也。真官仙灵之所宗，上通璇玑，元气流布。五常玉衡，理九天而调阴阳，品物群生，希奇特出，皆在于此。天人济济，不可具记。此乃天地之根纽，万度之纲柄矣
钟山	上有金台玉阙，亦元气之所舍，天帝君治处也①

通过这样的联系，《十洲记》虽然并不具备宗教正典的严谨性和系统性，仍然使神仙道教的一种“天堂—乐园”系统——“洲岛”——明确化和形象化，并通过改编为正式道经（《洞真外国放品经》，见《无上秘要》所引。今《道藏》存有《上清外国放品青童内文》）的方式进入正典。洲岛系统和主要是灵宝经基于佛教理论构建的梵天（玄天）系统、上清系基于神话母题而构建的洞天系统在本质上虽无重大的区别，但在原型来源和具体意义上仍然有着相当的不同。简单来说，灵宝经梵天（玄天）系统近似于宗教宇宙论，上清系洞天系统主要反映出“孕育”“再生”“空间

① 《道藏》第11册，第51—54页。

相对”和“度灾之府”等多种神话及宗教观念，而洲岛系统则主要呈现出原始神仙说中的“天堂—乐园”神圣空间观念，并与魏晋以来地理、博物知识的发展存在着密切的关系。

二、《十洲记》的文学性

《十洲记》篇幅不长，尽管文体不一，但叙述“十洲三岛”之神圣空间地理，秩序井然，文字清晰晓畅，而述其仙人灵物之风貌，又极尽铺陈描画，遂使仙山海岛，如在目前。试举数例：

> 祖洲，近在东海之中，地方五百里，去西岸七万里。上有不死之草，草形如菰，苗长三四尺。人已死三日者，以草覆之，皆当时活也。服之令人长生。昔秦始皇大苑中多枉，死者横道，有鸟如乌状，衔此草覆死人面，当时起坐而自活也。有司闻奏，始皇遣使者赍草以问北郭鬼谷先生，鬼谷先生云：“此草是东海祖洲上有不死之草，生琼田中，或名为养神芝，其叶似菰，苗丛生、一株可活一人。”始皇于是慨然言曰：“可采得否？”乃使使者徐福，发童男童女五百人，率摄楼船等入海寻祖洲，遂不返。福，道士也，字君房，后亦得道也。①

> 炎洲，在南海中，地方两千里，去北岸九万里。上有风生兽，似豹，青色，大如狸。张网取之，积薪数车以烧之，薪尽而兽不然，灰中而立，毛亦不燋，斫刺不入，打之如皮囊，以铁锤锻其头，数十下乃死，而张口

① 《道藏》第11册，第51页。

向风，须臾复活，以石上菖蒲塞其鼻，即死。取其脑，和菊花服之，尽十斤，得寿五百年。又有火林山，山中有火光。兽大如鼠，毛长三四寸，或赤或白。山可三百里许，晦夜即见。此山林乃是此兽光照，状如火光相似。取其兽毛以缉为布，时人号为火浣布，此是也。国人衣服垢污，以灰汁浣之，终无洁净，唯火烧此衣服，两盘饭间振摆，其垢自落，洁白如雪。亦多仙家。①

生洲，在东海丑寅之间，接蓬莱十七万里，地方二千五百里，去西岸二十三万里，上有仙家数万。天气安和，芝草常生，地无寒暑，安养万物。亦多山川、仙草、众芝。一洲之水，味如饴酪，至良洲者也。②

扶桑，在东海之东岸，岸直，陆行登岸一万里，东复有碧海，海广狭浩汗，与东海等。水既不咸苦，正作碧色，甘香味美。扶桑在碧海之中，地方万里。上有太帝宫，太真东王父所治处。地多林木，叶皆如桑。又有椹树，长者数千丈，大二千余围，树两两同根偶生，更相依倚，是以名为扶桑。仙人食其椹而一体皆作金光色，飞翔空玄。其树虽大，其叶、椹故如中夏之桑也。但椹稀而色赤，九千岁一生实耳。味绝甘香美。地生紫金丸玉，如中夏之瓦石状。真仙灵官，变化万端，盖无常形，

① 《道藏》第11册，第51页。
② 《道藏》第11册，第52页。

亦有能分形为百身十丈者也。[1]

《十洲记》不仅是对“十洲三岛”的结构式描述，为进一步证明神仙奇物特别是神圣世界的存在，增添了不少小说式虚夸。其中有几条以汉武帝为中心的故事，来源上与当时传述、杂记大抵相同，但《十洲记》明显进行了再创作，以述“聚窟洲”之“震檀却死香”及西域“大苑猛兽”事最堪为例。

在《博物志》中，“震檀却死香”和“大苑猛兽”分为二事记录，且文字简短：

汉武帝时，弱水西国有人乘毛车以渡弱水来献香者，帝谓是常香，非中国之所乏，不礼其使。留久之，帝幸上林苑，西使于乘舆闻，并奏其香。帝取之看，大如燕卵，三枚，与枣相似。帝不悦，以付外库。后长安中大疫，宫中皆疫病。帝不举乐，西使乞见，请烧所贡香一枚，以辟疫气。帝不得已听之，宫中病者登日并差。长安中百里咸闻香气，芳积九月余日，香犹不歇。帝乃厚礼发遣饯送。

汉武帝时，大苑之北胡人有献一物，大如狗，然声能惊人，鸡犬闻之皆走，名曰猛兽。帝见之，怪其细小。及出苑中，欲使虎狼食之。虎见此兽即低头著地，帝为反观，见虎如此，欲谓下头作势，起搏杀之。而此兽见虎甚喜，舐唇摇尾，径往虎头上立，因搦虎面，虎乃闭目低头，匍匐不敢动，搦鼻下去，下去之后，虎尾下头

---

① 《道藏》第11册，第53—54页。

去，此兽顾之，虎辄闭目。[①]

《十洲记》则将两个不同类型的故事糅合在一起：

聚窟洲，在西海中申未地，地方三千里，北接昆仑二十六万里，去东岸二十四万里。上多真仙灵官，宫第比门不可胜数。及有狮子、辟邪、凿齿、天鹿，长牙、铜头、铁额之兽。洲上有大山，形似人鸟之象，因名之为人鸟山。山多大树，与枫木相类，而花叶香闻数百里，名为反魂树。扣其树，亦能自作声，声如群牛吼，闻之者皆心震神骇。伐其木根心于玉釜中煮，取汁，更微火煎如黑饧状，令可丸之，名曰惊精香，或名之为震灵丸，或名之为返生香，或名之为震檀香，或名之为人鸟精，或名之为却死香。一种六名，斯灵物也。香气闻数百里，死者在地，闻香气乃却活，不复亡也。以香熏死人，更加神验。延和三年，武帝幸安定。西胡月支国王遣使献香四两，大如雀卵，黑如桑椹。帝以香非中国所有，以付外库。又献猛兽一头，形如五六十日犬子，大似狸而色黄。命国使将入呈帝见之，使者抱之似犬，羸细秃悴，尤怪其贡之非也。问使者："此小物可弄，何谓猛兽？"使者对曰："夫威加于百禽者，不必系之以大小，是以神麟故为巨象之王，鸾凤必为大鹏之宗。百足之虫制于螣蛇，亦不在于巨细也。臣国去此三十万里，国有常占，

① 张华：《博物志校证》，范宁校证，中华书局，1980年，第25—26、35页。

东风入律，百旬不休，青云干吕，连月不散者，当知中国时有好道之君。我王固将贱百家而贵道儒，薄金玉而厚灵物也。故搜奇蕴而贡神香，步天林而请猛兽，乘毳车而济弱渊，策骥足以度飞沙，契阔途遥，辛苦蹊路，于今已十三年矣。神香起夭残之死疾，猛兽却百邪之魅鬼，夫此二物，实济众生之至要，助政化之升平，岂图陛下反不知真乎？是臣国占风之谬矣。今日仰鉴天姿，亦乃非有道之君也。眼多视则贪色，口多言则犯难，身多动则淫贼，心多饰则奢侈，未有用此四者而成天下之治也。”武帝恧然不平，又问使者：“猛兽何方而伏百禽，食啾何物？膂力何比？其所生何乡耶？”使者曰：“猛兽所出，或生昆仑，或生玄圃，或生聚窟，或生天路。其寿不穷，食气饮露，解人言语，仁慧忠恕。当其仁也，爱护蠢动，不犯虎豹；当其威也，一声叫发，千人伏息，牛马百物，惊断絙系，武士奄忽，失其势力；当其神也，立兴风云，吐嗽雨露，百邪迸走，蛟龙腾骛。处于太上之厩，役御狮子，名曰猛兽。盖神化无常，能为大禽之宗主，乃玃天之元王，辟邪之长帅者也。灵香虽少，斯更生之神丸也。疫病灾死者，将能起之，及闻气者即活也，芳又特甚，故难歇也。”于是帝使使者，令猛兽发声试听之。使者乃指兽，命唤一声，兽舐唇良久，忽叫，如天大雷霹雳。又两目如礔磾之交光，光朗冲天，良久乃上。帝登时颠蹶掩耳，震动不能自止。侍者及武士虎贲，皆失杖伏地。诸内外牛马豕犬之属，皆绝绊离系，惊骇放荡，久许咸定。帝忌之，因以此兽付上林苑，令虎食之。于是，虎闻兽来，乃相聚屈积如死虎伏。兽入苑，径上虎头，搦虎口，去十步已来顾视虎，虎辄闭目。帝恨使者言不逊，欲收之，明日，失使者及猛兽所在。遣四出寻讨，不知所止。到后元元年，长安城内病者数百，亡者太半，帝试取月支神香烧之于城内，其死未三日者皆活，芳气经三月不歇，于是信知其神物也，乃更秘录余香。后一旦又失之，检函封印如故，无复香也，帝愈懊恨，恨不礼待于使者，益贵方朔之遗语，自愧求李君之不勤，惭卫叔卿于阶庭矣。明年，帝崩于五柞宫。月支国香必人乌山震檀却死香也，向使厚待使者，帝崩之时，何缘不得灵香之用耶？自合命殒矣。[①]

《十洲记》把两个故事结合在一起的手段是将原本两个不同的贡奉者（“弱水西国”和“大宛之北胡人”）都归于“西胡月支国”，使“奇香”和“猛兽”成为同一次贡奉之物，从而实现并叙的目的。最后通过指出月支国所贡之香“必人乌山震檀却死香也”，又将两个故事和“聚窟洲”联系在了一起，既以证实神洲之实有，又借此批判了汉武帝之求仙不诚、“自合命殒”，与葛洪以来神仙道教的批判态度一脉相承，并有借鉴《汉武帝内传》之处。至于其情节之设置、对话之铺叙、细节描写之细腻生动，无不远超《博物志》之简单记闻，且达到了一个极高的水平。

“恍惚支离，不可究诘”的特色使《十洲记》成为典故渊薮。在此方面的重要意义，《四库全书总目》提要总结甚谛：“李善注张衡《南都赋》、宋玉《风赋》、鲍照《舞鹤赋》、张衡《思元

① 《道藏》第11册，第52—53页。

赋》、曹植《洛神赋》、郭璞《游仙诗》第一首、第七首、江淹《拟郭璞游仙诗》、夏侯元《东方朔画赞》、陆倕《新刻漏铭》，并引其文为证，足见其词条丰蔚，有助文章。陆德明《经典释文》亦于《庄子》'北冥'条下引此书曰：'水黑色谓之冥海，无风，洪波百丈。'则通儒训诂，且据其文矣。唐人词赋，引用尤多，固录异者所不能废也。"[1]

---

① 永瑢等：《四库全书总目》，第 1206 页。

第五章 羽衣飞龙、灵章仙乐与人神感会：神圣诗歌的发展及其文学意蕴

作为最精粹的文学形式，诗与宗教的关系在极大程度上代表了文学与宗教的关系。

诗与宗教关系的首要内涵是诗源起于宗教，或者说宗教与诗是初起文明的孪生姐妹。古希腊的诗歌、舞蹈、音乐三种艺术都起源于酒神祭典①，中国最早的诗歌总集《诗经》所编录的很多诗作也都是庙堂祭祖或节庆祀神之歌。祭坛也就是诗坛，“情动于中而形于言。言之不足，故嗟叹之。嗟叹之不足，故永歌之。永歌之不足，不知手之舞之，足之蹈之也”（《诗大序》）②。只有在对神灵的顶礼膜拜和虔诚祈祷中，才会有舞、乐、诗这样精粹的艺术，以表达人们最挚诚的信仰和一步达到目的的渴望。

诗与宗教关系的第二个内涵是诗自始至终与宗教发生着互动。诗虽然产生于宗教，但诗作为文学最重要的组成部分却可以获得独立，成为人对自身及所处社会的反映、思考和内心抗争。特别是中国自西周起“礼乐”昌兴，人本主义逐渐战胜神本主义，原始巫术宗教的氛围渐次消退，诗就从对神的礼赞而转向对人生、社会的咏唱，《诗经》中的一些反映现实的作品即为代表。诗的完

---

① 朱光潜：《诗论》，三联书店，1984 年，第 8 页。

② 《毛诗正义》，郑玄笺，孔颖达疏，阮元校刻《十三经注疏》，中华书局，1980 年，第 270 页。

全独立正是汉末魏晋“文学自觉”的显著表现之一，从《古诗十九首》到建安七子的作品，标志着个体文学创作和自觉诗歌创作的开始。经过西晋再到东晋陶渊明，以及晋宋之际的谢灵运、鲍照，则宣告了中国古代个体诗歌创作基本范式的形成。

文化因素之间彼此互动是文化作为一种整体性事物的必然存在。因为在反映人生终极问题上的高度一致性，诗与宗教特别是文明社会经济大发展时期的创生宗教无时无刻不发生着彼此渗透、影响、交融的互动作用，佛教如此，神仙道教亦不例外。这种互动存在两个方面的内容：一是外在的、形式上的，比如宗教借用诗体作为传述表达的工具，诗借用宗教的题材、故事和母题等表达情感；二是深层的、思想上的，比如诗歌的精神受到宗教的启发和催化、宗教在诗歌的隐喻和象征中不断丰富其终极意义等。诗与神仙道教在内外两个方面综合互动最主要的表现，就诗而言，是从楚辞《远游》到郭璞《游仙》，通过神仙题材表现人生短促的哀叹，假借上下求索抒发一己的终极追求，一步一步地创辟了一种新的文学境界 。就神仙道教而言，则是充分利用不断成熟的诗体和文学修辞，并借用外来佛教的文学元素，创造出宗教内部的“神圣诗歌”。

诗与宗教关系的第三个内涵是诗始终是宗教最重要的仪式性表征。当然，宗教中的诗并非单纯的仪式行动，它有着丰富的信仰内容，但这种信仰内容一是要依赖于诗的形式和表演性效果，二是其反映义理的程度并不甚高，远远逊于叙事性文本、韵文文本和口说宣讲。宗教中的诗主要传达的是一种加强信仰的“情绪”“场景”，它是祭祀中祈祷、礼赞的一个组成部分。诗是宗教的一种“仪式性表征”，正是基于此而言的。所以，宗教中的诗必然也就和世俗世界的诗歌划分成彼此互动，但旨归不同的两大部分。宗教内部的诗歌可以称为“神圣诗歌”。“神圣诗歌”因为对神的信仰而消解了人之为人的独特个性与精神，并未超越宗教范畴而进入传统文学的领域 。尽管如此，我们也不可否认它仍然具有诗歌的形式，同时与“韵文经诰”明显不同的是，它承载着诚挚的宗教精神和神圣的情感，而不仅仅是机械的训示和赞美。因此，神圣诗歌属于宗教内部的文学。

第一节　羽衣飞龙：民间祭神歌曲

民间文艺从来不乏咏唱“神仙”之作，一是因为古老的神话通过口述代代相传，始终是民间歌谣或传统歌谣所表现的内容；二是因为长生不老、羽化登仙者必然也是具有神力之辈，从而渐渐成为庶民崇祀对象的重要的一部分，而娱神并兼娱人的歌舞作为献祭仪式的最核心的要素，表演于祭坛，传播于人口。

一、神仙歌谣

神仙道教仙传中记录了一些口头流传，以某些神仙人物为中心、讲述其成道故事的歌谣片段，如《太元真人东岳上卿司命真君传》：

始皇三十一年九月庚子，盈高祖父濛，于华山之中，乘云驾龙，白日升天。先是时其邑谣曰：“神仙得者茅初成，驾龙上升入太清，时下玄洲戏赤城。继世而往在我盈，帝若学之腊嘉平。”始皇闻谣歌而问其故，父老具对曰：“此仙人之谣，劝帝求长生之事。”于是始皇忻然，

乃有寻仙之志，因改腊曰嘉平。（《云笈七签》卷一百四）①

此中之歌并见《洞仙传》“茅蒙”条，《诸真歌颂》及《云笈七签》卷九十六“赞颂”称之为“巴谣歌”（“秦始皇三十一年九月庚子，茅盈高祖蒙于华山之中，乘云驾鹤，白日升天。先是，时有《巴谣歌》”）。虽然《太元真人东岳上卿司命真君传》所载时间并不一定可靠，而且明显已有修饰的痕迹，但此歌原先属于西南一带的民间歌谣仍是没有疑问的。《太元真人东岳上卿司命真君传》另载有关于三茅兄弟的“父老之歌”：

茅山连金陵，江湖据下流。三神乘白鹄，各治一山头。召雨灌旱稻，陆田苗亦柔。妻子咸保室，使我无百忧。白鹄翔青天，何时复来游？②

虽然同样经过整饰而成为规整的五言，口语的色彩仍然非常明显。

《搜神后记》载“丁令威歌”（又见《洞仙传》“丁令威”条、《艺文类聚》引《搜神记》、《云笈七签》）：

丁令威，本辽东人，学道于灵虚山。后化鹤归辽，集城门华表柱。时有少年，举弓欲射之。鹤乃飞，徘徊空中而言曰：“有鸟有鸟丁令威，去家千年今始归。城郭

① 张君房：《云笈七签》，第2255—2256页。
② 张君房：《云笈七签》，第2262页。

如故人民非，何不学仙冢垒垒。”遂高冲上天。今辽东诸丁云其先世有升仙者，但不知名字耳。[①]

《云笈七签》卷九十七载有一“女仙张丽英石鼓歌”，其序并歌曰：

《金精山记》云：汉时张芒女名丽英，面有奇光，不照镜，但对白纨扇如鉴焉。长沙王吴芮闻其异质，领兵自来娉。女时年十五，闻芮来，乃登此山仰卧，披发覆于石鼓之下，人谓之死。芒妻及芮使人往视，忽见紫云郁起，遂失女所在，得所留歌一首在石鼓之上。歌曰：

石鼓石鼓，悲哉下土。自我来观，民生实苦。哀哉世事！悠悠我意。我意不可辱兮！王威不可夺余志。有鸾有凤，自歌自舞，凌云历汉，远绝尘罗。世人之子，其如我何？暂来期会，运往即乖。父兮母兮！无伤我怀。

（至今石鼓一处黑色直下，状女垂发，时人号为张女发。）[②]

此歌时代不详，而且整饬程度非常之高。不过从内容上看，可能是最能反映出庶民思想特色的作品。它已经不是单纯的歌咏女仙之作，而是借神仙之口抒发出凡庶之众对现实的无穷愤懑和

① 题陶潜：《搜神后记》，汪绍楹校注，中华书局，1981 年，第 1 页。案：《搜神后记》本“何不学仙冢垒垒”，意思与前文矛盾。《云笈七签》引《洞仙传》“何不学仙离冢累”亦不甚当。《太平御览》卷九十引《续搜神记》作“何不学仙去，空伴冢垒垒”，义较长。

② 张君房：《云笈七签》，第 2108 页。

对彻底解脱的深沉希冀。

民谣口耳相传于文盲或半文盲的民众之中，其典型的特征是简洁、琅琅上口并且带有较强的戏剧性。即使在很短的篇幅中，往往也富有对话和动作描写。上述几首民谣尽管已经是断篇零章且经过文字、体式的整理，但还是能明显地看出这一特点。

二、祭神乐歌

民间祭神乐舞，自汉时起至南朝往往被乐府采入并得以保存。汉代乐府民歌即多有描写神仙和仙界的作品，如《王子乔》《善哉行》《董逃行》等。魏晋六朝乐府民歌亦多有此类作品，目前保存下来的主要是《神弦歌》和《上云乐》。

《神弦歌》，《乐府诗集》收入“清商曲辞”：“《古今乐录》曰：‘《神弦歌》十一曲：一曰《宿阿曲》，二曰《道君曲》，三曰《圣郎曲》，四曰《娇女诗》，五曰《白石郎曲》，六曰《青溪小姑曲》，七曰《湖就姑曲》，八曰《姑恩曲》，九曰《采菱童》，十曰《明下童》，十一曰《同生曲》。’”其文如下：

《宿阿曲》：

苏林开天门，赵尊闭地户。神灵亦道同，真官今来下。

《道君曲》：

中庭有树，自语梧桐，推枝布叶。

《圣郎曲》：

左亦不佯佯，右亦不翼翼。仙人在郎旁，玉女在郎侧。酒无沙糖味，为他通颜色。

《娇女诗》：

北游临河海，遥望中菰菱。芙蓉发盛华，渌水清且澄。弦歌奏声节，仿佛有余音。

蹀躞越桥上，河水东西流。上有神仙居，下有西流鱼。行不独自去，三三两两俱。

《白石郎曲》：

白石郎，临江居。前导江伯后从鱼。积石如玉，列松如翠。郎艳独绝，世无其二。

《青溪小姑曲》：

开门白水，侧近桥梁。小姑所居，独处无郎。

《湖就姑曲》：

赤山湖就头，孟阳二三月，绿蔽贲荇薮。湖就赤山矶，大姑大湖东，仲姑居湖西。

《姑恩曲》：

明姑遵八风，蕃谒云日中，前导陆离兽，后从朱鸟麟凤凰。

苕苕山头柏，冬夏叶不衰。独当被天恩，枝叶华葳蕤。

《采莲童》：

泛舟采菱叶，过摘芙蓉花。扣楫命童侣，齐声采莲歌。

东湖扶菰童，西湖采菱芰。不持歌作乐，为持解愁思。

《明下童》：

走马上前阪，石子弹马蹄。不惜弹马蹄，但惜马上儿。

陈孔骄赭白，路郎乘班骓。徘徊射堂头，望门不欲归。

《同生曲》：

人生不满百，长抱千岁忧。早知人命促，秉烛夜行游。

岁月如流迈，行已及素秋。蟋蟀鸣空堂，感怅令人忧。[1]

《神弦歌》约产生于东晋至南朝齐之间的建业（今南京地区），乃为吴声歌曲中的民间祀神之歌，祭祀之神有苏林、赵尊、道君、圣郎、白石郎、娇女、青溪小姑、湖就姑、采莲童等。[2] 其中有不少是河湖溪流的守护水神，反映出江南吴地的地域文化特点。[3]《神弦歌》歌舞合一，性质与《九歌》类似，具有萨满巫道祭仪娱神娱人的性质，其中《宿阿曲》《同生曲》可能分别是迎神、送神之曲。[4]《宿阿曲》述“天门、地户”、《道君曲》述“有树自语、推枝布叶”，或即萨满神灵附体后之幻觉描述[5]，都是南方神仙道教的直接来源元素。

《神弦歌》的形式特点是“句式比较参差，具有三言、四言、五言、六言各种句式，每首也不必四句，不像吴声歌曲那样每首大抵为五言四句”[6]。萧涤非指出《神弦歌》的内容与艺术特色曰：“第一，民间所祀之神，无关天地山川之大，只是一些‘杂鬼’。第二，南方风俗，夙尚淫祀，每用巫觋作乐歌舞以娱神。第三，朝廷视郊祀为最严重之典礼，而一般民众对之，则无异于一种娱乐之集会。基此三点，故民间祀神乐章中夹杂不少情趣之描写，

---

① 郭茂倩：《乐府诗集》，中华书局标点本，第683—686页。

② 参阅王运熙：《神弦歌考》，载王运熙：《乐府诗述论》（增补本），上海古籍出版社，2006年。后引是书，均出此本，不复注之。

③ 李丰楙：《六朝乐府与仙道传说》，载李丰楙：《忧与游：六朝隋唐仙道文学》，中华书局，2010年，第144页。后引是书，均出此本，不复注之。

④ 王运熙：《神弦歌考》，载王运熙：《乐府诗述论》（增补本），第181页。

⑤ 李丰楙：《六朝乐府与仙道传说》，载李丰楙：《忧与游：六朝隋唐仙道文学》，第153页。

⑥ 王运熙：《神弦歌考》，载王运熙：《乐府诗述论》（增补本），第169页。

与贵族所用之郊祀歌异其面目。”① 总结甚为恰当。

《上云乐》一般认为是梁武帝或其乐工据旧曲而改制、填词的新作，《乐府诗集》引《古今乐录》曰：“梁天监十一年冬，武帝改西曲，制《江南上云乐》十四曲”“《上云乐》七曲，梁武帝制，以代西曲。一曰《凤台曲》，二曰《桐柏曲》，三曰《方丈曲》，四曰《方诸曲》，五曰《玉龟曲》，六曰《金丹曲》，七曰《金陵曲》。”② 其文如下：

《凤台曲》：

凤台上，两悠悠。云之际，神光朝天极，华盖遏延州。羽衣昱耀，春吹去复留。

《桐柏曲》：

桐柏真，升帝宾。戏伊谷，游洛滨。参差列凤管，容与起梁尘。望不可至，徘徊谢时人。

《方丈曲》：

方丈上，崚层云。挹八玉，御三云。金书发幽会，碧简吐玄门。至道虚凝，冥然共所遵。

《方诸曲》：

方诸上，上云人。业守仁，拟金集瑶池，步光礼玉晨。霞盖容长肃，清虚伍列真。

《玉龟曲》：

玉龟山，真长仙。九光耀，五云生。交带要分影，

---

① 萧涤非：《汉魏六朝乐府文学史》，人民文学出版社，1998 年，第 224—225 页。

② 郭茂倩：《乐府诗集》，第 726、744 页。

大华冠晨缨。耇（寿）如玄罗，出入游太清。

《金丹曲》：

紫霜耀，绛雪飞。追以还，转复飞。九真道方微，千年不传，一传裔云衣。

《金陵曲》：

勾曲仙，长乐游洞天。巡会迹，六门揖，玉板登金门。凤泉回肆，鹭羽降寻云。鹭羽一流，芳芬郁氛氲。[①]

《上云乐》原乐的性质、面貌不能完全考定，《乐府诗集》解题又曰："按《上云乐》又有老胡文康辞，周舍作，或云范云。《隋书·乐志》曰：'梁三朝第四十四：设寺子导安息孔雀凤皇文鹿胡舞登连上云乐歌舞伎'。"[②] 当代有学者认为《上云乐》与外国音乐、宗教存在密切的关系[③]；任半塘则指出《上云乐》是六世纪形成的一出歌舞戏，以西王母、穆天子为主角搬演瑶池会和金丹会等情节。这组乐曲由萧衍命乐工编成，"除乐曲与唱辞外，对此戏的其他方面，料也曾就西曲之基础，加以整理，然后才正式列入元旦庆典所演奏之伎艺节目，作为三十四'设'之一（凡有行动表演之节目，方称'设'）。三十四设外，另加奏乐十五次，全部共四十九个单位，《上云乐》列在第四十四（见《隋书》一三）。其中情形特殊的，是于演戏之前，配上一幕带'象形杂技'

---

① 郭茂倩：《乐府诗集》，第744—746页。

② 郭茂倩：《乐府诗集》，第744页。案《隋书音乐志》"设寺子导安息孔雀凤皇文鹿胡舞登连上云乐歌舞伎"一句意义为何，当代研究者有不同看法，参阅许云和《梁三朝乐"上云乐歌舞伎"研究》（载许云和：《汉魏六朝文学考论》，上海古籍出版社，2006年）的综述。

③ 王运熙：《清乐考略》，载王运熙：《乐府诗述论》（增补本），第217页。

之胡舞，扮了一个半人半仙之主角，曰‘老胡文康’；胡舞过后，才演中国式歌舞戏，而胡舞内那位主角，又过渡入正戏，作为众仙之一，去赴瑶池等会”①。任氏指出《上云乐》为歌舞戏的观点非常值得重视，但其认为以西王母、穆天子为主角则存在问题。很明显，《上云乐》七曲的标目、内容均可证其乐与上清道教不可分割。整体歌辞的风格也与南朝君臣拟作不大相类，其中一定存在有继承的内容。梁武帝时陶弘景已重新恢复、倡导上清经法，上清系逐渐成为道教整合的主导力量，因此梁武帝或其乐工大量吸收旧辞也是完全合理的。李丰楙认为：“《上云乐》七曲所咏仙境、仙真，多出于茅山上清经法。歌辞与六朝晚期道教化游仙诗有关。大抵梁武帝初制此曲，乃用诸道观等宗教场所，而与佛寺的梵乐并用，以之烘托宗教气氛，故可作为一代新声，成为六朝道教艺术的代表作。”② 此说可与任半塘说互为参照。

汉以降，乐府所集即得到士人的喜爱，从而引起仿作，《古诗十九首》可能就是这些作品的遗存。汉末魏时三曹皆有乐府之作，曹丕、曹植首揭《游仙诗》为诗题，魏乐府并多有游仙之作。南朝时吴声西曲同样为上下所好，文人的仿作更是有了进一步的提高，从而促进了新内容、新风格乃至新诗体的形成。③

第二节　灵章仙乐：秘谕诗、仙歌诗与赞颂诗

道教的“神圣诗歌”是随着东晋南北朝时期道教的整合和义

---

①　任半塘：《唐戏弄》，上海古籍出版社，2006 年新 1 版，第 1252 页。

②　李丰楙：《六朝乐府与仙道传说》，载李丰楙：《忧与游：六朝隋唐仙道文学》，第 158—159 页。

③　葛晓音：《八代诗史》（修订本），中华书局，2007 年，第 205—206 页。

理化提升而蔚然勃兴的。唐宋以降，历代都有创作，且形式、内容都有变化，一直延续到近世。其包括范围很广，体式、内容、类型也较复杂，很难给出一个具体的定义。总体上说，道教神圣诗歌是宗教创教者、先知和信徒借助天启和秘契创作的，旨在强化教义、表达强烈的信仰，以及服务于仪式的诗歌。

魏晋南北朝道教神圣诗歌作为中国宗教神圣诗歌发端之作，既非常典型同时又极为复杂。十二部类有专门的“赞颂”，称“赞以表事，颂以歌德，故诗云：颂者，美盛德之形容。亦曰偈者，憩也，四字五字，为憩息之意耳”（《道教义枢》卷二）[①]；《无上秘要》卷二十则以“仙歌品”之目汇编《汉武帝内传》《真诰》及诸多上清经文中的诗歌。至于“步虚辞”一类，渊源虽已混淆难明，在当时仍主要表现为一种仪式诗歌。对此，当代学者已有较多的探讨，有的学者根据其内容分为仙歌、降真诗歌及赞颂诗歌（包括仪式诗歌“步虚辞”）[②]，有的学者则根据当时道教的音乐类型分为“音诵”“仙歌”和“道赞”。[③] 分析各有恰当之处。魏晋南北朝道教神圣诗歌的文本内容方面相对明确，其音乐方面则存在一些疑问，比如《汉武帝内传》中模仿佛教的诸天伎乐就是一种戏剧化的想象[④]，而不是实有其事。《真诰》所记录的茅山降真，也不一定伴有“神灵附体”或扶乩式的歌唱。也就是说，上清经、

① 《道藏》第24册，第817页。

② 李丰楙：《仙诗、仙歌与颂赞灵章》，载李丰楙：《忧与游：六朝隋唐仙道文学》，第91—113页。

③ 王小盾、金溪：《鱼山梵呗传说的道教背景》，载《中国文化》第36期（2012年秋季号），第134—157页。

④ 关于上清经中的“诸天伎乐”，参阅李丰楙的相关研究：《仙诗、仙歌与颂赞灵章》（载李丰楙：《忧与游：六朝隋唐仙道文学》，第91—113页）、《六朝隋唐仙道类小说研究》（台湾学生书局，1986年，第二章）。

灵宝经中很多仙歌、赞颂的原貌并不一定都伴有音乐，而绝大部分都是一种纯粹的诗歌文本。只有最初的“步虚辞”属于仪式诗歌，因为它确实用于灵宝斋仪，是一种仪式中的表演性歌唱。但后续之作，又往往重在文本。出于这样一些事实，魏晋南北朝道教神圣诗歌在内容上应分为三类：秘谕诗、仙歌诗和赞颂诗。在是否具有仪式性上则应分为两类：一类是不具有仪式性的，如绝大部分秘谕诗和较多的仙歌诗；另一类是主要服务于仪式的仙歌、赞颂诗，以“步虚辞”为典型。

一、秘谕之诗：隐语、谶谣与降真诗

乐、舞之歌以外，诗的最原始表现之一，就是“隐语”，而这在根本上也是宗教的产物。朱光潜指出：

> 诗歌在起源时是神与人互通款曲的媒介。人有所颂祷，用诗歌进呈给神；神有所感示，也用诗歌传达给人。不过人说的话要明白，神说的话要不明白，才能显得他神秘玄奥。所以符谶大半是隐语。这种隐语大半是由神凭附人体说出来，所凭依者大半是主祭者或女巫。①

“隐”首先是一种语言修辞和表达方式，闻一多指出：“隐语的作用，不仅是消极地解决困难，而且是积极地增加兴趣，困难愈大，活动愈秘密，兴趣愈浓厚，这里便是隐语的，也便是《易》与《诗》的魔力的泉源。但，如果根本没有隐藏的必要，纯粹为隐藏而隐藏，那便是兴趣的游戏，魔力的滥用，结果便成了谜语。

① 朱光潜：《诗论》，第 31 页。

谜语是要把戏的语言，它的魔力是廉价的，因为它不是必需品。”①对文学来说“隐”是必需的，因为文学不仅需要有高一层面的“象”“兴”，而且也需要有低一层面的谐音和谜语。这在民间文艺中尤其明显，六朝乐府清商曲辞中即大量使用谐音双关谜语，如以“莲”谐“怜”，以“藕”谐“偶”，以“丝”谐“思”，以“碑”谐“悲”，以布匹之“匹”谐匹偶之“匹”，以帘薄之“薄”谐厚薄、薄情之“薄”、以蚕丝之“缠绵”谐情爱之“缠绵”，以“莲子”谐“怜子”等。②

在文学以外，政治、社会和宗教也需要“隐”。这一意义上的“隐”即隐语和秘语，政治、社会预言“谶纬”和宗教秘谕是其集大成者。这样的隐语常常也以文学形式表现，如童谣、各种隐语诗、秘谕诗等。

中国古代预言多假托童谣。朱光潜总结曰：“童谣据说是荧惑星的作用。各代史书载童谣都不列于‘艺文’而列于‘天文’或‘五行’，就因为相信童谣是神灵凭借儿童所说的话。郭茂倩在《乐府诗集》第八十八卷里搜集各代预言式的童谣甚多，大半都是隐语。《左传》卜偃根据‘鹑之奔奔’一句童谣，断定晋必于十月丙子灭虢，是一个最早见于书籍的例。童谣有时近于字谜，例如《后汉书·五行志》所载汉献帝时京都童谣：‘千里草，何青青？十日卜，不得生。’解释是‘千里草为董，十日卜为卓。……青青茂盛之貌，不得生者亦旋破亡也。’当时人大概厌恶董卓专横，作隐语来咒骂他，或是在他失败之后，隐寓其事造为‘预言’，把日

① 闻一多：《说鱼》，载闻一多：《神话与诗》，上海人民出版社，2006年，第98—99页。

② 王运熙：《论吴声西曲与谐音双关语》，载王运熙：《乐府诗述论》（增补本），第123—144页。

期移早，以神其说。这里我们可以窥见造隐语的心理。它一方面有所回避，不敢直说，另一方面又要利用一般人对于神秘事迹的惊赞，来激动好奇心。”① 借助童谣表达政治、社会观念是中国古代普遍的现象，汉代童谣中针对帝室外戚和权贵而直接抨击时事的作品就已很多，如《卫皇后歌》《颍川歌》《五侯歌》《范史云歌》《桓灵时童谣》《桓帝时童谣》等②，而且童谣中谐声双关也是“隐”的重要方式。③

宗教特别是创生宗教同样如此。早期道教经典中亦多托制所谓童谣者，如《太上洞玄灵宝五符序》谓孔子得闻童谣：

> 吴王出游观震湖，龙威丈人名隐居，北上包山入灵墟，乃造洞庭窃禹书，天帝大文不可舒，此傅伯长百六初，今虽取出丧国闾。④

《云笈七签》卷九十七载“汉初童谣歌一首并序”（又见《诸真歌谣》）载曰：

> 汉初，有四五小儿戏于路中，一儿歌曰：“著青裙，入天门，揖金母，拜木公。”时人皆莫知之，唯张子房知之，乃往拜焉，曰：“此乃东王公之玉童也。言仙人得道升天，当揖金母而拜木公也。自非冲虚登真之子，莫知

① 朱光潜：《诗论》，第 32 页。

② 葛晓音：《八代诗史》（修订本），第 9 页。

③ 王运熙：《论吴声西曲与谐音双关语》，载王运熙：《乐府诗述论》（增补本），第 155—159 页。

④ 《道藏》第 6 册，第 317—318 页。

其津矣!”①

宗教性隐语高一级的形式是隐语诗。《太平经》卷三十八“师策文”即有隐语诗②:

> 吾字十一明为止,丙午丁巳为祖始。四口治事万物理,子巾用角治其右,潜龙勿用坎为纪。人得见之寿长久,居天地间活而已。治百万人仙可待,善治病者勿欺绐。乐莫乐乎长安市,使人寿若西王母,比若四时周反始,九十字策传方士。③

《太平经》下文借天师之口对此有详细的疏解,以申发相关意旨。此隐语诗中涉及字谜者如“四口”为“言”,“子巾用角治其右”,则为“诵”;涉及术数者如“丙午丁巳,火也,赤也;丙午者,纯阳也;丁巳者,纯阴也;阴阳主和,凡事言阴阳气,当复合天下而兴之也”等。

极具隐语性质之魏晋以来的“离合诗”④,在上清系重要典籍《真诰》中有大量的出现,离合姓名之诗者尤多:《真诰》卷二:“曾参出田,丹心同舟,素系三迁,来庇方头。”⑤ 陶注曰:“此四句是离合作‘思玄’字,即长史之字也。”同卷“七月十五日夜,

---

① 张君房:《云笈七签》,第2108页。

② 参阅刘跃进:《道教在六朝的流传与江南民歌隐语》,载《社会科学战线》1996年第3期。

③ 王明:《太平经合校》,中华书局,1960年,第62页。

④ 关于“离合诗”的文人创作,详见王运熙:《离合诗考》,载王运熙:《乐府诗述论》(增补本)。

⑤ 陶弘景:《真诰》,第24页。

清灵真人授诗"："企望人飞，若感若成，威不内接，骄女远屏。三四纵横，以入帝庭，历纪建号，得为太龄。亦必秀映，四司元卿，翻然纵羽，遂登上清。"陶注曰："此离合掾大名一翙字也。"[①] 又其下"凤巢高木，素衣衫然"，据陶注为许穆之"穆"字；"履顺思真，凝心虚玄"，为"思""玄"二字，亦许穆之字；"琼刃应数"中"琼刃"二字即为许玉斧之"玉斧"；"寅兽白齿"四字谓"虎牙"（许联小名）；"偃息盛木，玩执周书"，为杨羲之"杨"字。[②] 王利器考察后认为："离合姓名，此一文学形式，实与道教者流所崇奉之隐书、隐文、秘言、秘府之类，以神道设教者相表里，区区一姓名耳，乃'故迂隐其称'，若为神秘而不可宣究者，岂所谓'恐大致显泄，仰忤冥轨'乎，不然，如之何其'遁辞以隐意'也。"[③] 此说极是。

另外还有年代隐语之四言诗。《真诰》卷十九陶弘景"真诰叙录"引《南岳夫人传》载青箓文"岁在甲子，朔日辛亥，先农飨旦，甲寅羽水，起安启年，经乃始传，得道之子，当修玉文"，注云："谨推按晋历，哀帝兴宁二年太岁甲子，正月一日辛亥朔（历忌可祀先农），四日甲寅羽水（正月中炁，'羽'即雨也）。起者，兴也。安者，宁也，故迂隐其称耳。如此则兴宁二年正月，南真已降授杨君诸经也。今检真授中有年月最先者，惟三年乙丑岁六月二十一日定录所问。从此月日相次，稍有降事。"[④] 年代隐语的

① 陶弘景：《真诰》，第32—33页。

② 参阅刘跃进：《道教在六朝的流传与江南民歌隐语》，载《社会科学战线》1996年第3期；王利器：《真诰与谶纬》，载《文史》第三十五辑，中华书局，1992年。

③ 王利器：《真诰与谶纬》，载《文史》第三十五辑，第227—236页。

④ 陶弘景：《真诰》，第333—334页。

特质同样是宗教借用诗歌形式表达神示的内容，增加了预言的神秘性。

宗教性隐语最高级的文学形式是降真诗，亦即带有教谕、秘传性质的隐语诗歌。从表现上说，这类诗歌有两种“隐”：一是隐秘；二是奥深。

所谓“隐秘”，就是隐秘其内容，用玄奥的诗歌语言，表达某种神灵的“天启”，特别是关于宗教修炼方法的教示。新神仙道教颇借助于此，如《真诰》中西岳真人冯延寿所歌：

> 天庭发双华，山源彰阴邪。清晨按天马，来诣太真家。真人无那隐，又以灭百魔。”（卷九）[①]

此乃关于某种内修秘术的喻示。中国思想具有整体和直观的特色，特别注重人与自然的和谐与联系。自然山水等客观事物的形象按照其属性（如阴、阳、五行）与人及其观念意识相比照，形成一个含混但十分辩证的概念系统。这一思维模式表现在神仙道教的修道秘语中，就是人体器官部分，常采用自然客观事物的名称来比照，如“天庭”“华盖”“山源”“天马”“琴弦”“麦齿”“昆石”“城郭”“中岳”“泥丸”“玄华”等。[②] 这几乎从道教修炼经典产生的最初那一刻就开始了，《周易参同契》《黄庭经》等是此中渊薮。这些词语表面上的意义并不复杂，但其内涵和特指却变化无端，有时甚至在一段文本的前后都会形成变换。正因

① 陶弘景：《真诰》，第 150 页。

② Russell, Terry C., Secret Anatomic Terminology in the Maoshan Scripture, *B. C. Asian Review*, Volume Ⅰ, 1987.

为如此，修道者往往需要老师的传授（或是仙真的开示）才能通晓觉悟，这也是早期宗教隐秘性的表现之一。于是，诗歌的语言形式也就成为包含并传达这些隐秘术语的最佳载体。

又如《洞仙传》：

> 长桑公子者，常散发行歌曰："巾金巾，入天门。呼长精，吸玄泉。鸣天鼓，养丹田。"柱下史闻之曰："彼长桑公子所歌之词，得服五星守洞房之道也。"（"长桑公子"条）[①]

> 徐季道少住鹄鸣山，后遇真人谓曰："夫学道当巾天青，咏大历，跖双白，回二赤，此五神道之秘事也。"其语隐也。大历者，《三皇文》是也。（"徐季道"条）[②]

所谓"巾金巾"云云，当是道教关于体内修炼的歌诀，有道经解释为"金色白，在西方，主肺。肺白，在心上，故曰'巾金巾'"（《云笈七签》卷十二《三洞经教部·经》），"玄泉"是人口中的津液，如《太上养生胎息气经》云"漱玄泉，三咽，精思注想"[③]。道教教团是不同阶级成员由于共同的宗教信仰而组成的集合体。隐语往往只在本团体中流传，很少外泄。道教中的隐语常常涉及养生方术等秘术，常人对此懵然无知，而道门中人又至为宝秘，往往依据老师口口相授，代代相承，故具有秘传的性质，需要

---

① 张君房：《云笈七签》，第 2388 页。
② 张君房：《云笈七签》，第 2396 页。
③ 《道藏》第 18 册，第 402 页。

借助隐语的方式来传授修习的法门。①

另外一种“奥深”，则是以凝练简洁的诗体和深奥的词汇，表达某种模糊多歧、含混难明的深刻教旨。较早的正一系《正一法文天师教戒科经》即有“天师教”七言诗，风格与《黄庭经》类似，用词平易，意旨显明，并不晦涩：

今故下教作七言，谢诸祭酒男女民。天地混籍气如姻，四时五行转相因。

天地合会无人民，星辰倒错为人先。二十八宿毕参辰，荧惑太白出其间。

若有改变垂象先，太平之基不能眠。是令轗轲不可言，发言出教心意烦。

走气八极周复还，观视百姓夷胡秦。不见人种但尸民，从心恣意劳精神。

五藏虚空为尸人，命不可赎属地官。身为鬼伍入黄泉，思而改悔从吾言。

可得升度为仙人，节慎阴阳保爱神。五藏六府有君臣，积在微微为真人。

神思愁惨不能眠，游戏百姓五藏间。还与真人共语言，心中真人来上天。

绛黄单衣三缝冠，佩天玉符跪吾前。陈说百姓道万民，功过进退有明文。②

---

① 参冯利华：《道教隐语刍议》，载《中国文化研究》2006年夏之卷。

② 《道藏》第18册，第238页。

而到了文人参与义理化的新神仙道教特别是上清系的降真诗歌中，则出现重大转变。如《紫阳真人周君内传》中的仙真授语，即是通过诗歌的形式表现出来，一共五首五言歌诗：

策驾玄中漠，庇素扶瑞林。妙徽混沌遘，长翻朱烟岑。八景停玉轮，清轩览明真。左摄飞行游，右顾凌八天。洞豁辨协晨，仰感发皇人。至畅理自会，灵妙体岂珍。

西玄郁绝根，高耀拂辉明。眇眇流遐澄，育光拔皓清。房素重离里，安妙寄兰生。命驾飞八景，迅集回南倾。凌厉阳羽野，结啸八极城。万里谁云遐，我超不稽灵。诱会有素娱，端驾讲所精。至道方朗豁，知来温新龄。

晨应载景阳，攀晖德所钟。徘徊重玄巅，翻焉降飞龙。参腾八纮外，翱翔阊阖方。蘂风生丹室，云合窈寥中。迭域谷希子，值素潜太空。长锦中有景，永烟被山容。空绝广寒宅，混洞道沌同。积静八朗豁，素阿蒙长通。我泛阳寥景，虚烟动清风。

嗷嘈太微观，崚嶒九玄所。中有执寂宾，洞啸静寒处。西有六领师，寻辉与晓语。来非皇人宾，去非飞仙旅。我超腾羽盖，徘徊清泠渚。豁虚八极上，清烟凌飘举。

命驾出三玄，流铃飞汉宾。皇皇太和庭，郁仪清虚观。结璘绝烟际，寻辉七灵焕。素遨淩紫天，洞游无名馆。龙旂回琼轮，四眼应景散。聊且期时通，温之至道旦。①

又《马明生真人传》“明生流涕而辞，乃随先生受九丹之道”之仙真授诗：

其一

暂舍墉城内，命驾岱山阿。仰瞻太清阙，云楼郁嵯峨。虚中有真人，来往何纷葩！炼形保自然，俯仰食太和。朝朝九天王，夕馆还西华。流精可飞腾，吐纳养青牙。至药非金石，风生自然歌。上下凌景霄，羽衣何婆娑。五岳非妄室，玄都是我家。下看荣竞子，笃似蛙与蟆。顾盼尘浊中，忧患自相罗。苟未悟妙旨，安事于琢磨？祸凑由道泄，密慎福臻多。

其二

昔生昆陵宫，共讲天年延。金液虽可遐，未若太和仙。仰登冥灵台，虚想咏灵人。忽遇扶桑王，九老仙都真。驾骖紫虬辇，灵颜一何鲜！启我寻长途，邀我自然津。告以鸿飞术，受以玉胎篇。琼膏凝玄炁，素女为我陈。俯挹琳凤腴，仰上飘三天。云纲立尔步，五岳可暂还。玄都安足远，蓬莱山脚间。传授相亲爱，结友为天

① 《道藏》第5册，第547—548页。

人。替即游刑对，祸必无愚贤。秘则享无倾，泄则躯身颠。①

《马明生真人传》中的马明生自己所作喻诗：

其一

太和何久长！人命将不永。喻如朝露晞，奄忽睡觉顷。生生世所悟，伤生由莫静。我将寻真人，澄神挹容景。盘桓昆陵宫，玄都可驰骋。涓子牵我游，太真来见省。朝朝王母前，夕归钟岳岭。仰采琼瑶葩，俯漱琳琅井。千龄犹一刻，万纪如电顷。

其二

天地自有常，人命最险毳。年若惊弦发，时犹轻矢逝。虽有灼灼姿，玉为尘土秽。林草无秋耀，绿叶岂终岁？惜此繁茂摧，哀彼寒霜厉。有存理必亡，有兴故有废。真官戏玄津，与物无凝滞。神冲紫霄内，形栖山水际。对虚忘有怀，游目托容裔。风尘将何来？真道故可大。

其三

浊途谅为叹，世乐岂足预？振褐扫尘遐，飘飘独远举。寥寥岩岳际，萧萧纵万虑。灵真与我游，落景乘鸿御。朝

① 张君房：《云笈七签》，第2304—2305页。

乘云轮来，夕驾扶摇去。嗷嘈天地中，嚣声安得附？[1]

采用韵语歌诀的方式宣教传道，乃当时经典造制中的一贯手段。上述文本皆是将秘谕以五言古诗的形式纳入真传中，在增加传记本身的文学性之外，更重要的是突出了教旨的高上、神秘和奥深，反映出上清道教的义理化程度。

更加典型的还有《真诰》中的大量降喻之诗，比如：

辔景落沧浪，腾跃清海津。绛烟乱太阳，羽盖倾九天。云舆浮空洞，倏忽风波间。来寻冥中友，相携侍帝晨。王子协明德，齐首招玉贤。下眄八阿宫，上寝希林巅。漱此紫琼腴，方知秽途辛。佳人将安在，勲之乃得亲。（七月十八日夕，云林右英夫人授诗）[2]

高兴希林虚，遐游无员方。萧条象数外，有无自冥同。亹亹德韵和，飘飘步太空。盘桓任波浪，振铃散风中。内映七道观，可以得兼忘。何必反复酬，待此世文通。玄心自宜悟，嘿耳必高踪。（七月二十六日夕，紫微夫人喻作，令与许长史）[3]

腾跃云景辕，浮观霞上空。霄軿纵横儛，紫盖托灵方。朱烟缠旌旄，羽帔扇香风。电嗥猛兽攫，雷吟奋玄龙。钧籁昆庭响，金声唱神钟。采芝沧浪阿，掇华八渟峰。朱颜日愈新，劫往方婴童。养形静东岑，七神自相

---

① 张君房：《云笈七签》，第2306—2307页。

② 陶弘景：《真诰》，第36页。

③ 陶弘景：《真诰》，第36页。

通。风尘有忧哀，陨我白鬓翁。长冥遗遐叹，恨不早逸踪。（九月三日夕，云林王夫人喻作，令示许长史）[①]

北登玄真阙，携手结高罗。香烟散八景，玄风鼓绛波。仰超琅园津，俯眄霄陵阿。玉箫云上唱，凤鸣洞九遐。乘气浮太空，焉为蹑山河。金节命羽灵，征兵折万魔。齐挹二晨晖，千椿方婴牙。丧真投竞室，不解可奈何。

仰眄太霞宫，金阁曜紫清。华房映太素，四轩皆朱琼。掷轮空同津，总辔儛绿軿。玉华飞云盖，西妃运锦旌。翻然浊尘涯，儵忽佳人庭。宿感应期降，所招已在冥。乘风奏霄晨，共酣丹琳罂。公侯徒眇眇，安知真人灵。

右二篇十月二十日授（亦应是右英喻长史也）[②]

在众多的降喻诗中，文学意义上写得较好的是这样一首：

飞轮高晨台，控辔玄垄隅。手携紫皇袂，儵欻八风驱。玉华翼绿帏，青裙扇翠裾。冠轩焕崔嵬，佩玲带月珠。薄入风尘中，塞鼻逃当途。臭腥凋我气，百痾令心殂。何不飚然起，萧萧步太虚。（十二月一日夜，方丈左台昭灵李夫人作，与许玉斧）[③]

① 陶弘景：《真诰》，第47—48页。
② 陶弘景：《真诰》，第54页。
③ 陶弘景：《真诰》，第55页。

这些上清降喻诗歌基调相同，均以典雅、华美、高上为格；词汇虽非隐语，但奇异瑰丽而绝非寻常语言；同时，意旨虽不至于隐秘难晓，可是也颇待细细品味咀嚼。在文学史上，风格与基本同时的东晋玄言诗大致同属一类。明王世贞评《马明生真人传》中的诗“尤是汉晋间上乘语”（《弇州山人续稿·马明生阴长生传后》[①]），正就此而言。

二、仙歌诗与赞颂诗

神圣诗歌中最重要的内容是仪式诗歌。“仪式诗歌”可以笼统地称为仙歌赞颂之诗（十二部类之“赞颂”），亦可以参照当代学者的观点，以其性质的不同，分为三大类并以旧题名为“灵音”“颂赞”“步虚”。[②] 这里则分为“仙歌诗”“赞颂诗”，其中又分出“步虚词”另论。

“仙歌”是伎乐场景中的核心内容。伎乐描写主要见诸上清系经典，开始似乎是由各种真传如《茅君内传》发轫[③]，后来则多见于其他上清经典，早期杨许手迹，以及后来的汇编《真诰》也有较详细的描绘，并逐渐影响到灵宝经系。《无上秘要》“仙歌品”“灵乐品”及上清系类书《上清道宝经》“伎乐品”予以汇总[④]，

---

① 《弇州山人续稿·马明生阴长生传后》（明）王世贞《弇州山人续稿》卷一百五十八，天津图书馆藏明万历间王氏家刻本。

② 李丰楙：《仙诗、仙歌与颂赞灵章》，载李丰楙：《忧与游：六朝隋唐仙道文学》。

③ 李丰楙指出这一点曰：“上清诸传有一个共同的特色，就是在叙述体的散文体中，一定会适度插入歌辞，通常都会出现在诸真会唱的场面。”见李丰楙：《孟郊〈列仙文〉与道教降真诗》，载李丰楙：《忧与游：六朝隋唐仙道文学》，第 136 页。

④ 《无上秘要》“灵乐品”，据周作明点校本补，见《无上秘要》，周作明点校，中华书局，2016 年。

从而突显了其特殊性。[①] 神仙道教的伎乐描写是吸收借鉴佛教并加以转化的结果，它是一种想象的仪式场景，庞大的乐团演奏和女仙表演既非实有其事，甚至没有现实原型，唯有其中的诗歌是真实的存在。仙歌诗虽然也包含对神圣存在的衷心礼赞，但主要以仪式的文学营造及一己体验的文学表现为特色，从而可以和“赞颂”稍作区别，正如李丰楙对《无上秘要》“仙歌品”收录诗歌的分析所指出的：“在卷二〇整卷中总共引述了十一种古道经，其中大多数为洞真部，凡有《洞真回元九道经》《洞真变化七十四方经》《灵乐洞真七圣氏纪经》《大洞真经》（后三种皆见于《洞玄灵宝三洞奉道科戒营始》卷五《上清大洞真经目》）；加上另一种《太上真人八素阳歌九章》属于《八素真经》系列，与上清经派降真笔录有关的《道迹经》《真迹经》和《真诰》；传授经戒需知的《洞真四极明科》，上清经系就有九部之多，由此可知记述仙歌的歌乐情境乃是上清经派中人的宗教体验，也是上清派道经‘出世’或‘造构’模式。不过其他两种经派也曾出现，如《三皇经》即是洞神经、《洞玄空洞灵章》则是灵宝经派，不过在记述仙歌的情境及其功能上仍是与上清经派异趣，而比较属于诵咏性质或强调朝元的景象。”[②]

仙歌的典型是西王母伎乐歌曲，《汉武帝内传》：“王母乃命侍女王子登弹八琅之璈，又命侍女董双成吹云和之笙，又命侍女石公子击昆庭之钟，又命侍女许飞琼鼓震灵之簧，侍女阮灵华拊五灵之石，侍女范成君击洞庭之磬，侍女段安香作九天之钧。于是

---

① 谢世维：《天界之文——魏晋南北朝灵宝经典研究》，台湾商务印书馆，2010 年，第 243—244 页。

② 李丰楙：《仙诗、仙歌与颂赞灵章》，载李丰楙：《忧与游：六朝隋唐仙道文学》，第 87 页。

众声澈朗，灵音骇空。又命侍女安法婴歌玄灵之曲，其词曰：……。”[①]《玄灵之曲》，《无上秘要》卷二十《仙歌品》作《玄云之曲》，仅录六句，前文与《汉武帝内传》文字略异，但大旨相同：“西王母为茅盈作乐，命侍女王上华弹八琅之璈，又命侍女董双成吹云和之笙，又命侍女石公子击昆庭之金，又命侍女许飞琼鼓震灵之璜，又命侍女琬绝青拊吾陵之石，又命侍女范成君拍洞阴之磬，又命侍女段安香作缠便之钧，于是众声彻合，灵音骇空，王母命侍女于善宾、李龙孙歌玄云之曲，其辞曰：……”[②]，唯曰“西王母为茅盈作乐”，把汉武帝改成了茅盈。此可证其出处《道迹经》当在《汉武帝内传》之后，此歌实当出自《汉武帝内传》。据《汉武帝内传》，歌辞为：

大象虽寥廓，我把天地户。披云沉灵舆，倏忽适下土。空洞成玄音，至灵不容冶。太真嘘中唱，始知风尘苦。颐神三田中，纳精六阙下。遂乘万龙椿，驰骋眄九野。

玄圃遏北台，五城焕嵯峨。启彼无涯津，泛此织女河。仰上升绛庭，下游月窟阿。顾眄八落外，指招九云遐。忽已不觉劳，岂寤少与多。抚璈命众女，咏发感中和。妙畅自然乐，为此玄云歌。韶尽至韵存，真音辞无邪。[③]

---

① 《道藏》第 5 册，第 48 页。
② 《道藏》第 25 册，第 52 页。
③ 《道藏》第 5 册，第 48 页。

除《玄灵之曲》外，《汉武帝内传》尚有上元夫人《步玄之曲》、西王母侍女田四飞《答歌》二首：

上元夫人自弹云林之璈，鸣弦骇调，清音灵朗，玄风四发，乃歌步玄之曲。辞曰：

昔涉玄真道，腾步登太霞。负笈造天关，借问太上家。忽过紫微垣，真人列如麻。渌景清飚起，灵盖映朱葩。兰宫敞琳阙，碧空启璚沙。丹台结空构，暐暐生光华。飞凤踶甍峙，烛龙倚委蛇。玉胎来绛芝，九色纷相拏。挹景练仙骸，万劫方童牙。谁言寿有终，扶桑不为查。

王母又命侍女田四飞答歌曰：

晨登太霞宫，挹此八玉兰。夕入玄元阙，采蕊掇琅玕。濯足匏瓜河，织女立津盘。吐纳挹景云，味之当一餐。紫微何济济，璚轮复朱丹。朝发汗漫府，暮宿句陈垣。去去道不同，且各体所安。二仪设犹存，奚疑亿万椿。莫与世人说，行尸言此难。①

整体上看，西王母伎乐之歌以唱赞王母、喻示仙界之美为主，符合诸天伎乐的功能要求。早期杨许辑录的汇编《道迹经》中的仙真之歌，其中一部分应该属于西王母伎乐（另一部分则被进一步改编为《真诰》中的诗歌），如《无上秘要》所引《道迹经》“于是夫人受锡事毕，王母及金阙圣君、南极元君、后九微元君、

① 《道藏》第5册，第55—56页。

龟山王母、三元夫人冯双、礼朱、紫阳、左仙公石路成、太极高仙伯延盖、公子等，尔乃灵酣终日，讲寂研无，上真徊景，羽盖参差，各命侍女陈曲成之钧，金石扬响，众声纷乱，凤吹回风，鸾吟琳振，九云合节，八音零璨，于是白王母，徘徊起立，折腰俯唱，锦袂摄霄，云裙乘空，流铃焕射，衽带琳琅，左佩龙书，右带虎章，澄形容，放窈窕，四畅徐乃击节而歌曰”及“三元夫人冯双礼珠（紫阳）弹云璈而答歌”二首即是：

驾我八景舆，欻然入玉清。龙裙拂霄汉，虎旂摄朱兵。逍遥玄津际，万流无暂停。哀此去留会，劫尽天地倾。当寻无中景，不死亦不生。体彼自然道，寂观合太冥。南岳挺真干，玉映曜颖精。有任靡其事，虚自心受灵。嘉会绛阿内，相与乐未央。

玉清出九天，神馆飞霞外。霄台焕嵯峨，灵夏秀翳蔚。五云兴翠华，八风扇绿气。仰吟消魔咏，俯研智与慧。万真启晨景，唱期绛房会。挺颖德音子，神暎乃高拂。天岳凌空构，洞台深幽邃。游海悟井隘，履真觉世秽。儛轮宴重室，筌鱼自然废。回我大椿罗，长谢朝生世。(《无上秘要》卷二十)①

《无上秘要》仙歌品引《洞真变化七十四方经》之《上元洞门变真内章之曲》《中元洞化内真章曲》《下元洞虚化真章曲》及《阳歌》《阴歌》，与西王母伎乐之歌风格类似，但更加玄理化。试

① 《道藏》第25册，第52页。

各举数例：

嵯峨太霞阙，金门缠九重。丹晖曜琼天，飞霄郁玄穹。神变无迹庭，真号有本踪。散气九灵户，分为万帝宫。帝帝各有乡，真真各有方。寂寂生霞上，翳翳太虚中。轮转自有运，万劫乃一终。洞化丹灵窟，寥寥九玄通。冥思携寂室，八景可飞空。盘回变化乡，妙哉元始公。南极苦心发，故能回神峰。眇眇蹑景迁，遂起万仙宗。（《下元洞虚化真章曲》，《无上秘要》卷二十）①

结驾出九玄，金房萧寥闲。龙軿乘三云，神风扇飞烟。濯浪织女河，携宴高元真。并罗景曜儛，常为空中宾。徘徊二无际，内观自缠绵。灵运九霞外，永保亿万椿。（《阳歌》其三，《无上秘要》卷二十）②

飞飙沫玄涛，沧浪始晖崖。连波嵘岳岑，渊澜迈九垂。超濯溺津际，容与天刃溪。飞浪乘扶摇，云水洒玄梯。泛然上华童，晨游四方台。回景太玄妃，携带结缠弥。应运乃高会，相命促中期。万劫为一契，千椿未始离。（《阴歌》其一，《无上秘要》卷二十）③

第一首中的“轮转自有运，万劫乃一终”、第二首中的“徘徊

① 《道藏》第25册，第48页。
② 《道藏》第25册，第49页。
③ 《道藏》第25册，第49—50页。

二无际，内观自缠绵”，以及第三首中的“万劫为一契，千椿未始离”都已在说理，而非如西王母伎乐歌曲中单纯的对仙境高华的赞美。

《真诰》中《方诸宫东华上房灵妃歌曲》《太微玄清左夫人北渟宫中歌曲》亦是：

紫桂植瑶园，朱华声凄凄。月宫生蕊渊，日中有琼池。左拔员灵曜，右掣丹霞晖。流金焕绛庭，八景绝烟回。绿盖浮明朗，控节命太微。凤精童华颜，琳腴充长〈肌〉〔饥〕。控晨揖太素，乘欻翔玉阶。吐纳六灵气，玉嫔把巾随。弹璈南云扇，香风鼓锦披。叩商百兽舞，六天摄神威。儵欻亿万椿，龄纪郁巍巍。小鲜未烹鼎，言我岩下悲。[①]

郁蔼非真虚，太元为我馆。玄公岂有怀，萦蒙孤所难。落凤控紫霞，矫辔登晨岸。寂寂无濠涯，晖晖空中观。隐芝秀凤丘，逡巡瑶林畔。龙胎婴尔形，八琼回素旦。琅华繁玉宫，绮葩凌岩粲。鹏扇绝亿领，抚翮扶霄翰。西庭命长歌，云璈乘虚弹。八风缠绿宇，丛烟豁然散。灵童掷流金，太微启璧案。三元起折腰，紫皇挥袂赞。朗朗扇景曜，晔晔长庚焕。超軿竦明刃，下盼使我惋。顾哀地仙辈，何为栖林涧。[②]

另外有一些仙歌，则在此基础上出现了某种变化，主要是强

① 陶弘景：《真诰》，第 58 页。

② 陶弘景：《真诰》，第 59 页。

化了喻示教义的内容。如《太真玉帝四极明科经》：

太上告金阙帝君，使命九灵玉妃，铸金为简，编以白银，使龟母按笔，太真拂筵，紫晨散香，太华执巾，清斋紫房，以缮玉篇。请以云锦之囊，封以丹青之章。于是太上大道君，方上引高上玉虚二十四帝、三十九真，上登上上上无映气紫琼宫，金辉玉殿，九曲之房符，五帝神兵，四极司官十亿万人，毒龙巨兽，备卫十天。时有流霞羽盖，桑林千真，九色之节，翼辅灵关，神鸾玄唱，紫凤回旋，玉籁激音，琼林灵鸣，金华散香，玉妃扬烟，飞霄四会，八达洞清，三光停晖，夜烛朗明，流金吐威，焕落火铃，五晨齐景，七元伏精，亿乘万骑，蓊蔼紫庭。高圣玉帝命上宫玉女徐法容、萧慧忠、田四非、李云门等，弹云钧之璈，合声齐唱，歌大洞高清玄诫之章，三途五苦之诗。玉慧箫朗，天韵启微，神琼振响，金音虚飞，法化亿兆，总检万机。其辞曰：

大洞总三轮，元化有无形。寂若无根教，肃若有威灵。哀哉三途中，忧苦从是生。至学勤兹戒，积善穷劫龄。劫尽化生天，身与日月并。愚痴随世好，浮学以求荣。宣化无纲纪，轻漏天宝经。冒科入死门，四极结尔名。魂神履九难，五苦长尔婴。食火践刀山，艰辛无暂宁。叹此祸福源，悠悠中甚明。

高上遗严戒，祸福令人叹。仙道本由运，冥中亦已判。无运亦不启，既悟常苦晏。若能崇玄科，自然超霄汉。苟贪爱欲累，何为强傲玩。居罪结四明，生死履八难。流曳五苦庭，三途结不散。沉灵九幽掠，万劫无待旦。悲此元始教，能不使人怨。

寥寥九玄上，翳翳初化始。无形亦无影，无深亦无测。二仪启运彰，结气以成滓。三晨朗玄室，五九有纲纪。祸福由人生，善恶竟孰在。若能悟玄觉，超然陵高疑。苟执伐命斧，积衅盈心里。沉罪结四明，宿罚良有已。生身负刀山，五苦无穷解。七玄填幽夜，万劫方一纪。留连三途中，未悟有生死。①

《四极明科》是上清系最重要的科范之经。很明显，其依托于玉女之“云钧之璈，合声齐唱”，表达的是对科范及道德教条的强调，所谓“若能崇玄科，自然超霄汉”“祸福由人生，善恶竟孰在。若能悟玄觉，超然陵高疑。苟执伐命斧，积衅盈心里。沈罪结四明，宿罚良有已”。

《真诰》中的诸真之歌，各种元素最为综合，风格统一，内容、义旨非常丰富。典型者有诸真关于“有待”“无待”之唱答：

驾欻敖八虚，徊宴东华房。阿母延轩观，朗啸蹑灵风。我为有待来，故乃越沧浪。

右英王夫人歌。

① 《道藏》第3册，第415页。

乘飙遡九天，息驾三秀岭。有待徘徊眄，无待故当净。沧浪奚足劳，孰若越玄井。

右紫微夫人答英歌。

写我金庭馆，解驾三秀岭。夜芝披华峰，咀嚼充长饥。高唱无逍遥，各兴有待歌。空同酬灵音，无待将如何。

右桐柏山真人歌。

朝游郁绝山，夕偃高晖堂。振辔步灵峰，无近于沧浪。玄井三仞际，我马无津梁。儵欻九万间，八维已相望。有待非至无，灵音有所丧。

右清灵真人歌。

龙旂舞太虚，飞轮五岳阿。所在皆逍遥，有感兴冥歌。无待愈有待，相遇故得和。沧浪奚足辽，玄井不为多。郁绝寻步间，俱会四海罗。岂若绝明外，三劫方一过。

右中候夫人歌。

纵酒观群惠，倏忽四落周。不觉所以然，实非有待游。相遇皆欢乐，不遇亦不忧。踪影玄空中，两会自然畴。

右昭灵李夫人歌。

驾欻发西华，无待有待间。或眄五岳峰，或濯天河津。释轮寻虚舟，所在皆缠绵。芥子忽万顷，中有须弥山。小大固无殊，远近同一缘。彼作有待来，我作无待亲。

右九华安妃歌。

无待太无中，有待太有际。大小同一波，远近齐一会。鸣弦玄霄颠，吟啸运八气。奚不酣灵液，眄目娱九裔。有无得玄运，二待亦相盖。

右太虚南岳真人歌。

偃息东华静，扬軿运八方。俯眄丘垤间，莫觉五岳崇。灵阜齐渊泉，小大互相从。长短无少多，大椿须臾终。奚不委天顺，纵神任空同。

右方诸青童君歌。

控飙扇大虚，八景飞高清。仰浮紫晨外，俯看绝落冥。玄心空同间，上下弗流停。无待两际中，有待无所营。体无则能死，体有则摄生。东宾会高唱，二待奚足争。

命驾玉锦轮，儛辔仰徘徊。朝游朱火宫，夕宴夜光池。浮景清霞杪，八龙正参差。我作无待游，有待辄见随。高会佳人寝，二待互是非。有无非有定，待待各自

归。（右南极紫元夫人歌）[1]

值得注意的是，很多仙歌也配合仪式，如《无上秘要》引《洞真回元九道经》三首：

> 灵纲落天纪，九斗翠玉虚。紫盖重霄岭，玄精明八嵎。上有九晨宾，吟咏隐羽书。飞步遨北汉，长龄天地居。

> 抗辔玄羽台，飞行九元所。洞灵深幽邃，云纲垂空举。下有采真士，仰招玉晨旅。三周阳明上，九回入洞野。高步登帝尊，长歌龙飞语。

> 玉霄暎北朔，琼条翠隐阿。空生九灵台，焕精曜太霞。天关运重冥，劫会屡经过。乘我羽行驾，飞步织女河。保灵空常化，永忘天地多。（《无上秘要》卷二十）[2]

原按曰："此三章出玉清上宫九阳玉章。九华玉女皆恒歌诵之于华晨之上，和形魂之交畅，启灵真于幽关。凡修飞步七元，行九星之道，无此歌章，皆不得妄上天纲，足蹑玄斗。"[3]（《无上秘要》卷二十，又见于《太上飞行九晨玉经》）可见此仙歌已经成为步斗仪式的内容之一。仙歌产生于仪式场景的想象描写，随着神

---

① 陶弘景：《真诰》，第45—47页。
② 《道藏》第25册，第48页。
③ 《道藏》第25册，第48页。

仙道教整合以后各种仪式的形成和推进，最终必然成为真正仪式的组成部分。事实也证明，南北朝时期的新经典中的仙歌，就和“赞颂”基本合流了。

赞颂为经典的十二文体之一，《道教义枢》“十二部义”曰：“第十一赞颂者，如五真新颂、九天旧章之例是也。赞以表事，颂以歌德，故诗云：颂者，美盛德之形容。亦曰偈者，憩也，四字五字，为憩息之意耳。”① 狭义的赞颂即是以歌赞高天上圣、诸方帝君为主并兼说理、宣喻、翼教的四言、五言韵文，名义来自中国旧有之“赞”“颂”，但实际上道经创撰者在经文造作中大量创作此类作品，则多受汉译佛经偈颂的影响。偈颂是佛教经典中的一个重要存在，汉译中假借四、五、七言诗体转换为汉语书面语境中的一种翻译文学，并同时得到普遍的接受。正如玄言诗兴起与佛教不无关系且受到偈颂影响一样②，道教神圣诗歌的内容和表现方法同样也颇有取资于偈颂之处。

赞颂在早期道教经典中是非常重要的内容。上清早期经群中的中心经典《大洞真经三十九章》的原型为三十九神名，其后成为该经典的重要的衍生内容“大洞玉经”或“高上神霄玉清王祝”中，就有典型的赞颂之诗。第二章中已经举出若干例子，这里再举两首：

（皇上玉帝君道经第三）

扶晨始晖生，紫云映玄阿。焕洞圆光蔚，晃朗濯耀

① 《道藏》第24册，第817页。

② 张伯伟：《玄言诗与佛教》，载张伯伟：《禅与诗学》，浙江人民出版社，1992年；陈允吉：《东晋玄言诗与佛偈》，载陈允吉：《古典文学佛教溯源十论》，复旦大学出版社，2002年。

罗。眇眇灵景元，森洒空青华。九天馆玉宾，金房唱霄歌。贤哉对帝宾，役召伯幽车。七祖解胞根，世世为仙家。①

（太微天帝君道经第五）

太微天帝君，八浮入云营。神宗理灵襟，龙山秀玉京。金房蔚明霞，九户朗高琼。黄庭涉北元，元父左回明。朱精启明师，幽寥登上清。四玄秉元禁，长保五帝城。②

《洞真太上道君元丹上经》载有数篇对“高天上帝”的赞颂：

太帝君偈赞

翳翳无化初，眇眇晨霞散。太寂空玄上，寥朗二仪判。凝精抱玄胎，结化孕灵观。含真颐神内，倏欻启冥旦。始悟忧促龄，还交反天汉。萧萧步虚游，旋行礼玉皇。稽首归太无，乘风散灵香。俯仰帝皇堂，飘飏随虚翔。妙唱发奇音，吟咏太真章。流广四大界，十天量无央。阆台发幽夜，神烛吐奇光。璀璨玉林华，熠烁耀琼堂。虚生自然烟，蓊郁御玄纲。群真披霄赞，宝盖顺风昂。飞步咏空歌，神唱化道长。郁郁大化隆，济济玄道兴。积学随日感，功满入大乘。福庆逮一切，七祖咸得

① 《道藏》第 1 册，第 522 页。
② 《道藏》第 1 册，第 523 页。

升。整驾凌太华，回辔绝霄馆。灵风鼓空洞，香花乘烟散。萧萧礼虚堂，诜诜步玄汉。朗咏感幽衿，拔度宿根难。五苦应时解，流芳注洶灌。玄关峙云纲，飞霞翼灵舆。授携无迹真，窈窕入太虚。乘空诵玉篇，萧条咏羽书。广念无不普，一切庆有余。[1]

天帝君诵

至道生寂寂，玄响音相求。三真不无一，炁化理还殊。法轮无影内，飘飘清观流。凝章不待思，结炁合玄符。灵唱发空歌，吟咏步虚游。玄化本无迹，〔有迹〕[2]生道宗。遨游九天际，息驾六领宫。提携高上宾，反我素房中。至道虚汉内，灵歌发太空。形感至寂庭，思咏希微通。云光翳晨晖，停曜荫玉房。玄龙不待驾，萧萧步虚翔。手掇七宝华，灵风散奇香。妙咏乘衿发，粲粲启玉章。万炁混元一，总归三玄梁。乘天不云高，遐望九玄辽。振翮思玄辔，希登幕云霄。积念告灵感，期与玉真交。暧暧天汉澄，飘飘景云回。三真腾空上，控辔迅紫微。明唱度后身，咸令乘景飞。拔出三途难，九玄离苦哀。[3]

太微天帝君诵

太真生空洞，琼罗耀宝台。旋行礼玄京，众仙唱微

① 《道藏》第33册，第626页。

② 有迹，《洞真太上道君元丹上经》原缺此二字，据《云笈七签》卷九十六补。

③ 《道藏》第33册，第626页。

诗。回转无迹内，虚歌契幽期。度身上生天，吟咏积福基。策辔太霞馆，时复宴景云。飘飘无崖际，离苦入玄门。意适道亦畅，心丹志亦分。积学随日新，咏我素灵文。八景运天舆，飞霄蔚玄灵。素盖乘风回，寥寥入紫清。妙赞万真曲，玉响何玲玲。披拔九阴籍，度身反南庭。庆流普一切，妙化靡不荣。清净可道宗，明朗焕太空。妙化由静默，潜想三素宫。积念彻玄虚，微微至道通。叩咏响玄寂，灵唱靡不隆。丹晖映云庭，紫烟耀玉林。焕烂七宝华，璀璨摇灵音。宫商自相和，妙趣倾人衿。玄唱种福田，广度无界心。①

后圣金阙帝君诵

眇莽元始天，三象混玄一。萧萧正道兴，浩浩大乘逸。六炁还正庭，总归泥丸室。出入游帝宫，流精曜云日。运周返天汉，窈窕乘玄七。员华映明珠，二景对真光。灵晖启朔会，玄象交扶桑。冥度自相求，阴畅朗八芒。若能餐此精，长得御玄纲。游戏九玄台，解憩西羽阿。神兽鸣琼堂，飞凤互参差。虚生自然咏，真人唱节和。化身劫刃庭，缘香命清歌。建功立福田，拔度身上罗。七玄散幽宫，出离无艰那。飞步蹑霄岭，翔翩东华宫。风云虚中唱，玉音散琼堂。真人咏空歌，妙响绝云房。解我自然衿，成我积劫功。长啸九玄上，清瞩睹空同。龙吟绝宅府，凤啸太霄馆。虚唱无留味，哀音乘风

① 《道藏》第33册，第627页。

散。谁能究此章，精诵素灵赞。以解九阴过，拔度七玄难。[①]

《诸真歌颂》谓此赞颂出自《大有妙经》。《大有妙经》全称为《素灵大有真经》或《太上素灵洞玄大有妙经》，是早期上清经群的核心经典之一。原经今已不存，但文字为多种南朝经典抄录，《洞真太上道君元丹上经》乃其中之一。《紫阳真人内传》有曰："乃退斋三月，登嵩高山，入洞门，遇中央黄老君游观丹城，潜行洞庭，合会仙人在嵩高山太室洞门之内，以紫云为盖，柔玉为床，凤衣神冠，佩真执节，左带流金之铃，右带八光之策，神虎侠洞门，灵狩卫太室，左侍者清真小童，右侍者太和玉女，各百余人，捧神醴之琬，咏《大洞真经》三十九章，诵《大有妙经》二十四章，修《太上素灵》二十一曲。"[②] 由此可知，《大有妙经》与《大洞真经》皆以咏诵为主，其原本应有二十四首赞颂。

更多的赞颂出现在灵宝系经典中。从文体形式上说，第二章中就已论述，灵宝系一经中诸体并存者，以真文敷赞、"道"言和颂赞为主。从内容上看，古灵宝经的核心就是敷赞道体及道体启示——天书真文，很多经文如《元始无量度人上品妙经》卷一"无文不光，无文不明，无文不立，无文不成，无文不度，无文不生"[③]，作为对"天书真文"的最佳礼赞，虽不具赞颂之名，却有赞颂之实。另外，灵宝系重视"天文""秘宝"，由此创制大量的符箓和对应的神灵，必然也导致赞颂的出现。

① 《道藏》第 33 册，第 626 页。
② 《道藏》第 5 册，第 544 页。
③ 《道藏》第 2 册，第 202 页。

《太上灵宝五符序》卷下“劳盛山上刻石作文，仙人乐子长作，吴王夫差写取”：

玄流鼓绛波，琨碧映琅山。朝日控晨辉，荟艳何蜿蜒。游云落太阳，飙景陵三天。灵宝曜九虚，幽朗钟山间。夏禹登八窗，散气响金兰。因枝振玉条，缘波讨洪源。扶质立灵干，垂叶以结繁。眇邈龙凤迹，焕烂九天翰。仰挹三晨精，保身永长安。俯漱五华液，还复反童颜。腾神温凉宫，岂知热与寒。千秋似清旦，万岁犹日半。鼓翼空洞上，要我灵宝官。纷纷五帝驾，俱会景汉端。相问饥与渴，玄泉饶流丹。求仙方寸内，八遐无易难。顾闻朱门臭，当途中有叹。勒铭劳岩阴，穴岫可稽磐。①

“灵宝五符”出世较早，今《道藏》本《太上洞玄灵宝五符序》约形成于东晋义熙年间，是较早的“古灵宝经”之一。② 此诗内容上介乎“仙歌”与“赞颂”之间，风格、辞句与上清仙歌特别是《真诰》诗歌相近，既可以说明两类“灵章”的彼此交融，也能从一个侧面证明上清与灵宝之间的互动关系。

古灵宝经中较为典型的赞颂有不同方面的内容侧重，首先是歌颂天书真文之经典、自然天音及“诸天歌咏”等，亦即《道教义枢》关于“赞颂”的举例“九天旧章”。《洞玄灵宝玄门大义》

① 《道藏》第6册，第337－338页。

② 小林正美：《六朝道教史研究》，第88页。

“赞颂者，如五真颂、九天旧章之例是也”[①] 及《道教义枢》“十二部义”“第十一赞颂者，如五真新颂、九天旧章之例是也”，“九天旧章”在后，乃是与“五真新颂”对举，以表明其出现时间为早。

古灵宝经“元始旧经”之一《太上灵宝诸天内音自然玉字》卷三有一长篇之颂：

> 天尊回玉驾，降席香园中。至真大圣众，无极天中王。神仙导日月，郁郁披云宫。五帝翼华辕，三界备十方。日庆众真会，欢乐难为双。妙会自然感，灵瑞发空洞。焕烂启幽期，障蔽日月光。玄阴不解夜，四象并安恭。灵运自应图，倏欻朗太空。灵书八会字，五音合成文。天真解妙韵，琅琅大有通。玉音难为譬，普成天地功。上植诸天根，落落神仙宗。中演玄洞府，坦明八幽房。开度生死命，拔出长夜亡。地狱五苦解，刀山不生锋。五道无对魂，亿劫并少童。堂堂大乘化，一切不偏功。元始出玉文，是为天中王。不胜情欢喜，飞步诵灵章。
>
> 天尊开大有，落落诸天明。妙哉龙汉道，八会结成形。焕烂飞空内，流光三界庭。神图启灵会，玉书应景生。天真通妙趣，五和合成经。琅琅玉音响，飘飘翠上清。开度无终劫，九幽受光明。巍巍大法门，教导一切生。斯功不可胜，欢乐度万龄。[②]

---

① 《道藏》第24册，第734—735页。
② 《道藏》第2册，第546页。

其前文有曰："于是灵妃按笔，太真拂筵，玉女执巾，金童飏香，月宫散花，日精灌津，五老监试，三界卫真，分其分度。三十二天，天有八字……四八天合三十二天，合二百五十六字，皆三十二天大梵隐语无量之音。天有飞玄自然之炁，合和五音，以成天中无量洞章，上演诸天之玄奥，赞大有之开明，中理自然之炁，普度学仙之人，下度生死之命，拔出长夜之魂。元始妙法，亿劫长存，其音既朗，其道行焉。大法开明，诸天称庆，无极大圣众至真，诸君丈人，五老上帝，十方尊神，神仙玉女，一时行香，旋行三匝，而作颂曰：……"① 据此称述并颂的内容，可知这是一篇非常典型的灵宝系创生的赞颂，包含元始天尊、三元八会之文、应劫而出、拔度地狱、教导众生等诸多内容。

《太上洞玄灵宝空洞灵章》（明《道藏》未载，见于敦煌P2399，收入《中华道藏》第三册）作为古灵宝经中的"元始旧经"，其本身即为"文学式的赞颂文体"，有"空洞灵章"三十二首，其前三首为：

太黄皇曾天帝君道经空洞灵章第一

梵行冠大罗，淳风抗玄纪。无形有常存，观世翻然理。屡践不终劫，探幽度生死。三乘通便路，清虚无尘滓。长夜息对魂，地狱五苦解。剑树不摇条，刀山不伤体。门有浩劫公，地无夭年子。今日庆斯会，诸天并欢喜。不胜情欣悦，高唱稽首礼。

太明玉完天帝君道经空洞灵章第二

① 《道藏》第2册，第545—546页。

晏景玉完上，游轮踯玄都。逍遥太明中，长灯烧翠罗。灵风拂重云，龙阜郁嵯峨。上有飞天人，羽衣互纷葩。下有龙汉民，皆是浩劫家。五道息对魂，九幽罢三途。天马运东井，长源无巨沙。不闻孤魂声，但作兴乐歌。斯乐今无极，当奈来运何。

清明何童天帝君道经空洞灵章第三

无色何童上，梵炁理太清。华绮丽玉京，黄云缠四軿。紫林翠南阜，飙风振朱琼。凤啸长夜开，十转九幽明。乌母遏天河，龙负寒井硎。五道绝对根，三徒不羁兵。回旗征天魔，黄幡校北营。洞章度幽魂，三界无谣声。上有福德宫，下有更生形。是为元始法，妙哉空洞经。喜庆稽首诵，高唱欢万龄。①

又有数首为四言，如“渊通元洞天帝道经空洞灵章第廿六”：

元洞皓明，太白上清。金仙黄母，号曰素灵。右侠月女，左带扶生。七元吐光，日童掷铃。威振渊通，焕赫奔星。总监万万，受度仙庭。炁不统死，梵行生生。金阙积简，上有劫名。功满升度，月宫练形。欲得羽衣，当识朱婴。朱婴相度，简入华青。五帝携别，降至飞軿。七祖同欢，俱行上清。②

① 张继禹：《中华道藏》第3册，第63页。
② 张继禹：《中华道藏》第3册，第66页。

“空洞灵章”即“洞章”，应为“生于自然空洞”之“灵章”。据《洞玄灵宝升玄步虚章序疏》“空洞即是诸天通赞”①，《灵宝无量度人上品妙经》卷二十“道言：昔于始青天中，碧落空歌大浮黎土，受元始度人空洞灵章自然之音”②，专指诸天所出之音。而灵宝系的“天书”，本身即是天文、天音、天乐的综合体③，“披空洞之微辞，以和五合之宫商，上赞元始之玄奥，下欣五帝之宝明”（《太上洞玄灵宝空洞灵章》）④“天有飞玄自然之炁，合和五音，以成天中无量洞章”（《太上灵宝诸天内音自然玉字》卷三）⑤。所以“空洞灵章”又专指对天书、天音的歌咏，与“空洞谣歌”“诸天诵咏”意义等同。

其次是歌颂高上帝君及仙真，亦即所谓的“五真新颂”。早期先是有“太极真人颂”“三真人颂”，此后发展为“五真人颂”。⑥《洞玄灵宝自然九天生神章经》太极真人颂二首：

大道虽无心，可以有情求。伫驾空洞中，回盼翳沧流。净明三界外，萧萧玉京游。自无玄挺运，谁能悟冥趣。落落天汉澄，俯仰即虚柔。七玄散幽裔，返胎顺沉浮。冥期苟潜凝，阳九无虞忧。睹此去来会，时复为淹留。外身而身存，真仙会良俦。

亹亹玄中趣，湛湛清汉波。代谢若旋环，椿木不改

① 《道藏》第11册，第168页。
② 《道藏》第1册，第130页。
③ 谢世维：《天界之文——魏晋南北朝灵宝经典研究》第五章“音诵与救度：太上洞玄灵宝空洞灵章”，台湾商务印书馆，2010年，第247页。
④ 张继禹：《中华道藏》第3册，第67页。
⑤ 《道藏》第2册，第546页。
⑥ 谢世维：《天界之文——魏晋南北朝灵宝经典研究》，第167—212页。

柯。静心念至真，随运顺离罗。感应理常通，神识逮自徂。淡游初无际，繁想洞九霞。飞根散玄叶，理反非有它。常能诵玉章，玄音彻霄遐。甲申洪灾至，控翮王母家。永享无终纪，岂知年劫多。①

《洞玄灵宝玉京山步虚经》“太上太极五真人，于会稽山虞山授葛仙公洞玄灵宝经，各吟一颂”：

太上太极真人颂

太上太道君，出示灵宝篇。高妙难为喻，犹彼玄中玄。自然十方土，共仰无上仙。大乎洞虚经，安坐朝诸天。上宝紫微台，下藏诸名山。焕烂龙凤文，戢耀在其间。妙哉太上道，无为常自然。王侯及凡庶，所贵唯贵贤。宿命有福庆，卓拔在昔缘。法师转相授，宝信劫数年。广心度一切，大福报尔身。供养必得道，奉行成至真。大道无彼我，传当得至人。②

太上玄一第一真人颂

众妙出洞真，焕烂耀太清。奉者号仙人，体元永长生。逍遥戏玄虚，宫殿罗其形。蒨璨七宝林，晃朗日月精。龙麟交横驰，凤凰翔悲鸣。太上治紫台，众真诵洞经。捻香稽首礼，旋行绕宫城。三周归高座，道王为应

① 《道藏》第5册，第847页。

② 《道藏》第34册，第627页。

声。人主弘至道，天下普安宁。①

太上玄一第二真人颂

虚无常自然，强名字大道。纡邈无边际，众妙归灵宝。闭目存至真，精思降十老。升仙永无为，灵颜常妙好。渴饮玉池醴，饥食金花草。净世度八难，济世诸苦恼。②

太上玄一第三真人颂

妙哉灵宝经，太上自然书。奉者致得道，号世降真来。受命宣道教，真为超俗才。事毕升神仙，宫殿治玄台。时降昆仑山，逍遥憩蓬莱。③

正一真人无上三天法师张天师颂

灵宝及大洞，至真道经王。唯有五千文，高妙无等双。奉行致飞仙，玄居治虚空。侍卫太上台，逍遥紫微宫。万劫犹电顷，长存永无穷。道服已备足，豁落自冥通。幽昧曰不知，安坐睹十方。④

后期灵宝经中，约出于南北朝的《洞玄灵宝丹水飞术运度小劫妙经》之“高上真人罗天颂三契”：

① 《道藏》第 34 册，第 627—628 页。
② 《道藏》第 34 册，第 628 页。
③ 《道藏》第 34 册，第 628 页。
④ 《道藏》第 34 册，第 628 页。

六度生梵迹，至真出虚玄。空洞向灵霄，仰秀十极宾。形受奇妙相，辽辽造登贤。执节侍营枝，被褐灵宝晨。解散飞云结，耀光照罗天。通身黄金体，颈有七宝圆。足蹑莲华行，旋游十极间。玄都邑玉京，自然赤字文。玉诀非常音，法轮是真言。妙哉高上教，道建五千文。众经归首目，豁落洞玄真。德合超然去，尘俗缅飘因。[①]

郁郁空洞乡，岧岧天宝台。漻漻众真降，万劫为一期。子抱玉真经，吟咏过三灾。五苦一时迸，七祖化无为。上造紫微官，元箓方宝持。太虚非为远，合炼吐邪疑。躯精浊损次，朝礼高上师。[②]

玄洞空中去，虚虚豁无向。罗天生洞宅，十圣俱斋景。五岳得安镇，四渎慧受象。重飞普衔无，蠢动无算等。九真还丹箓，飞行造玉京。万劫倏忽间，亿载在须顷。超度众根难，流霞登濛陇。[③]

再次则是歌颂戒律、道德信条等。《太上洞玄灵宝智慧罪根上品大戒经》是古灵宝经中关于戒律和道德信条的重要经典。在详列戒条之后有颂曰：

① 《道藏》第5册，第858页。
② 《道藏》第5册，第858页。
③ 《道藏》第5册，第858页。

十天轮空洞，死生从中归。善恶各生根，缘对初无亏。昔见清信士，故得十天飞。历观九幽夜，苦魂攀岭悲。长河难闭塞，刀山不可回。轮转五道中，恻怆伤人怀。天尊说禁戒，朗朗长夜开。诸天并欢悦，斯乐难可偕。①

《洞玄灵宝长夜之府九幽玉匮明真科》“飞天神人说行恶受对一十四条，恶根因缘不绝之科毕，诸天童子欢喜作礼，于是飞天神人而作颂曰”：

生世不善念，酷虐攻师宝。死受万痛毒，万劫失人道。苦酷谄忠良，谗谤击贤人。生世处边夷，死受牛马身。悭贪惟欲得，不念施众生。死魂为饿鬼，后生六畜形。富贵凌贫贱，离夺人种亲。身受破裂报，魂鬼被髡钳。咒诅无辜人，淫祀僻邪神。流曳三途中，万劫生贱身。谋逆虐君父，秽辱毁天真。死入镬汤煮，苦痛不得还。执心不专固，轻慢天宝经。命过循剑树，风刀无暂停。不念怀慈心，酷毒害众生。死魂负铁镬，万劫戴火山。叛道向邪神，訾毁背真人。死形无衣披，铁杖不去身。劫盗人财物，斫刺于天民。死魂受髡截，生世被刑残。乘暗入人家，肆意适所行。死魂长幽闭，不见日月光。积行不念仁，游猎捕众生。铁杖以报怨，驱驰无暂宁。凶性作口舌，斗乱无疏亲。死受拔舌报，后生恒吠人。好酒失本行，五神并猖狂。死汲溟波水，灌沃四

① 《道藏》第6册，第888页。

渎中。[1]

颂不仅仅是赞颂，作为一种神圣诗歌文体，还具有其他方面的功能，主要有二：

第一是敷说教义，包括描绘铺陈各种神圣之境。古灵宝经《太上主一真人说劝诫法轮妙经》“无上八门开度法轮偈颂”“转轮灭度行业偈颂”“转轮命根未尽偈颂”实际上均在陈说受之于佛教的教旨，如后一篇“出虚无正真皇上丈人，历观来生行业行罪，有负逆之对，劝诫入真，行大慈之心。颂此篇，令知宿命之根也”：

转轮空洞魂，灭度更死生。罪福各有对，吉凶无偏婴。得道行所致，缘尔先身精。行恶招斯酷，流曳五苦庭。天地虽悠悠，玄鉴理甚明。吾历观汝辈，从师受吾经。得经叛汝师，嫉嫉争功名。轗轲不自咎，缘路吐怨声。致使六部司，执笔纠尔刑。命灭负刀山，苦恼身是婴。往反三途中，岂觉形与名。化为六畜群，望反其冥冥。法轮有常运，去留无稽停。哀此祸福元，受报不贯生。念汝不知命，发颂伤我情。[2]

又《洞玄灵宝玉京山步虚经》中“太上智慧经赞”八首[3]，

① 《道藏》第34册，第383—384页。

② 《道藏》第6册，第177页。

③ 案：据其末识语“太极真人之辞，众仙常所耽诵，不宣于下俗之人，秘藏金阙玉房之内也。仙公曰：宜传至人修灵宝斋者也，不可示浮华之徒，慎之哉，慎之哉”，至少《洞玄灵宝玉京山步虚经》中的这一部分内容为“仙公新经”，时间较晚。

虽性质仍属“赞颂”，但内容更像是劝化经文，用通俗而琅琅上口的诗歌形式表达出来：

太上玄虚宗，弘道尊其经。俯仰已得仙，历劫无数龄。巍巍大真德，寂寂因无生。霄景结空构，乘虚自然征。日月为炳灼，安和乐未央。（其一）[①]

学仙绝华念，念念相因积。去来乱我神，神躁靡不历。灭念停虚闲，萧萧入空寂。请经若饥渴，持志如金石。保子飞仙路，五灵度符籍。（其二）[②]

……

学道由丹信，奉师如至亲。挹景偶清虚，孜孜随日新。众人未得度，终不度我身。大愿有重报，玄德必信然。阴恶罪至深，对来若转轮。（其五）[③]

学道亦甚苦，晨夜建福田。种德犹植树，种篑而成山。子能耽玄尚，飘尔升青天。修是无为道，当与善结缘。太上至隐书，名曰智慧篇。拔苦由大才，超俗以得真。灵姿世所奇，哗若渊中莲。（其六）[④]

人行若有本，皆由宿世功。立德务及时，发愿莫不

① 《道藏》第 34 册，第 626 页。
② 《道藏》第 34 册，第 626 页。
③ 《道藏》第 34 册，第 627 页。
④ 《道藏》第 34 册，第 627 页。

从。善恶俱待对，倚伏理难穷。贤士奉法言，道亦在兼忘。解是太智慧，上为太极公。宝盖连玉舆，命驾御九龙。金华警洞经，捧香悉仙童。啸歌彻玄都，鸣玉扣琼钟。（其七）①

……

又如约南北朝时《太上洞玄灵宝上品戒经》之劝诫颂曰：

人命已消亡，喻若膏中火。四大如枝叶，五蕴似花果。盛年当勤学，岂得存吾我。福尽神识散，宜朦地狱坐。上圣畏沉沦，寻道度斯祸。大地及万物，倚伏各有灵。终使待劫数，福尽天地倾。往返于五道，去来更死生。愚夫不信法，罪痛常自婴。若欲度斯患，归命太上经。演说上妙戒，受之为身宝。就学恒苦耽，治身恨不早。皆当披幽赜，倏忽催人老。吾故及弱龄，弃世急学道。②

第二是"念诵之辞"，即需要作为入道之门、修行步骤或仪式行为的念诵之辞。道教经典是自然大道的"天启"，是"天文"和"天音"的结合，同时也是具有法力的神物，因此念诵就成为一种必需，上清系原始经典《大洞真经》是这方面的典型，"《大洞真经》，读之万过便仙"（《真诰》卷五）。前论《太上洞玄灵宝空洞灵章》也具有此一性质。在神仙道教中，有资格念诵并能得到可

① 《道藏》第34册，第627页。
② 《道藏》第6册，第868—869页。

以念诵的“大洞真经”“空洞灵章”，是修行进阶的重要标准。古灵宝经《太上诸天灵书度命妙经》的关键内容就是“诸天灵书度命品章”，共分“东、南、西、北方”四章，“天尊言：此四章是四天帝王度命之妙品，四天上圣真人玉女常所歌颂，留神安气，调和形魂，雅音妙绝，慧洞虚空。故四方正士遍得法音，自然道真，寿命长远，命过之日，径上天堂，世世不绝，转轮圣王。其道高妙，众经之尊，养生护死，大乘法门”[①]。其词为：

（东方九气）

东华吐灵风，西宫和琅音。二气结空洞，太虚中生心。灵书披长条，宝文翠碧林。凤歌通天响，六时应节吟。上有度命童，拔夜朗长阴。万劫保形明，眇眇莫能寻。长录不死年，与运同浮沉。日月照灵魂，璇玑回东南。九星落形影，宝华生五心。自有不凋神，与我契丹金。赤书检精炁，玉诀妙自深。朱宫有箓籍，魔神莫能侵。[②]

（南方三气）

绛云翠玉虚，灵风拂太微。辽辽六气除，眇眇吐灵晖。乘我日中影，振辔顺天回。朱童拔灵夜，洞阳炼落辉。玉章度促年，灵歌五神开。长魂无绝景，一念入九围。亿劫赴遐期，华命不凋衰。飞天披重关，南宫朗幽机。朱陵定绛籍，神备使形飞。七祖上生天，福德高巍

① 《道藏》第1册，第805页。
② 《道藏》第1册，第804页。

巍。输转空洞魂，出我九玄扉。夜景披朝阳，飘飘乘运归。①

（西方七气）

昆台生琅音，玉气逸九冥。宝章洞太虚，蹑真入无形。锦云翠朱日，圆华逐月生。混合自然气，辽辽九遐清。六慧纯梵行，五神招高灵。绛宅曜朱童，万劫不凋零。长存好生君，太一合黄宁。保命度符籍，炼魂金华庭。自归不死炁，飘飘乘运生。七玄入南宫，朽骸更鲜荣。长歌乐云浮，窈窕戏绿軿。逍遥大罗外，三界莫能轻。②

（北方五气）

飞步入北清，把真招上元。乘景望玄台，四宫生锦云。中有采生童，太一上帝君。十圣回轻盖，羽衣何纷纷。长执九命籍，金录赤书文。十绝绕华庭，飘飘度命幡。绿盖乘风回，丹霄拂灵轩。为我造上宫，拔录九夜门。度命朱陵阙，长保亿劫椿。留神营绛府，赤子明三关。形受不死气，自然生宝魂。七祖度南宫，世生福庆门。③

如此灵章虽唯得真人玉女念诵，但从其文意旨上看，经文既已出世，得师入道、精进修行者，所谓“四方正士”亦得诵之。

① 《道藏》第1册，第804页。
② 《道藏》第1册，第805页。
③ 《道藏》第1册，第805页。

四颂以游行仙界、描画天神、铺叙至道、礼赞不死为基本结构模式，辞藻华美，意趣纯真，风格清雅端正，与上清仙歌略似，属于在文学方面有较高水准的颂赞作品。

念诵之辞也包括禁咒召劾之辞。这方面的例子是约南北朝时期的《太上洞玄灵宝八威召龙妙经》，这本身是一部关于乞请元始天尊召劾龙王避水消灾仪式方法之经，其中就含有各种在仪式进行中所必须念诵的颂辞。如“元始天尊以高上玄度真人八节日登灵山，召诸海龙王丈人，诵八契，并召文及符随节用，立春之日用青缯九寸，丹书州郡县乡里年纪，所封先生名，某甲佩三部八景，天仙地真常在身中。乞某今立春之节，奏名泰玄，削除死籍，断绝罪根。立春日诵四方咏，用法召文如前”：

> 嗟呼龙汉尊，勇猛高神王。洞渊诸灵宝，以召龙王君。魔王丈人主，元始元圣神。制威住八毒，灭洪止炎烟。逍遥虚无散，身生水火光。大运会开度，弥劫为一龄。①

又“太玄、太素、太微三元君，元始高真，上景先生，玄和玉女，灵妃夫人，某甲先封某海神王，以护渊通天洪漏水灾。今以某时之日，奏赍金龙碧珠，以赆先君，乞上名帝籍，削除死根。四时日投水简，赤书青纸，以北向诵四契梵天音”：

> 太玄太素太微君颂第一
>
> 太上洞玄文，三元灵宝真。元始吐玉诀，是为上古

① 《道藏》第6册，第237页。

言。八威纵毒气，诛灭妖俗尘。正道有空洞，高妙元气尊。瞬目过六度，腾身参泰玄。百八十海沸，龙汉开洪门。渊通诸汉首，人鸟灵岳根。虬兽蛟鲸勇，浩浩守洞文。观见学仙客，蹊路放炎烟。催促郁仪纲，收录结璘晨。阳光不复朗，阴精不复明。百六阳九尽，大小劫更生。①

这些讽诵之辞往往也是五言赞颂的文体，只是内容上带有祷乞至尊、劾召神灵的意思。

佛教偈颂、道教赞颂都属于宗教颂歌，是宗教仪式最重要的组成部分之一，也是神圣诗歌的典型形式。宗教颂歌的内容主要是礼赞和歌颂神灵，感谢神灵的创世造物、光辉普照，以及对教民的恩赐和拯救，形式规整，基调严肃，风格高雅神圣。在这一方面，神仙道教因为一开始就用文字进行创作，所以较佛教偈颂更为显著。从上文所举的例子中可以看出，无论是上清系经典还是灵宝系经典中的赞颂之诗，均不失宗教颂歌的内容和形式特色。

三、步虚词

在整体的“神圣诗歌”中，有一些诗歌不仅保持着歌咏赞颂的本质，尤其还能配合仪式表演甚至成为仪式的一部分，同时还不失教谕、宣导的功能，这就是“步虚词”。

“步虚词”作为一种诗体文本，它是“步虚”的一部分。“步虚”的名义、内涵、功能及历史发展，可以从三个角度来审视：

第一个是早期道教音乐的角度。音乐倡发于神人交通之需要，

① 《道藏》第6册，第238页。

是从原始宗教到创生宗教各种仪式的核心元素。道教音乐传统渊源有自，神仙道教的重要来源南方萨满巫道乐舞合一，而其他民间祭祀亦无不富于音乐仪式，上清经、灵宝经中都有丰富的音乐论述。根据学者的研究，南方道教整合以后已经形成了专门的道教音乐，包括音诵（咏诵经文）、仙歌（各种活动中的歌唱）和道赞（斋仪中的赞诵），后一种斋仪赞诵即以“步虚”为代表；旧说曹植鱼山制呗而“解音者则而写之，为神仙声；道士效之，作步虚声”，不过是一种附会而已。[①] 步虚开始应是声乐，所谓“诵咏空洞之章”，可能是入唐以后才形成可供管弦的曲调。

第二个是早期道教仪式的角度。《太极真人敷灵宝斋戒威仪诸经要诀》：“拜既竟，斋人以次左行，旋绕香炉三匝毕，是时亦当口咏步虚，蹑‘无披空洞章’。所以旋绕香者，上法玄根无上玉洞之天，大罗天上太上大道君所治七宝自然之台，无上诸真人持斋诵咏，旋绕太上七宝之台，今法之焉。”[②]《无上黄箓大斋立成仪》卷三十四引《上元金箓简文真仙品》曰：“拔度生死，建斋威仪，礼十方毕。次一时左转绕香灯三周，师诵步虚之章，弟子都门赞祝三周，如玄台法。尊卑相次，安徐雅步，调声正气，诵咏空洞之章。”[③]步虚仪式的关键特征是斋仪“十方礼谢”后，“行斋之人围绕香炉、经台或灯旋行三匝，旋行的同时诵咏步虚灵章，捻香散花”[④]。关于步虚仪式的来源，一种意见认为来自“步罡踏斗”，

---

① 王小盾，金溪：《鱼山梵呗传说的道教背景》，载《中国文化》第 36 期（2012 年秋季号），第 134—157 页；金溪，王小盾：《鱼山梵呗传说考辨》，载《文史》2013 年第 1 辑，第 95—131 页。

② 《道藏》第 9 册，第 868—869 页。

③ 《道藏》第 9 册，第 579 页。

④ 吕鹏志：《唐前道教仪式史纲》，第 161—162 页。

另一种意见主张受到佛教绕佛礼拜的影响，是非难定，但后一种可能性较大。

第三个是早期道教文献的角度。以“步虚”为经名的今《道藏》本《洞玄灵宝玉京山步虚经》集中载录早期步虚词“洞玄步虚吟十首”，《太上洞玄灵宝授度仪》所录十章与《洞玄灵宝玉京山步虚经》“洞玄步虚吟十首”基本相同，此后唐法琳《辨正论》、玄嶷《甄正论》有引用。据陆修静古灵宝经目[①]，《洞玄灵宝玉京山步虚经》似即为“太上玄都［玉］京山经”，属“元始旧经”，应为时代较早之经典。尽管今《道藏》本《洞玄灵宝玉京山步虚经》的文献情况并不能完全确定，不少道教史研究者持有不同意见[②]，但其中所载“洞玄步虚吟十首”为较早明确标称的步虚文辞，仍无太大疑问。不少学者认为《洞真太上神虎隐文》中的“金真之诗，步虚之曲”，是包括“洞玄步虚吟十首”在内的灵宝步虚章的直接来源。进而也有学者主张上清经典中的“步玄之曲”（《汉武帝内传》）、“步虚之曲”（《真诰》）等，均为步虚词的早期形态。[③]

综合来看，步虚是灵宝斋仪中一种较为特殊的仪式成分，从而导致产生了一种相应的可供诵咏的“空洞之章”——步虚词。《洞玄灵宝玉京山步虚经》所载“洞玄步虚吟十首”如下：

---

① 大渊忍尔：《敦煌道经目录编》，隽雪艳，等译，齐鲁书社，2016 年，附录一《灵宝经目》。

② 最新的综述见王皓月：《析经求真：陆修静与灵宝经关系新探》，中华书局，2017 年，第三编“《玉京山步虚经》研究”。

③ 罗争鸣：《步虚词释义及其源头与早期形态分析》，载陈伟强：《道教修炼与科仪的文学体验》，凤凰出版社，2018 年。

稽首礼太上，烧香归虚无。流明随我回，法轮亦三周。玄元四大兴，灵庆及王侯。七祖生天堂，煌煌耀景敷。啸歌观太漠，天乐适我娱。齐馨无上德，下仙不与俦。妙想明玄觉，诜诜巡虚游。

旋行蹑云纲，乘虚步玄纪。吟咏帝一尊，百关自调理。俯命八海童，仰携高仙子。诸天散香花，萧然灵风起。宿愿定命根，故致标高拟。欢乐太上前，万劫犹未始。

嵯峨玄都山，十方宗皇一。岧岧天宝台，光明烂流日。炜烨玉华林，蒨璨耀朱实。常念餐元精，炼液固形质。金光散紫微，窈窕大乘逸。

俯仰存太上，华景秀丹田。左顾提鬱仪，右盼携结璘。六度冠梵行，道德随日新。宿命积福庆，闻经若至亲。天挺超世才，乐诵希微篇。冲虚太和气，吐纳流霞津。胎息静百关，寥寥究三便。泥丸洞明景，遂成金华仙。魔王敬受事，故能朝诸天。皆从斋戒起，累功结宿缘。飞行凌太虚，提携高上人。

控辔适十方，旋憩玄景阿。仰观劫仞台，俯眄紫云罗。逍遥太上京，相与坐莲花。积学为真人，恬然荣卫和。永享无期寿，万椿奚足多。

大道师玄寂，升仙友无英。公子度灵符，太一捧洞章。舍利曜金姿，龙驾欻来迎。天尊盻云舆，飘飘乘虚翔。香花若飞雪，氛霭茂玄梁。头脑礼金阙，携手遨玉京。

骞树玄景园，焕烂七宝林。天兽三百名，狮子巨万寻。飞龙踯躅鸣，神凤应节吟。灵风扇奇花，清香散人衿。自无高仙才，焉能耽此心。

严我九龙驾，乘虚以逍遥。八天如指掌，六合何足辽。众仙诵洞经，太上唱清谣。香花随风散，玉音成紫霄。五苦一时迸，八难顺经寥。妙哉灵宝囿，兴此大法桥。

天真帝一宫，霭霭冠耀灵。流焕法轮纲，旋空入无形。虚皇抚云璈，众真诵洞经。高仙拱手赞，弥劫保利贞。

至真无所待，时或辔飞龙。长斋会玄都，鸣玉扣琼钟。十华诸仙集，紫烟结成宫。宝盖罗太上，真人把芙蓉。散华陈我愿，握节征魔王。法鼓会群仙，灵唱靡不同。无可无不可，思与希微通。[①]

除了《洞玄灵宝玉京山步虚经》另载的几篇早期赞颂外（见

① 《道藏》第34册，第626页。

上一节讨论），还可以进行对照的一是在其前的《洞真太上神虎隐文》“于是太微帝君唯唯稽首，乃解云笈，发琼函，七光映素，流日启真，九晖停曜，飞香交缠，执符未授，顾命太微侍女纪林华、严彩云、朱条烟、韩放要等，合歌金真之诗，步虚之曲”：

太冥绝四玄，洞景寄神通。玉台敷朱霄，绿霞有金墉。上挹云珠领，仰授无刃峰。灵镜燿紫馆，蔼朱晖中空。冥化缠玄根，把节携紫童。圆途无凝漠，绮蔼复有重。南排朱阜户，西踰豪缺窗。体矫万津波，神生摄十方。玄归反寂辕，上向乘天龙。冥摅飞景舆，挥铃七道游。轻浪云尘津，欻已造玉州。左摄玉映妻，右命金真夫。上接飞霄贤，俯援灵妙畴。弥缠广寒宇，披锦入神丘。凤脑固劫龄，蕊醴反华颓。太上寔寿稔，制命万杪阶。三觉承玄数，纵欢焕牙回。飙粲停浪华；紫桂何栖栖。琳实鸣九霄，玉节征太微。黄策遏德刃，岂干真人晖。弃素入无质，百象始俱遗。豁阳丹炁颖，烂粲绛云飞。齐契玉映静，炫悬上清畿。神灵应冥数，顺感招兆世。洪津浪纷蔚，并景参容裔。巍峨金阙子，萧条入灵际。俯仰万兆变，将顺同精契。玄栖绝寂台，清咏智与慧。消魔灭万锋，挥诗以逐秽。金虎承天威，摧神以匿炁。扫妖千万倾，万里无邪芥。①

二是其后唐宋之际《众仙赞颂灵章》所录“众仙步虚词”五首（亦见《云笈七签》卷九十九引）：

---

① 《道藏》第33册，第567页。

飘飘上云路，黯黯入长霄。星宫日去远，光阴劫数遥。仰德金颜隐，倾想伫神飙。愿得映霞軿，焚香稽首朝。

玄风转飞盖，紫气泛仙车。浮空不待驾，合忽升虚无。徘徊哀下界，顾眄愍群诸。三元真化毕，倏然入太虚。

万气浮空上，千光合太微。霄间望华盖，虚重眄霞衣。真仪入云路，圆曜逐风飞。愿得三元会，金容乘运归。

吉光腾紫气，霄路逸丹天。旛飏香风转，盖动超浮烟。道中还复道，玄中已复玄。真光不识际，大道竟无形。法轮常自转，希音不可听。空闲待三宝，虚中闻洞经。七变游魂反，万气驻颓龄。

香风飘羽盖，游气转飙车，泠泠上云路，窈窈入长虚。顾愍埃尘子，应运演灵书。妙果谐今日，冥契自然符。①

三是宗旨和风格均颇近似，但“洞玄步虚吟”和“步虚之曲”在词语方面与当时灵宝、上清经典高度相同，而与“众仙步虚词”有异，可以证明后者的晚出。“洞玄步虚吟”包含明显的仪式、方术描述，如“稽首礼太上，烧香归虚无”“旋行蹑云纲，乘虚步玄纪”“皆从斋戒起，累功结宿缘”“虚皇抚云璈，众真诵洞经”等，

① 《道藏》第11册，第167页。

“步虚之曲”全在铺陈“游仙”，由此可见“步虚之曲”仍属“仙歌”，而“洞玄步虚吟”则是一种源自仙歌、赞颂的配合仪式的新的神圣诗歌类型，尽管它们的义理宗旨并无二致。

在文学方面，步虚词与众多仙歌、赞颂则实为一体，都采用了当时流行的诗体，技巧上也未摆脱当时诗歌水平的局限，修辞上则受到玄言诗的影响。它们的美学风格也比较一致，用词典雅华丽，意旨玄秘深奥，又极尽铺陈排比、一唱三叹之手法，呈现出一种“神圣之美”的审美效果。

更重要的是，道教步虚词几乎立刻就成为文人拟乐府之一体。《文选》诗“乐府”类未收“步虚词”，今存最早的文人拟步虚词之作是庾信《道士步虚词》十首，时间至晚也在北周末年。就现存文献看，庾信之作初见于唐《艺文类聚》引六首及宋《文苑英华》载录五首，去其重复为八首；宋郭茂倩《乐府诗集》收有十首，含《艺文类聚》《文苑英华》所录八首。《乐府诗集》“步虚词”题下引唐吴兢《乐府解题》曰“步虚词，道家曲也，备言众仙缥缈轻举之美”，可证唐代方明确为乐府一体，为宋代郭茂倩绍继。庾信的十首步虚词“巧妙地借鉴了道教《步虚词》的语言、意象，文字典雅，音韵和谐，使典用事严整精确，意境创造相当鲜明。与道教典籍里那些作品比起来，显现出脱胎换骨的功夫”①，在文人拟作步虚词方面，明显具有开创之功。除庾信、隋炀帝外，《乐府诗集》所收步虚词均为唐代作品，有些如陈羽、刘禹锡、皎然、陈陶之作已完全脱离了道教步虚原有的内容、体式和风格。

仙歌颂赞中的一部分（如步虚词）是在真实仪式中唱颂的，

---

① 孙昌武：《游仙诗与步虚词》，载孙昌武：《诗苑仙踪：诗歌与神仙信仰》，第 138 页。

但有很大一部分是注重文字的士人的文本创作。无论如何，它们都可以称为仪式性的诗歌，总体上是赞颂无上之境、咏唱高上仙真，表达祈求与感恩的集体意识的展现，因此创作者、阅读者和仪式参加者也能借此获得人与神的冥合而获致交感——既包括宗教性的神圣、神秘感，也包括艺术审美之感。[1]

第三节　人神感会：《真诰》人神恋爱之诗

上清系道教总体上可以定性为一种士人参与统合并进行义理化整理的，较为精致的新神仙道教，但它也有着深厚的当地民间信仰基础，亦即南方地区的原生宗教的主要形态——各种萨满式巫道。[2] 尽管创教者在创立过程中已经进行了极大程度的义理提升，萨满元素仍然充斥于早期上清道教的各个方面，并使其整体呈现出浓厚的萨满风格。这种萨满风格最典型的表现就是上清式降真的“人神交接”，萨满通过某种途径进入沉醉“失神”状态[3]，从而冥通神灵并达致交流，代神言事、教谕、治病和预言。萨满通神即是“人神恋爱”，萨满代表信众慕神恋神，以精爽不贰、纯洁贞诚之志获得“神”的降临。“人神恋爱”是所谓“巫系文学”的唯一源泉。

《真诰》诗歌中除了其他仙歌、颂赞以外，存在着不少“人神

---

① 李丰楙：《仙诗、仙歌与颂赞灵章》，载李丰楙：《忧与游——六朝隋唐仙道文学》，第121页。

② 参阅乌丙安《神秘的萨满世界》（上海三联书店，1989年）、张光直《中国青铜时代》（三联书店）、柳存仁《萨满与南巫》（载柳存仁：《道教史探源》，北京大学出版社，2000年）、赵益《六朝南方神仙道教与文学》（上海古籍出版社，2006年）。

③ 郭淑云：《萨满出神术及相关术语界定》，载《世界宗教研究》2009年第1期。

恋爱之诗”。在上清的构造中，这部分诗歌皆为“女神”的赠诗，但实际上毫无例外是人的作品亦即创教者的创造，只是这种创造来自对神的爱慕所导致的心灵感会。女神赠诗是当时女神传说风尚中常见的母题[①]，但正如杜兰香之降见张硕等很多故事原来自文人一样，《真诰》的人神感会之诗并非取资于民间传统中的浪漫故事，而是出自诸如上清创教者这样的通灵者深沉的宗教体验。

《真诰》的开篇就是这样的一首作品，为早期女神萼绿华赠予她所降临的对象——羊权的诗：

> 神岳排霄起，飞峰郁千寻。寥笼灵谷虚，琼林蔚萧森。羊生标美秀，弱冠流清音。栖情庄惠津，超形象魏林。扬彩朱门中，内外迈俗心。我与夫子族，源胄同渊池。宏宗分上业，于今各异枝。兰金因好著，三益方觉弥。静寻欣斯会，雅综弥龄杞。谁云幽鉴难，得之方寸里。翘想樊笼外，俱为山岩士。无令腾虚翰，中随惊风起。迁化虽由人，蕃羊未易拟。所期岂朝华，岁暮于吾子。[②]

尽管此次“赠诗”可能确实如《真诰》所记，发生于降授杨羲和许氏父子的六年之前且对象是另外一个家族，但《萼绿华诗》是奠定《真诰》降诗的内容范畴和风格基调的作品，全诗意旨清晰，意态自然、亲切，充分展现了人神恋爱的情绪和体验，传达出某种特有的浓烈的情感，特别是诗的后半段所抒发的那种欣会

① 李丰楙：《仙诗、仙歌与颂赞灵章》，载《忧与游——六朝隋唐仙道文学》，第94页。

② 陶弘景：《真诰》，第3页。

于同道的感念，极有触动之效。

全部《真诰》文字所述的是东晋兴宁三年乙丑岁（365）六月起至东晋简文帝登基止，众多仙真下降至一位通灵者杨羲，向他口授了许多修真的要旨，命他书写记录下来，传达给殷勤向道并有志修真上仙的句容人氏许谧、许翙父子。地点或在东晋京城建康（因为杨羲后来一度做了琅琊王司马昱的公府舍人），或在杨羲在句容的家里，或在许氏父子位于茅山的山馆中。杨羲将笔录传示给许氏父子，后者又做了一些转抄，并在修道的过程中不断通过通灵者杨羲向仙真们询问，彼此的问答同样由杨羲书写传递。杨羲、许氏父子的这些手书，经过许氏后人及众多向道者之手，颇经散佚，最后由陶弘景搜集整理成《真诰》一书，传于后世。

上清早期的通灵者可能不止一人，如上述仙女萼绿华所降羊权即是。后来则是当地与许氏家族联姻的华氏家族中一位名叫华侨的地方官吏，“众真未降杨之前，已令华侨通传音意于长史”（《真诰》卷十九）[①]，后因不能遵守隐秘原则“漏泄天文”而被逐出，杨羲遂起而代之，成为出现在前台的唯一的灵媒。杨羲“为人洁白，美姿容，善言笑，工书画。少好学，读书该涉经史。性渊懿沉厚，幼有通灵之鉴”（《真诰》卷二十）[②]，与许氏家族向道成员均所熟悉，符合萨满“灵媒”的一切条件。陶弘景总结曰：“上清真经出世之源，始于晋哀帝兴宁二年太岁甲子，紫虚元君上真司命南岳魏夫人下降，授弟子琅邪王司徒公舍人杨某，使作隶字写出，以传护军长史许某并第三息上计掾某某，二许又更起写，修行得道。凡三君手书，今见在世者，经传大小十余篇多掾写，

---

① 陶弘景：《真诰》，第 334 页。

② 陶弘景：《真诰》，第 355 页。

真喠四十余卷多杨书。”（《真诰》卷十九）[1] 据此，“真诰”文字，以及近乎全部早期上清经，均由杨羲受降写出。毫无疑问，如果从历史的角度看待上清道教的创立，杨羲是最为重要的人物。陶弘景在整理“真人诰语”时，有一定程度的尊许抑杨的倾向，其原因可能是试图抹去“萨满通灵”的色彩而强调上清教法的义理化性质，从而达到清理、弘扬教法的目的。[2]

《真诰》一开始就通过杨羲的受降纪事，营造出众神与其“弟子”之间人神恋爱的美妙场景，第二章已经论述过的六月二十五日夜紫微王夫人与九华真妃的降授，是其中最华彩的篇章：通灵者不仅细致描画出充满戏剧化的情境，尤还能详细记录其中的对话，并且还不忘描述各自的心理活动。最重要的是，“女神赠诗”的情节要素得到自然的展现：“又良久，真妃见告曰：‘欲作一纸文相赠，便因君以笔运我鄙意，当可尔乎？’某答：‘奉命。’即襞纸染笔。登口见授，作诗如左。”（《真诰》卷一）诗曰：

云阙竖空上，琼台耸郁罗。紫宫乘绿景，灵观蔼嵯峨。琅轩朱房内，上德焕绛霞。俯漱云瓶津，仰掇碧柰花。濯足玉天池，鼓枻牵牛河。遂策景云驾，落龙辔玄阿。振衣尘滓际，褰裳步浊波。愿为山泽结，刚柔顺以和。相携双清内，上真道不邪。紫微会良谋，唱纳享福多。[3]

首四句是写仙境之奇美壮丽，其下十句是写仙人之态，“俯漱

① 陶弘景：《真诰》，第 340 页。
② 陶弘景：《真诰》，“前言” 第 4—7 页。
③ 陶弘景：《真诰》，第 15 页。

云瓶津，仰掇碧柰花。濯足玉天池，鼓枻牵牛河”四句，形象而生动。再下“愿为山泽结，刚柔顺以和。相携双清内，上真道不邪”是全诗的精华：《易》“泽”“山”为“咸”卦，象征交感、婚媾；“双清”在上清经典仅此一见，具体意思不能确指，但整句则不外双双同赴上清之义。四句以仙女自荐的口吻，表达对人神交感和“欢愿于冥运之会，依然有松萝之缠”的诉求。在此一“恋爱”场景中，“上真元君金台李夫人之少女”九华真妃安郁嫔虽同样贵为神女，但本质上还是受命于仙师下降“应分来聘，新构姻缘”，以期“结驷玉虚，偶行北玄，同掇绛实于玉圃，并采丹华于阆园”，和杨羲完全是并影接衿、携手双清的良俦，因此全诗如同其在赠诗前后的娓娓劝谕一样情真意切、诚恳动人。与同夜紫微王夫人以师真身份的赠诗相比较，可以明显地看出此一特色。

九华真妃在六月二十五、二十六日、二十九日、三十日、七月一日均有降授，或口授或付以经卷，均对杨羲有极重要的嘱咐。可惜的是，此后虽有零星语录记载，但下降唯十二月十七日一见。同时，赠诗也仅此一首。相反，另一对人神恋爱亦即云林右英夫人和许谧（长史）中的女神赠诗则有十几首之多。实际上，《真诰》中诸仙师赠诗的对象主要就是许谧（赠许翙只有几首）。这应该是从许氏父子开始一直到真授文字的保存、传承者和《真诰》编纂者都称“许”抑“杨”的结果。否则以唯一灵媒的身份，杨羲对自己“相携双清”的对象，不可能仅仅记录或创作一首诗歌。

按照上清及萨满教人、神暌隔的教义原则，二许得入仙籍之前并无由见真，而必须依靠灵媒作为中介，即陶弘景《真诰》“叙录”所云：“二许应修经业，既未得接真，无由见经，故南真先以授杨，然后使传。传则成师，所以长史与右英书云‘南真哀矜，去春使经师见授洞房’云云。”[1] 但许氏父子非常明显地深入参与到仙真降授的过程，而且实质上可以说是主导了创教。没有许氏家族历世奉道的基础及茅山的环境氛围，上清系不可能蔚然生发。许氏父子的主导正体现了士人参与创生宗教义理化的重要作用，他们以较高的文化素养和理论水平，有意识、有目的地进行了一种创教而非单纯的萨满活动，同时又注意利用政治势力（如简文帝）传教或扩大影响，因而必然要消减萨满灵媒的色彩。正是这个缘故，许氏父子尤其是许谧也得到了一位神女的特别垂示，此即云林右英夫人，紫微夫人之姊，“阿母第十三女王媚兰，字申林，治沧浪山，受书为云林夫人”[2]，其辈分与紫微夫人同，高过九华真妃，所以右英夫人之降许氏，较之于九华真妃与杨羲，“冥运之会，松萝之缠”的程度相对要淡一些。

由于缺少了真实萨满的鲜活意味，云林夫人的赠诗大多数为喻示之诗而极少人神恋爱的真情实感。不过，也有一些不乏人神交会之意味。如“九月六日夕，紫微夫人喻作，示许长史，并与同学”：

> 解轮太霞上，敛辔造紫丘。手把八空炁，纵身云中浮。一眄造化刚，再视索高畴。道要既已足，可以解千忧。求真得真友，不去复何求。[3]

虽为劝喻，但后四句如对面而言，亦颇真切。再如“闰月三日夜，右英作，示许长史”：

① 陶弘景：《真诰》，第336页。
② 陶弘景：《真诰》，第30页。
③ 陶弘景：《真诰》，第49页。

清净愿东山，荫景栖灵穴。愔愔闲庭虚，翳荟青林密。圆曜映南轩，朱风扇幽室。拱袂闲房内，相期启妙术。寥朗远想玄，萧条神心逸。①

更像士人之间的玄理对答，充满隐逸退处、逍遥林下的意趣。另外，“十二月一日夜，方丈左台昭灵李夫人作，与许玉斧”一首不仅是最好的降喻诗之一（参第二节相关论述），也是如当对面、直抒胸臆从而颇具人神交感的赠诗：

飞轮高晨台，控辔玄垄隅。手携紫皇袂，倏欻八风驱。玉华翼绿帏，青裙扇翠裾。冠轩焕崔嵬，珮玲带月珠。薄入风尘中，塞鼻逃当途。臭腥凋我气，百痾令心殂。何不飚然起，萧萧步太虚。②

在所有仙师给许氏父子的赠诗中，最有意思的是这样一首随口吟出的短章：

有心许斧子，言当采五芝。芝草不必得，汝亦不能来。汝来当可得，芝草与汝食。③

陶弘景注曰“此两‘得’及‘来’，并戏作吴音”，此大约是根据韵脚猜出。无论如何，“神女”口说人的语言而且是方言，不

---

① 陶弘景：《真诰》，第 68 页。
② 陶弘景：《真诰》，第 55 页。
③ 陶弘景：《真诰》，第 69 页。

仅表现了神与人的交会，而且证明了所有这些神女赠诗无一例外都是人的作品。人、神感会，无非就是诗人一己心中之感会罢了。

第四节 神仙审美的形成：魏晋南北朝道教神圣诗歌的文学意蕴

上清仙歌、灵宝颂赞等神圣诗歌兴起的东晋，在文学史上正是所谓“玄言诗”盛行的时代。号称“中兴第一”的郭璞，尽管其《游仙诗》成为“有托而言”“坎壈咏怀”之制，“终系出处之际”[①]，但他的诗歌“始会合道家之言而韵之”（《世说新语》注引《续晋阳秋》）[②]，已经充满玄言气息，足可称为第一批玄言诗人的代表。即使是陶渊明，其诗歌中也不乏玄言诗的痕迹。东晋李充、孙绰、许询、谢安等，其诗则为玄言诗的典型。玄言诗在内容上以老、庄思想为本，敷陈、表现玄学义理[③]，“贵道家之言”“平典似《道德论》”（钟嵘《诗品序》）。在风格上，“清虚”“恬淡”[④]；在审美上，“理过其辞，淡乎寡味……建安风力尽矣”[⑤]（钟嵘《诗品序》）。在形式上，以五言为定制，结构单一，铺陈机械，单句句式以“对句”“合掌”为主。李充、孙绰、许询等人诗作存世不多，但通过对仍可归于玄言诗范围并较为集中的“兰亭诗”的

① 详见程千帆：《郭景纯、曹尧宾〈游仙诗〉辨异》，载程千帆：《程千帆全集》第八卷，河北教育出版社，2001 年。

② 刘义庆撰：《世说新语笺疏》，（南朝梁）刘孝标注，余嘉锡笺疏，中华书局，1993 年，第 262 页。

③ 张伯伟：《禅与诗学》，第 139 页。

④ 参阅胡大雷：《玄言诗研究》，中华书局，2007 年，第 179—199 页。

⑤ 钟嵘：《诗品集注》（增订本），曹旭集注，上海古籍出版社，2011 年，第 28 页。

比勘可以很明显地看出，同一时期的仙歌、颂赞乃至人神感会之诗，整体上与玄言诗都十分近似。

神圣诗歌的文学价值不高，并不意味着它没有自己的艺术特色。从以上所举的大量例子中，可以归纳出这样几点共性特征：首先是具有某种神秘的况味，以上清仙歌特别是《真诰》诗歌为典型，通过对神仙世界的铺陈渲染和修仙事迹的秘密叙事，以及各种朦胧深奥的意象、隐喻，营造出一种神秘的意境。其次在意象上有崭新的开拓，无论是上清的"出神"式的"奔辰步星"，还是灵宝"天启"式的"龙篆凤文"，以及共有的高天上真、宫室、洞天、伎乐、灵药和缤纷的色彩等，都是前所未有的新创造，并成为后世文学创作的丰富材料。

东晋以降伴随着道教义理化发展而涌现的大量神圣诗歌，在前有基础上与其他资源交相融会，促成了一种新的审美的形成。

魏晋南北朝是思想交会激荡的时期。创生宗教普及流化，形而上学重回巅峰，文学开始"自觉"，种种新变的基本特征就是所谓"人的觉醒"① ——无论是世界观、人生观还是审美观，都以人的存在和精神皈依为核心内容和价值标准。"人的觉醒"有不同的表现，思考和觉悟的结果也不免有些差异，比如在对人生的态度上，积极入世、悲观厌世和逍遥不羁就形成了三种不同的取向。但世道黑暗，人生又以痛苦为主，所以真正的逍遥达观很难做到，魏晋之人标榜老、庄的境界，同时接受佛教，正在于他们不能忘怀于痛苦。《古诗十九首》悲天悯人，建安文学"梗概多气"，降至阮、嵇，穷途痛哭、时不我与，均达至文学和审美的最高境界。

但在此之外，一种不同的"神仙审美"也在不断积淀之中。

① 李泽厚：《美的历程》，第87页，并参第一章的相关论述。

这种审美肇始于古老的神仙信仰，在两汉时期的民间文艺中就已充分酝酿，“这里没有苦难的呻吟，而是愉快的渴望，是对生前死后都有永恒幸福的祈求。他所企慕的是长生不死、羽化登仙。从秦皇汉武多次派人寻仙和求不死之药以来，这个历史时期的人们并没有否定或舍弃现实人生的观念（如后代佛教）。相反，而是希求这个人生能够永恒延续，是对它的全面肯定和爱恋。所以，这里的神仙世界就不是与现实苦难相对峙的难及的彼岸，而是好像就存在于与现实人间相距不远的此岸之中”①。与此相呼应的，就是各类人士的求仙信仰。求仙与希求隐逸不同，后者仍然是入世的，不过是对待现实的另一种态度而已。隐逸的思想纲领《庄子》虽然树立“神人”的目标，又为“隐逸全身”建立修行法则和哲学基础，但就终极问题而言，其形而上的思考要远过于宗教式的信仰，所以道家毕竟不等于宗教。而神仙审美却是通过宗教式的求仙信仰得到充分建构的，精英文学《楚辞·远游》所开创的飘然高举以离尘世的思想，在神仙道教的义理化提升中也渐渐成为一种强烈的观念，并通过神圣诗歌表现出来。

道教的解脱固然是宗教式的，但却不是完全脱离此世的彼岸模式，因为它是以与人同处一岸的“自然”为终极目标，以与“自然”合一为解脱之道，几乎等同于在此世获得永生。所以，神仙审美也就可以成为宗教和世俗共享的审美类型。神圣诗歌所营造的显然是属于神仙审美的宗教一侧，其根本内涵是建构起一个可以摒除丑恶、逃避灾祸、度过死亡的幸福、美丽、永生之境，以“神仙”的所作所为和快乐为象征：欢乐、奔放而无惧无求。

世俗式的神仙审美则与此貌合而神离。它的典型特征一是崇

---

① 李泽厚：《美的历程》，第100页。

尚自由旷达、逍遥不拘的精神而反抗不良世事的拘碍。这一精神由《楚辞》特别是《远游》开端，经过魏晋南北朝崇尚自然、反抗名教观念的进一步发扬，在道教神仙体验的促进下，到了唐代文学中得到了充分的展现。二是推举奇特脱俗、瑰丽高华的意境。在神仙道教的影响下，世俗诗人们通过主观体验，在诗歌创作中开拓出一种极具浪漫色彩的境界，以想象中的瑶池碧宫、昆仑蓬莱、洞天福地为素材，营造出无数超越现世的意象，呈现出非凡、高华、奇丽、清幽、神秘的美学特征。三是神仙美学在根本上是一种仙凡对立的悲剧性之美：仙界的美好映衬着现实的黑暗，逍遥放任、及时行乐却无奈人生短暂、去日苦多，虽然可以修道入仙但神仙绝不可以轻得。在向往、礼赞神仙世界的背后，往往是“逝川与流光，飘忽不相待”的焦虑、“俯视洛阳川，茫茫走胡兵”的愤懑和“刘郎已恨蓬山远，更隔蓬山一万重”的无奈。神仙美学的这一悲剧性特征，体现出文学悲天悯人的终极意义。世俗式的神仙审美作为一种浪漫主义的典型代表和基于儒家思想的“兴观群怨”“沉郁顿挫”的现实主义审美日月相辉，共同构成了中国古代文学特别是诗歌的抒情、寄托、言志、讽喻的核心精神。

世俗式的神仙审美的境界当然远高于宗教式的，但不可否认的是它们拥有一定的共同因素，而且二者之间也始终存在着紧密的互动关系。

参 考 文 献

[1]道藏[M].北京:文物出版社,天津:天津古籍出版社,上海:上海书店,1988.

[2]张继禹.中华道藏[M].北京:华夏出版社,2004.

[3]史记[M].中华书局标点本.

[4]汉书[M].中华书局标点本.

[5]后汉书[M].中华书局标点本.

[6]三国志[M].中华书局标点本.

[7]宋书[M].中华书局标点本.

[8]魏书[M].中华书局标点本.

[9]晋书[M].中华书局标点本.

[10]南史[M].中华书局标点本.

[11]南齐书[M].中华书局标点本.

[12]梁书[M].中华书局标点本.

[13]陈书[M].中华书局标点本.

[14]隋书[M].中华书局校点本.

[15]许嵩.建康实录[M].张忱石,点校.北京:中华书局,1986.

[16]常璩.华阳国志校注[M].刘琳,校注.成都:巴蜀书社,1984.

[17]晁公武.郡斋读书志校证[M].孙猛,校证.上海:上海古籍出版社,1990.

[18]陈振孙. 直斋书录解题[M]. 徐小蛮,顾美华,点校. 上海:上海古籍出版社,1985.

[19]永瑢,等. 四库全书总目[M]. 中华书局影校本,1965.

[20]颜之推. 颜氏家训集解[M]. 王利器,集解. 上海:上海古籍出版社,1980.

[21]晁载之. 续谈助[M].《丛书集成》本. 北京:中华书局,1985.

[22]胡应麟. 少室山房笔丛正续集[M]. 文渊阁《四库全书》本. 北京:中华书局,1958.

[23]孙诒让. 札迻[M]. 梁运华,校点. 北京:中华书局,1989.

[24]钱大昕. 嘉定钱大昕全集[M]. 南京:江苏古籍出版社,1997.

[25]何焯. 义门读书记[M]. 崔高维,点校,北京:中华书局,1987.

[26]欧阳询. 艺文类聚[M]. 汪绍楹,校. 上海:上海古籍出版社,1965.

[27]徐坚. 初学记[M]. 北京:中华书局,1962.

[28]李昉,等. 太平御览[M]. 上海涵芬楼影宋本,北京:中华书局,1960.

[29]葛洪. 西京杂记[M].《四部丛刊》本. 1912.

[30]刘义庆. 世说新语笺疏[M]. 余嘉锡,笺疏,北京:中华书局,1993.

[31]郭璞. 穆天子传[M].《四部丛刊》本.

[32]山海经校释[M]. 袁珂,校释. 上海:上海古籍出版社,1985.

[33]东方朔. 神异经[M]. 文渊阁《四库全书》本.

[34]郭宪. 汉武洞冥记[M]. 王国良,校释本,汉武洞冥记研究[M]. 台北:文史哲出版社,1989.

[35]张华. 博物志校[M]. 范宁,校证. 北京:中华书局,1980.

[36] 王嘉. 拾遗记[M]. 萧绮, 录. 齐治平, 点校. 北京: 中华书局,1981.
[37] 干宝. 搜神记[M]. 汪绍楹,校注,北京:中华书局,1979.
[38] 陶潜. 搜神后记[M]. 汪绍楹,点校,北京:中华书局,1981.
[39] 鲁迅. 鲁迅辑录古籍丛编[M]. 北京:人民文学出版社,1999.
[40] 刘敬叔. 异苑[M]. 范宁,校点,北京:中华书局,1996.
[41] 任昉. 述异记[M]. 文渊阁《四库全书》本.
[42] 吴均. 续齐谐记[M]. 文渊阁《四库全书》本.
[43] 李昉,等. 太平广记[M]. 中华书局排印本,1961.
[44] 老子校释[M]. 朱谦之,校释. 中华书局新编诸子集成本.
[45] 庄子集释[M]. 郭庆藩,集注. 中华书局新编诸子集成本.
[46] 刘安. 淮南鸿烈集解[M]. 刘文典,集解. 冯逸,乔华,点校. 中华书局新编诸子集成本.
[47] 列子集释[M]. 张湛,注. 杨伯峻,集释. 中华书局新编诸子集成本.
[48] 刘向. 列仙传[M]. 文渊阁《四库全书》本;王照圆,校正本,《龙溪精舍丛书》本.
[49] 葛洪. 抱朴子内篇(增订本)[M]. 王明,校注. 中华书局新编诸子集成本.
[50] 葛洪. 抱朴子外篇校笺[M]. 杨明照,校笺. 中华书局新编诸子集成本.
[51] 葛洪. 神仙传[M]. 文渊阁《四库全书》本.
[52] 慧皎. 高僧传[M]. 汤用彤,校点. 北京:中华书局,1992.
[53] 僧祐. 弘明集[M]. 上海古籍出版社影印宋碛砂版大藏经本,1989.

[54]道宣. 广弘明集[M]. 上海古籍出版社影印宋碛砂版大藏经本,1989.
[55]嵇康. 嵇康集校注[M]. 戴明扬,校注. 北京:人民文学出版社,1962.
[56]陆机. 陆机集[M]. 金涛声,点校. 北京:中华书局,1982.
[57]谢灵运. 谢灵运集校注[M]. 顾绍伯,校注. 郑州:中州古籍出版社,1987.
[58]张溥. 汉魏六朝百三家集题注[M]. 殷孟伦,注. 北京:人民文学出版社,1960.
[59]王世贞. 弇州四部稿、续稿[M]. 文渊阁《四库全书》本.
[60]王士禛. 古诗笺[M]. 闻人倓,笺,上海:上海古籍出版社,1980.
[61]萧统. 文选[M]. 李善,注. 中华书局影印南宋胡克家刻本.
[62]郭茂倩. 乐府诗集[M]. 中华书局排印本,1979.
[63]先秦汉魏晋南北朝诗[M]. 逯钦立,辑校,北京:中华书局,1983.
[64]全上古三代秦汉三国六朝文[M]. 严可均,辑校,中华书局影印本,1958.
[65]陆机撰. 文赋集释[M]. 张少康,集释. 上海:上海古籍出版社,1989.
[66]钟嵘. 诗品集注[M]. 曹旭,集注. 上海:上海古籍出版社,1994.
[67]刘勰. 文心雕龙注[M]. 范文澜,注. 北京:人民文学出版社,1958.
[68]陈骙. 文则[M]. 文渊阁《四库全书》本.
[69]顾元庆. 顾氏文房小说[M]. 清光绪石印本.

后　记

关于中国古代的宗教、文学，我个人的研究兴趣主要集中于二者的关系特别是深层互动关系，而较少关注“宗教文学”或“教内文学”，因为我一直对宗教内部“神圣文学”的文学性抱有怀疑。承蒙吴光正教授不弃，邀请加入“中国古代宗教文学史”的研究，屡辞不获，只能勉为其难。经过数年的学习、思考，本人此前的想法已经多少有了些改变，越来越体会到在“大文学”前提下的宗教内部的文学，确实蕴藏着亟待阐发的深厚意义。海登·怀特指出“历史即文学”，其实我们也可以认为“宗教即文学”，因为不管是一位神祇、一段灵验还是一种信仰，无非就是一首动人的神话、一篇奇异的叙事和一系列包含各种文体文学作品的经典。

需要说明并致歉的是：因为研究对象的相同以及文学史著述中基本描述的不可或缺，本书和本人前此相关著作在内容上存在着一定的重复。尽管力争在论述上有所侧重，但限于学力，仍然无法做到互文相补。另外，本书2016年基本定稿，虽经数年的修改、编辑，缘于架构早成，也已经很难全面吸收近几年来的研究成果。总之，本书只是本人关于魏晋南北朝道教文学史的一次粗浅的尝试，错陋疏误定所不免，敬请海内外专家、读者不吝批评指正。

赵益　谨识
2019年6月